U0573655

王逢振——主编

外国惊悚悬疑小说译丛

THE FRANCHISE AFFAIR

弗朗才斯绑架案

[英] 约瑟芬·铁伊——著

欧阳耀地——译

漓江出版社

图书在版编目（CIP）数据

弗朗才斯绑架案 /（英）约瑟芬·铁伊著；欧阳耀地译 . -- 桂林：漓江出版社，2021.1
（外国惊悚悬疑小说译丛）
ISBN 978-7-5407-8888-9

Ⅰ . ①弗… Ⅱ . ①约…②欧… Ⅲ . ①推理小说 - 英国 - 现代 Ⅳ . ① I561.45

中国版本图书馆 CIP 数据核字 (2020) 第 110006 号

FULANGCAISI BANGJIA AN

弗朗才斯绑架案
[英] 约瑟芬·铁伊 著
欧阳耀地 译

出版人：刘迪才
丛书策划：沈东子 辛丽芳
责任编辑：辛丽芳
书籍设计：石绍康 曾意
责任监印：张璐

漓江出版社有限公司出版发行
广西桂林市南环路 22 号 邮政编码：541002
发行电话：010-65699511 0773-2583322
传真：010-85891290 0773-2582200
邮购热线：0773-2582200
电子信箱：ljcbs@163.com
微信公众号：lijiangpress
印制：北京中科印刷有限公司
【北京市通州区宋庄工业区 1 号楼 101 号 邮政编码：101118】
开本：880 mm×1230 mm 1/32
印张：11 字数：219 千字
版次：2021 年 1 月第 1 版
印次：2021 年 1 月第 1 次印刷
书号：ISBN 978-7-5407-8888-9
定价：49.80 元

［英］约瑟芬·铁伊

（Josephine Tey，1896—1952）

目录 Contents

译 序

　　1753 年 1 月 1 日，伦敦。18 岁的女佣伊丽莎白·凯宁（Elizabeth Canning）这天不上班，打算拜访姑妈姑爹后和家人一同去购物，但临时改变主意，一直在姑妈家待到夜里。晚 9 点，姑妈姑爹送她回家，陪走了大约三分之二的路程后，让她独自回去。

　　然而她如同人间蒸发似的，没了踪影。她妈妈发动家人、亲戚、朋友、邻居，全城找人，并在报上刊登了寻人启事，人们在教堂里为她高声祈祷。除了有人声称当晚听到某处某一客车"一个女人的尖叫"之外，毫无结果。

　　差不多一个月后的 1 月 29 日晚 10 点，凯宁重现，回到家里。她的脸和手青紫脏污，头上缠着一块浸满了血迹的破布，身上仅穿着罩衫、衬裙和睡衣。看到女儿这个样子，她妈妈昏了过去。

　　尽管虚弱得几乎不能说话，时不时地陷入昏迷，呕吐出药剂师给她服用的药，关切的亲人朋友还是设法从凯宁那儿探听到发生了什么：她被袭击、抢劫、挟持到一所大房子里，在拒绝做妓女之后，被关押在楼上的干草房。她最终把窗户的几块木板拉掉，跳窗逃了出来。

根据她的描述，人们认定那所大房子正是 10 英里之外的威尔斯家。

她的重现及解释很快被登在《每日伦敦广告报》上。

冒着她随时可能死亡的危险，她的朋友们把她抬到市政厅，要求市长签发对威尔斯的逮捕令，获准后，他们又把她抬到威尔斯家。在那儿，她指认了被关押的房子，也指认了威尔斯和玛丽·斯夸尔斯正是两个主谋，还指认了其他两个女人当时也在场。

执行令状的官员和其他人惊讶地发现，房子根本不像凯宁描述的那样，而且也没有发现她跳窗的证据。然而，覆盖窗户的木板确实最近才被重新钉牢。这一致命的证据，导致两个主要嫌疑人被捕。

玛丽·斯夸尔斯是个名声不好，长相丑陋，极具吉卜赛人特征的老女人，曾因为做伪证而坐过牢。一时间，媒体和公众坚定地站在举止文雅的凯宁这边，为其募捐和呼吁，以至于在斯夸尔斯和威尔斯的审判会上，凯宁的支持者——大多数是男人——对她俩的证人百般阻挠，大打出手。尽管极力否认之前见过凯宁这个人，斯夸尔斯最终被判绞刑，威尔斯被判打上烙印和服刑六个月。而凯宁，则被视为英雄，一些绅士慷慨解囊，让她搬入更好的寓所。

并不是每个人都对这个裁决感到满意。主审官加斯科因和他的一些同事发觉凯宁的故事极不可信，并对凯宁的支持者阻挠证人做证的行为感到愤慨，于是他展开了私人调查。在调查过程中，很多具有地方声望的人签字证明在 1 月份，斯夸尔斯是在别处流动售卖走私物品，根本不在威尔斯家里，并且，凯宁的几个关键证人也开始翻供、撤供。基于这些理由，加斯科因肯定凯宁没说真话，3 月中旬，他下令逮捕凯宁。

加斯科因的调查引发了媒体大战。公众分化为"凯宁派"和"埃及人派"。凯宁派到处散发传单，煽动反吉卜赛人情绪，而加斯科因本人则被冠以"吉卜赛人之王"的名号，被凯宁派当街辱骂和恐吓。

尽管恕罪在那时并不常见，但国王最终下令，先后释放了斯夸尔斯和威尔斯。

凯宁的审判会持续了 10 天之久，上百个证人出庭做证，这在当时十分罕见。凯宁派群情激愤，对加斯科因扔石头和脏物，场面一度演变为对他人身安全的关切更甚于审判本身。最终，陪审团经过两个小时的讨论，裁定凯宁有罪。她被判一个月的牢狱和七年的流放。

凯宁坐牢期间，多人前去探访，但她拒不认罪，并且拒绝回答任何问题："我已经在法庭上说了全部的事实，只有事实；我不再回答任何问题，除非再上法庭。"尽管替她求情的呼声很高，她还是被押上了开往当时英属殖民地的美国的轮船。她在那儿结婚生子，1773 年猝死于康涅狄格州。

凯宁失踪的谜团从未破解。她最终成为 18 世纪英国著名的犯罪悬案之一的中心人物。

　　之所以花这些篇幅介绍凯宁案，是因为它正是本书的创作源泉及蓝本，虽然小说的背景改为二战之后，换成了现代的场景，但书中的很多情节、人物、细节，都能从凯宁案里找到原型和影子。了解这一背景，有助于更好地了解本书。

　　凯宁案如此引人入胜，历史上无数作者对它做出了不同的诠释，提出了不同的观点。本书作者采纳的是阿瑟·梅琴的非小说叙述《凯宁奇事》（1925 年）的观点，从头至尾认定凯宁的说辞全是一派谎言。

　　虽然凯宁失踪的那个月去处成谜，但在文学作品《弗朗才斯绑架案》（The Franchise Affair）里，读者却享受到了精心紧凑的布局，睿智幽默的语言，真相大白的快感，以及爱情故事的色彩。全书具有很强的戏剧性，非常适合拍成电影。事实上，它也两次被搬上银幕，1951 年的黑白片和 1980 年的彩色片，有兴趣的读者可以找来看看。

　　书中没有刺激感官的谋杀，甚至几乎没有悬念，尽管所有的证据都不利于夏普母女俩，但读者对她们的无辜感到肯定。紧张感来自她们如何避免被冤枉和监禁。先假定，再求证，层层推进，直至结尾的庭审以令人畅快的方式达到高潮，大量细致的调查工作终得回报。

　　书中夹杂了不少对罪犯性格、心理，甚至面相的分析，对媒体舆论导向力的观察，对公众缺乏独立判断力的惊讶，以及对过于温和的刑罚制度的抨击，对权威人物借热点实现个人追求的揭露，等等，鲜明地表达了作者的观点和立场（甚至犯罪基因的遗传）。这些议论赋予了本书深度和力度，使之成为一本有想法的书，不单纯是一部推理小说，而更接近于严肃文学了。

出于对该故事背景的浓厚兴趣，以及对本书自身的喜爱，在英国阴郁漫长的冬季，我开始着手翻译此书。英文书名 The Franchise Affair，直译为"弗朗才斯事件"，但因"事件"概念广泛，而且本书讲述的事件就是一绑架事件，所以我将书名译为《弗朗才斯绑架案》，指向明确，所属类令读者一目了然。

1990 年，英国犯罪小说家协会举办"史上最佳百本犯罪小说"的评选，《弗朗才斯绑架案》荣列第 11 位。值得一提的是，名列榜首的《时间的女儿》（The Daughter of Time），亦是一部破解历史谜团的推理小说，出自同一位作者——约瑟芬·铁伊（Josephine Tey，1896—1952）之手。

约瑟芬·铁伊，本名伊丽莎白·麦金托什（Elizabeth Mac-Kintosh）。

如此成绩斐然的作家，读者理当比较熟悉，然而实际上，即便在英国，约瑟芬·铁伊也是一位需要被重新认识和发掘的作家。尤其与同时期的阿加莎·克里斯蒂（Agatha Christie）、多萝西·利·塞耶斯（Dorothy L. Sayers）和奈欧·马许（Ngaio Marsh）这些英国犯罪小说黄金时期（golden-age British crime fiction，介于第一次和第二次世界大战之间）涌现的侦探小说"女王"相比，她的光华似乎未能获得充分的认识。

这或许与她的作品数量有关。她一生共出版了 8 部推理小说，不算多，最后一部《唱歌的沙滩》（*The Singing Sands*），还是人们在她逝后于故纸堆里发现而拿出来发表的。

当然，她的作品数量与她的早逝有关。铁伊死于肝癌，只活了不到 56 岁。

更或许与她为人极端低调、极其内省隐秘有关。铁伊一生刻意避开媒体，躲避摄影师，从不接受采访。她只有为数不多的几位朋友，即便如此，也没有和其中哪位过从甚密。得知自己患上了不治之症，她没有告诉任何人。朋友们从报上的讣告得知她去世的消息，大为震惊，因为他们甚至不知道她生病了。

隐遁，是铁伊最显著的个人特征。作家尼科尔·厄普森（Nicole Upson）曾计划写铁伊的传记，最终因可获取的资料不足而作罢。这样一个令人难以捉摸的人物，更适合作为小说形象，于是，铁伊本人干脆成了厄普森系列罪犯小说里的业余侦探。虽然故事是想象的，但有关铁伊的背景却是真实准确的。

逝去 60 多年之后，这位推理小说作家创造的最大谜团，竟是其人自身。

因而，读者希望通过她的文字，管窥她的性格和思想，揭开围绕在她身上的神秘。包括作为译者的我，每天坐车上班的路上，望着窗外人家的花园、带烟囱的房子、围着树篱的田野，以及与我面貌不同的人们，脑子里常常萦绕着铁伊的文字，眼前普通的英伦风景似乎也变得与以往有所不同。试图探究铁伊的内心，给辛苦缓慢的翻译工作注入了不少乐趣。

好在铁伊是最善于利用个人经验和爱好的作家，这恰好给读者打开了一扇通往她的世界的窗口。

她喜欢钓鱼、赛马、乡村和电影，拥有广泛的军事知识。钓鱼和赛马经常出现在她的小说里，比如本书。尽管是苏格兰人，生于苏格兰的因威内斯（Inverness，苏格兰高地首府），一生大部分时间也待在那里，她最喜欢的却是英格兰。她的《布拉特·法拉先生》（*Brat Farrar*），更是尽情地歌颂了英格兰的乡村生活。

在被家里召回照顾病母，母亲去世后，又替父亲照管家中日常之前，铁伊曾在不同地区的不同学校任教体育（顺便提一下，从学校毕业后，她最初是在我目前居住的西约克郡利兹市的一家理疗诊所上班）。她在《皮姆小姐的办法》（*Miss Pym Disposes*）一书中，利用学校工作的经历，描述了学校课程、学生们受伤的种类等等。体操房里的桁架曾掉落到她的脸上，她利用这一事故，在书中将其作为一种谋杀的方法。

铁伊的第一部推理小说《人群里的杀手》（*The Man in the Queue*），在美国出版时获了奖，这对一位新手来说，是个很好的开端。不过，她的野心或许在于戏剧。铁伊的另外一个身份是剧作家，写剧本时，她用的笔名是戈登·达维奥特（Gordon Daviot）。她一生共有4部剧作搬上舞台，《波尔多的理查德》（*Richard of*

Bordeaux）是第一部，也是最成功的一部，曾在伦敦西区连续上演十四个月，捧红了该剧的男主角兼导演约翰·吉尔古德（John Gielgud）。她利用和演员们工作的经历，创作了《一先令蜡烛》(*A Shilling for Candles*)，讲述了一个年轻漂亮的女演员的死亡。这是她的第二部推理小说，与第一部时隔七年。

铁伊一生未婚，没有传出任何罗曼蒂克的绯闻，她的小说创造了一系列主动避免婚姻的独立女性形象。本书结尾玛丽恩拒绝罗伯特求婚的对话，观察得深刻，理性得令人吃惊。

铁伊是个坚定的爱国者，从本书的描写和议论中经常可以感受到这一点。去世后，她把房产和可观的作品收入全部捐赠给慈善机构全国托管协会（The National Trust）。有趣的是，《一先令蜡烛》里的牺牲者，那个著名的女演员，也在死后将财产捐给了该协会。

《波尔多的理查德》之后的剧作，都不是非常轰动。大众更为知晓的，是写推理小说的约瑟芬·铁伊。

铁伊的推理小说是同类作品里的经典，结构巧妙精心，人物塑造鲜明，注重细节，具有散文的风格（或许有些读者会觉得温吞）。考虑到时代背景，她的推理小说最显著的特色，就是"不守规则，我行我素"。

像任何游戏一样，侦探小说的写法也有其规则。由阿加莎·克里斯蒂和多萝西·利·塞耶斯发起成立的侦探俱乐部被后人笑称，入会者必须宣誓所创造的侦探们"以读者喜欢的聪明机智破案，不能将信任建立于或利用老天爷的启示、女性的直觉、魔神的指引、骗人的诡计、巧合，或者上帝的安排"。一具尸体在英国乡下的一座大房子里被发现，两百页之后，警察精疲力竭，黔驴技穷，这时，一个聪明机智的业余侦探把相关人士召集到大房子里——通常包括一个演员，一个职业网球手，一个怨恨的寡妇，一个被剥夺了继承权的年轻儿子，当然，还有一个男管家——揭露他们中谁是谋杀犯，这是犯罪小说黄金时期典型的写作套路。

铁伊从不属于该俱乐部，别人的禁忌束缚不了她。

面相分析在铁伊的小说里占据很重要的位置，在《时间的女儿》和本书中，作者似乎通过面相判断就已经给出了答案。书里罗伯特和警官哈莱姆就罪犯面貌的议论，以及罗伯特和玛丽恩就特定的蓝色眼睛的议论，很有意思。虽说以貌取人不可取，但判断一个人的外表，既是直觉，也是经验。我们有谁不曾通过外表判断过人？只能说，铁伊的小说比她同时代的作品要诚实。

在本书中，当"山重水复疑无路"时，当苦苦追寻没有结果时，当个人努力陷于困境时，信念和奇迹，好几次被提及，而最终局势扭转，依靠的似乎也是那个林婶去教堂祈祷来的"上天的使者"。"尽人事，听天命"，这才是真实的人生，然而信念，却是无论何时都不该丢失的。"奇迹每天都发生，在世界的某个地方。要是有办法发现并累加它发生的次数，你无疑会大吃一惊。当其他办法都失败了，你知道，上天确实会伸手相助。"相信奇迹，比不相信奇迹更有能量。

"双胞胎，或者总体极为相似的人，除非读者做好了充分的心理准备，否则最好不要出现。"这也是侦探小说写作的一个禁忌，而铁伊的《布拉特·法拉先生》，写的就是一个冒充失踪的双胞胎兄弟的骗子来分争遗产的故事。

阿伦·格兰特是铁伊推理小说中主要的侦探形象，在本书中以次要角色出现。他是最早的警察身份的侦探形象之一，一个没有任何引人注目的道具——单片眼镜、猎鹿帽、蜡胡须之类，潇洒整洁，勤奋顽强，智力普通，勇于承认错误的人。在《唱歌的沙滩》一书开头，他因失眠、烦躁、幽闭恐惧症和某种程度的抑郁症状而休假去往苏格兰。难以想象，其他英雄般的侦探人物形象会展示这种脆弱和敏感。

一个个禁忌被铁伊毫不在意地打破。

"能和真实在一起的时候，谁还会在乎影子？真实，这是她最为可贵的品质，对吧？我从未碰到像玛丽恩一样真实的人。"书中纳维尔对玛丽恩的评价，也可以用于对铁伊本人及其作品的评价。

有评论家认为，铁伊在黄金时期经典侦探小说和当代犯罪小说之间，起到了桥梁作用。今人对她的推理小说，褒扬颇多。一匹"不守规则"的独狼，在那个群星灿烂的时代，同样创造了自己的辉煌。

《弗朗才斯绑架案》是一部英伦风格十足的小说，在竭尽全力准确传达作者文字、内容的同时，我在断句、用词、达意方面采取了较为灵动的处理，以避免生硬的翻译腔。本书的题材类别允许这种弹性，同时也反映了本人对文学翻译的一点理解。

坐车上班的路上，窗外的风景从严寒萧瑟的无尽田野，流动为墙角路边艳丽的黄水仙，流动为一树树粉的白的桃花李花，再流动为花团锦簇的杜鹃，当本书的翻译终于收尾的时候，正是英格兰国花玫瑰在大小各异的花园里独领风骚的季节。对一本书的悉心理解，字斟句酌，就好像在向原作者一点一点地靠拢。美好的英伦之夏，或许我该来一次苏格兰高地之旅？因威内斯的风中一定藏着铁伊清新的气息……

欧阳耀地

2018.6.15

英国利兹市

第一章

这是一个春日的下午。四点钟，罗伯特·布莱尔想回家了。

五点才是下班时间，但如果你是布莱尔／赫伍德／伯尼特律师事务所的布莱尔，就可以想什么时候回家就什么时候回。要是你的业务范围主要是遗嘱、财产转让、投资等，下午晚些时候就基本没有客户上门了。尤其是在米尔福德这样的地方，当日邮件最晚发出的时间是下午三点四十五分，因而白天那种运转的势头早在四点之前就失去了冲劲。

甚至他的电话都不太可能响起。他的高尔夫球友们现在大概已经玩到第十四到十六洞之间了吧。没人邀他共进晚餐，因为在米尔福德，人们还是习惯于手写晚餐邀请函并通过邮局送达。林婶也不会给他电话，让他回家路上顺便取鱼，因为这是她例行的两周一次的电影院下午，此刻她该刚刚进入剧情二十来分钟吧。

他坐在那里，在一个小镇春日午后的慵懒氛围里，呆望着桌上的最后一缕阳光（桌子是红木的，镶有黄铜装饰，他爷爷从巴黎带回这张桌子时，震惊了全家），想着回家了。沐浴在这最后一缕阳光里的，是他的茶盘。在布莱尔／赫伍德／伯尼特律师事务所，上漆的茶盘和厨房的杯具跟茶本身毫无关联。每个工作日下午三点五十分，达芙小姐会准时端着茶盘进入他的办公室。茶盘上覆盖着洁白的茶巾，上面是青花瓷的茶杯，一个与之配套的碟子里，放着两块饼干：星期一、三、五，牛油饼干；二、四、六，消化饼干。

百无聊赖地盯着盘子，他想这东西多么能代表布莱尔／赫伍德／伯尼特律师事务所的传统连贯性啊。从他能记事起，茶杯就在这里了。在他很小的时候，家里的厨子一直用这茶盘从烘焙房里端来面包。是他年轻的母亲再次焕发了茶盘的生命，把它带到办公室，承担起负载青花瓷杯的责任。茶巾是后来加入的，伴随着达芙小姐的到来。达芙小姐是战争的产物[1]，她是米尔福德第一个在颇负盛名的律师事务所上班的女性，那时单身、笨拙、瘦弱、热忱的她，本身就是一场革命。但是事务所波澜不惊地经受住了革命的冲击，如今差不多二十五年过去了，人们难以置信，这位瘦弱、银发、自尊的达芙小姐曾是轰动一时的人物。她对由来已久的办公室传统的唯一干预就是引进了茶巾。在达芙小姐家，饭菜从不直接放在盘子上，同理，糕点也从不直接放在碟子上，一块茶巾或者小垫布是必不可缺的。因此，达芙小姐侧目斜视一无遮掩的盘子好一阵子，考虑到花纹图案分散注意力，倒人胃口，而且"怪异"，有一天她从家

---

[1] 指女性战时开始参加工作。——译注（本书脚注若无特别说明，均为译注）

里带来一块洁白素净、品质优良的茶巾，和任何被人张口消灭的点心都很搭配。罗伯特的父亲本人喜欢上漆的有图案的盘子，当他看到洁白素净的茶巾，被年轻的达芙小姐将自身定位和公司利益结合起来的行为所感动，茶巾被保留下来，和契据箱、黄铜盘子，以及赫舍尔苔因先生一年一度的感冒一样，成了公司生命的一部分。

就在他的眼光停留于放置饼干的蓝色碟子的时候，罗伯特的胸口又一次划过那种奇怪的感觉。这感觉和那两块消化饼干无关，至少在生理上与之无关，而是和无可避免的"饼干惯例"有关，它就像一个平静的公式：星期二消化饼干，星期一牛油饼干。直到去年左右，他对固化或者平静没有任何不适。他从未追求另外一种生活，他对自己的生活很满意：在自己长大的小镇里过宁静友爱的日子。目前他还是如此。不过最近有一两次，一种奇怪而陌生的想法会划过他的脑海，漫无目的，不请自来。将这种想法勉强诉诸文字，大概是："你将来也就是这个样子啦。"伴随这种想法而来的，是胸口的一阵发紧，一种恐慌的反应，就像他十岁时突然想起要去看牙医，小小的胸膛承受到的挤压一样。

这让罗伯特生气又迷惑。他一直认为自己是个快乐又幸运的人，而且并不是那种孩子气的以为。为什么现在这种陌生的感觉却来刺痛他，让他的肋骨之下产生某种令人沮丧的紧缩？他的生活缺乏什么一个男人应该拥有却没拥有的东西？

一个妻子？

可要是他想结婚的话早就结了，至少他是这样认为的。本地有很多单身女性，而且没有任何迹象显示他不受欢迎。

一个挚爱的母亲？

但是天底下哪个母亲能比爱心满满的林婶更宠溺他？

财力？

他想买的东西哪样他买不起？如果这不是财力，那能是什么？

激动人心的生活？

可他并不喜欢刺激。没有什么能比一天的狩猎或者在第十六洞时打平手更刺激的了。

那么，是什么呢？

为什么会有"你将来也就是这个样子啦"的感觉？

凝视着放置饼干的蓝色碟子，他想，也许这种感觉是孩提时代"明天将有奇迹发生"的态度在一个男人身上潜意识的唤醒吧，这只能发生在人过四十之后，当期望已不太可能实现，它就强行进入人的意识中，是孩提时代渴望得到关注而遗留下来的碎片。

他，罗伯特，由衷地希望生活像目前这样继续下去，直到死亡来临。还在学生时代，他就知道有一天他会进入公司，子承父业。他真诚地同情那些没有既成商机坐等他们，没有米尔福德这样一个满是朋友和记忆的地方等着他们的小伙伴。全英国没有哪里能像布莱尔／赫伍德／伯尼特律师事务所一样持续发展、平稳可靠的了。

现在公司已经没有赫伍德了，从1843年起就没有了，但是伯尼特的一个小子此刻正占据着后屋。"占据"是个非常关键的词，因为这小子不做什么正事，他的人生主要兴趣就是创作高雅脱俗的诗歌，如此高雅脱俗，只有纳维尔他本人才能理解。罗伯特强烈反感诗歌但能容忍无所事事，因为他没忘记当年自己占据后屋的时候，在那里练习5号球棍，把球击进皮扶手椅里。

阳光悄无声息地滑过茶盘边缘，罗伯特决定走了。如果现在离开，他还能在阳光消逝于东边人行道之前穿过商业街回家，而沿着米尔福德商业街步行是他的乐事之一。并不是因为米尔福德是个花样纷呈的地方，在特伦特南部，像米尔福德这样的地方数以百计，但它毫不装腔作势的风格典型地反映了近三百多年来英格兰的美好生活。与布莱尔/赫伍德/伯尼特律师事务所这边人行道齐平的，是建于查尔斯二世统治时期最后几年的老住宅。商业街顺着微微斜坡，自然而然地向南延展。乔治亚时期的砖房，伊丽莎白时期的木材架灰泥房，维多利亚时期的石头房，摄政时期的粉饰细灰泥房，一直演绎到路尾掩隐于榆树之后的爱德华时期的别墅。在玫瑰色、白色和褐色之间，时不时地出没一些黑色玻璃前身的房子，像聚会上身着盛装的新贵，毫无忌惮地显摆，然而其他房子的温和礼让，却使之相形见绌，大打折扣。在米尔福德，即便财大气粗的公司也行事从容平和。诚然，艳红金黄的美国大卖场一路招摇到最南端，每天惹得在对面伊丽莎白时代旧址里经营一爿茶室的朱拉芜小姐火冒三丈（茶室依靠她姐姐高超的烘焙技术支持和安·波琳的良好声望而具有竞争力），但高利贷的西大臣银行进驻织工大厅后所做的改造，十分鲜见地只采用了少量的大理石，非常低调，而大型批发商索尔斯药店则租用了古老的威兹德姆民居，完整地保留了其让人惊异的高大的外形。

这是一条精致、快乐、忙碌的小街，修剪过的欧椴树伸出人行道，间隔地生长于街两边。罗伯特非常喜欢这一点。

他准备起身的时候，电话响了。在这个世界的其他地方，电话是办公室之外的物什，一个无关紧要的人接了电话，问你有什么事，能不能等一下，她帮你接过去，然后你就能和你找的人通话了。但在米尔福德，这种情况是不可容忍的。在米尔福德，如果你打电话给约翰·史密斯，你就是期望约翰·史密斯本人接电话。因此，这个春日的下午，布莱尔／赫伍德／伯尼特律师事务所的电话响了，就是指罗伯特那张镶有黄铜装饰的红木桌上的电话响了。

事后，罗伯特常想，要是这个电话晚响一分钟的话，事情会怎样。在这一分钟，无足轻重的六十秒里，他可能已经从厅堂的衣帽架上拿起大衣，伸头进对面房间，告诉赫舍尔苔因先生他要走了，然后走进微弱的阳光里，沿街而行。会是赫舍尔苔因先生接电话，告诉那个女人他已经走了。她会挂了电话，去别的地方试试。余下的一切，对他而言就是仅供遐想的学术兴趣了。

但是电话响得非常及时，罗伯特伸手拿起话筒。

"是布莱尔先生吗？"一个女人问道，声音低沉，平时应该是很自信的，但现在听起来气短或者紧迫，"噢，很高兴您接了电话，我担心您已经走了。布莱尔先生，您不认识我，我是夏普，玛丽恩·夏普。我和我母亲住在弗朗才斯，就是拉伯勒路上的那座房子。"

"是的，我知道。"布莱尔说。他见过玛丽恩·夏普，他认识米尔福德这一带的所有人。一个瘦高，深色皮肤，四十岁左右的女人，经常扎着色彩明亮的丝巾，使她吉卜赛人般的深肤色更加突出。她开一辆老旧的车，上午来镇上购物。她的白发母亲笔直优雅地坐在后排，带着一种和环境格格不入的、默然抗议的表情。从侧面看，夏普老夫人很像威思特勒的母亲，当她转过脸正对着你，你立马能感受到她那双明亮、冷酷、像海鸥一样锐利的浅色眼睛的威力。她像个如有神力的预言家，让人感到不自在。

"您不认识我，"那声音继续着，"但我见过您，您看起来像个好人。我需要一位律师，我是说，我此时此刻就需要一位律师。我们唯一打过交道的律师在伦敦，一个伦敦的事务所——事实上我们没有律师，他们只是我们继承财产时的遗赠。但现在我有麻烦了，我需要法律援助。我想到了您，您看——"

"如果是你的车——"罗伯特开口了。在米尔福德，"麻烦"意味着两样事情之一：私生子的赡养费，或者交通违规。具体到玛丽恩·夏普，只能是后者。但不管是哪种情况，都不是布莱尔／赫伍德／伯尼特律师事务所感兴趣的案子。他会把她介绍给卡利，路尾那个聪明的年轻人，他沉迷于法院的案子，被公认为具有把魔鬼从地狱里保释出来的能力。（"把他保释出来！"有天晚上某人在玫瑰与皇冠酒店开玩笑说，"他能做更多的事，他能让我们每个人在给魔鬼的证词上签字。"）

"如果是你的车——"

"车？"她茫然地说，好像在她目前的世界里，很难记得车是什么东西，"噢，我明白了。不，不是的，不是那类事情，是严重得多的事。是伦敦警察厅[1]。"

"伦敦警察厅！"

对温文尔雅的乡下律师及绅士布莱尔来说，伦敦警察厅和世外桃源、好莱坞，还有跳伞一样，是异国的产物。作为一位品行良好的公民，他和当地警察关系融洽，和犯罪活动的联系也止于此。他和伦敦警察厅走得最近的，就是和当地的巡警一起玩高尔夫球。该巡警人挺不错，球风稳健，只是极其偶尔地，到第十九洞[2]时，会有点忘乎所以地透露些许他的工作。

"我还没有谋杀哪个人，如果这是您现在所想的话。"声音有点仓促。

"关键是，你是不是被认为谋杀了人？"不管她被认为做了什么，这明显是卡利的案子，他必须把她转给卡利。

"不，根本不是谋杀。我被认为绑架了某人，或者说是劫持，或者是其他什么，在电话里我无法解释。但是我现在需要有个人，马上，还有——"

"可是，你看，我认为你需要的人根本不是我，"罗伯特说，"实际上我对刑法一无所知，我们事务所不处理这类案子。你需要找的人是——"

---

[1] 指英国大都会警察服务总部，一般处理较大的刑事案件。
[2] 每一轮高尔夫，共有18洞，第19洞是不存在的。此为戏语，指打球过后的酒吧小聚。

"我不要刑事律师。我要一个朋友，能够站在我身边，以防我上当受骗，我是说，告诉我如果我不想回答的话，哪些问题可以不答，诸如此类的事情。您不需要在刑事犯罪学方面受过训练才能做这些，对吧？"

"不需要。但是惯于处理警察案件的事务所对你更合适，有个事务所——"

"你是不是想告诉我，这个案子'不对你的胃口'，是这样，对吧？"

"不，当然不是，"罗伯特急忙说，"我真的感觉那样更明智——"

"你知道我的感觉吗？"她插进来，"我感觉好像掉进河里了，无法自拔，你没有伸手相助，却告诉我爬上另外一边河岸更好一点。"

一阵沉默。

"其实相反，"罗伯特说道，"我是介绍一个能帮你从河里脱身的专家，比我的业余水平强多了，我向你保证。本杰明·卡利在这一带比任何人都懂如何为被控告人辩护——"

"什么！那个穿条纹套装的令人生厌的小个子！"她的声音提高了，有点颤抖，然后又是一阵沉默。"对不起，"她的声音回归正常，"我失礼了。可是您看，当我给您打电话时，不是因为我认为您聪明（"真的不是吗？"罗伯特心想），而是我身陷麻烦，希望得到和我一类的人的建议，而您看上去像是我的同类。布莱尔先生，请一定来，我现在需要您。从伦敦警察厅来的人此刻就在我家，如果您觉得自己不愿意和这事搅在一块儿，以后您随时可以把它转给其他人，好吗？也可能最后什么事也没有。如果您能来这里，'留神我的权益'，就一个小时，也许就完事了。我相信肯定是哪里出了错。请您帮帮我，好吗？"

总体来说罗伯特·布莱尔觉得可以。他脾气太好了，难以拒绝任何合理的请求，而且如果事情变得困难，她也给他留了条后路。事后他想，其实他根本不想把她丢给本·卡利。尽管她对条纹套装的反感让人好笑，但他明白她的思路。如果你做了什么坏事想逃过惩罚，卡利绝对是上帝送你的最好礼物，但如果你是莫名其妙陷入麻烦的无辜者，也许卡利那种咄咄逼人的个性并不会于事有补。

尽管如此，放下话筒的时候，他暗自希望自己展示给世界的，是更为严峻的形象——卡尔文还是卡利宾，叫什么他不管，只要能阻止身陷麻烦的陌生女性跑来寻求他的保护就行。

走去罪孽街的车行取车时，他寻思着"绑架"是哪种麻烦呢？英国法律里有没有这种罪行？她会对谁发生兴趣以至于绑架其人？一个孩子？"有所期望"的孩子？尽管在拉伯勒路上拥有一套大房子，她们给人的印象却很穷。或者是她们认为被父母"不当使用"的孩子？这有可能。如果他曾见过狂热的面孔的话，那老妇人就长着一张；而玛丽恩·夏普本人看起来似乎木桩也能成为她天然的道具，如果木桩还风行，没有过时的话。是的，可能是自以为是的善心让她们走了这一步，"拘禁他人以达到剥夺父母、监护人等等对孩子的占有"。此刻他多么希望能多记得些哈里斯和威尔希尔[1]。他不

---

[1] 指《哈里斯和威尔希尔的刑法》一书。

能马上记起这是否是即将被严惩的重罪，抑或区区小错而已。"劫持和拘禁"自 1798 年 12 月以来就再没玷污过布莱尔／赫伍德／伯尼特律师事务所的案卷。那一年乡绅列叟思喝了不少当季红酒，从格蕾特家的舞会上将格蕾特小姐直接掳走放上马鞍，穿越洪水，和她绝尘而去，而乡绅的动机，尽人皆知。

啊，现在伦敦警察厅的介入吓了她们一大跳，她们肯定在琢磨如何应对吧。他自己也有点被伦敦警察厅吓到了。那个小孩那么重要，以至于惊动了总部？

快到罪孽街的时候，他又碰到往常一样的纷争，不过设法脱身了。［词源学家们说"罪孽"（Sin）纯粹是"沙子"（sand）的变体，但是米尔福德居民的理解更透彻：在镇子后面低洼草地上那片廉租房修建之前，这条街直通高林里的情人小径。］狭窄的街道两边，面对面永远仇视着对方的，是当地的马行和镇里最新的车行。车行惊吓了马匹（马行的人这么说），运载稻草和饲料的马行老是把路堵死（车行的人这么说）。况且车行是由前皇家电力机械工程师特种部队成员比尔·伯劳、前皇家通讯兵团成员史坦利·皮特，以及前国王骑兵卫队成员老马特·艾里斯共同经营，他们正是毁灭骑兵团和冒犯人类文明的一代的典型代表。

冬天罗伯特打猎时听到的是骑兵团这边的故事，余下的季节，当他的车需要擦洗、上油、装配或者领取的时候，他倾听皇家通讯兵团这边的故事。今天，通讯兵团想知道文字诽谤和口头诽谤的区别，究竟是什么构成人格诽谤。如果说一个人是"摆弄易拉罐的发明家，却不知道橡仁来自橡子"，算不算人格诽谤？

"不知道，史坦利，得仔细想过才知道。"罗伯特匆忙说道，启动了车子。两个胖孩子、一个马夫坐在三匹疲惫的马上，从下午的骑行中尽兴而归，罗伯特只好等他们慢悠悠地从车前走过（"瞧，明白我的意思了吧？"史坦利在后面喊道），然后猛地拐进了商业街。

开到商业街南端，店铺逐渐稀落，门阶紧连通道的民居逐渐繁密，然后是门口离通道有点距离、带柱廊的一片房子，然后是花园里长着树木的别墅群，再然后，突然就到了开阔的乡间田野。

这是有人耕作经营的乡野，一片由无数块围起来的田地和寥落的房子构成的大地。富裕，但是孤独，漫游其间，一英里又一英里，你可能遇不到另外一个人。安静、自信，自玫瑰战争①以来未曾改变。树篱隔开的田地一片接一片，一条天际线融入另一条天际线，没有间断，唯有电线杆出卖了这不变的世纪。

地平线之后就是拉伯勒。拉伯勒到处是自行车、小军火、锡钉、柯文牌蔓越莓酱，还有生活在肮脏的、挤挤挨挨的红砖房里的人们。对青草和土地的原始渴望，使得它周期性地打破界限，不断扩张。不过米尔福德郊外没有什么东西可吸引那些既要漂亮的草地，又要缀有茶室的土地的人；当假期来临，拉伯勒人整齐划一地拥向有山有海的西边，北边和东边大面积地留空，孤独、宁静、整

---

① 指 1455—1485 年期间，金雀花王朝两大分支家族为王位控制权而引发的系列内战。

洁，好像重返辉煌的太阳①里的往昔。它是"单调"的，因为这该死的原因，它倒得救了。

拉伯勒路两英里开外有一座叫弗朗才斯的房子，和一间不合时宜的电话亭一起站在路边。摄政时期晚期，有人买了一片叫弗朗才斯的田地，在地中间盖起了一座淡白色的房子，然后围着它砌了一面高大坚固的砖墙，并在正对着路中间的地方，开了一扇与墙等高的巨大的双开门。这房子和乡下的任何东西都没有关联：后面没有农具房，甚至没有通向周边田野的侧门。马厩按那个时代的流行做法，起在房子后面，但却在高墙之内。这地方老旧、孤立，像丢在路边的小孩的玩具。罗伯特所能记得的，是个老头子一直住在这里，因为弗朗才斯家的人一直是在拉伯勒这边一个叫汉姆格林的村子买东西，所以在米尔福德从来不见他们的身影。然后玛丽恩·夏普和她母亲开始出现在米尔福德早购物的画面中，可想而知那个老头去世后，她们继承了弗朗才斯。

她们在那里住了多久啦，罗伯特寻思着，三年？四年？

她们没有融入米尔福德社交圈不足为奇。二十五年前，沃伦老夫人买下商业街尾那片榆树成荫的别墅区里的最后一栋房子，满心希望中部的空气比海边对她的风湿病更好，现在人们仍然称她为"从韦茅斯来的那位女士"。（顺便说一下，其实她是来自斯沃尼奇。）

而且夏普母女俩可能根本不想寻求社会关系，她们有种奇怪的

---

① 应指金雀花王朝爱德华四世统治时期。爱德华四世高大英俊，喜穿灿烂辉煌的衣服。

自足的表情。他曾在高尔夫球场见过玛丽恩一两次，她正和波什维克医生一起打球（猜想她是应邀而去的）。她像男人一样开了个长球，像职业球手一样运用她那纤细棕色的手腕。他对她所知就这么多。

在那扇高大的铁门前停下车，他发现已经有两部车停在那里了。近的那部只需一瞥就能识别。如此朴素低调，如此干净整齐，如此小心谨慎，下车时他心想，在这个世界上，有哪个国家的警察会如此克制安静，彬彬有礼？

他的眼睛投向远一点的那部车，认出那是哈莱姆的，也就是在高尔夫球场玩得很稳健的那位当地巡警。

警车里坐着三个人：前排司机，后排一位中年妇女和一个既像孩子又像年轻人的女子。司机用那双温和，心不在焉，全方位观察的眼睛注视着他，然后收回目光，但他看不到后排人的脸。

高高的铁门紧闭着——罗伯特从未见它打开过——他怀着好奇推开沉重的半边门。为了追求维多利亚式的清净隐私，原先大门的铁花边已经被平整的铸铁板覆盖，而且墙太高了，因而除了从远处看到房顶和烟囱之外，外人无从知晓墙内的一切。罗伯特从来没有见过弗朗才斯。

他的第一感觉是失望。不是因为房子破旧得可以闹鬼——虽然这是显而易见的，而是它纯粹的丑陋。可能是由于它建于一个优雅时代的末期，未能分享时代的优雅，也可能是起房子的人缺乏审美的眼光，虽然采用了当时的建筑风格，但显然对它并不熟悉。每个地方都有那么点儿出格：窗户的大小错了半英尺，设置的地方也稍微不对；门道的宽度不合理，台阶的高度不够科学。总体而言，它没有那个时期平淡满足的风格，而呈现一种敌对的、疑问的面目。罗伯特穿过院子走向看起来一点也不友善的门口时，可以十分准确地描述它让自己想起了什么：一条突然被陌生人惊醒的狗，前脚立起，犹豫片刻，不知是该攻击还是仅仅吠叫。门口就是带着这种一模一样的"你来这里干什么"的表情。

他还没按门铃，门就打开了，不是女仆，而是玛丽恩·夏普本人。

"我看到您来了，"她说，伸出手，"我不想您按铃，因为我母亲下午习惯躺下休息，我希望在她醒来之前完事，那样她就永远不需要知道此事。您能来我不胜感激。"

罗伯特低语几句，发现她的眼睛是灰榛子色，而他以为会是吉卜赛人那种明亮的棕色。她带他进入门厅，当他把帽子放在柜子上面时，注意到地毯十分破旧了。

"执法人就在这里。"她说，推开一扇门，引领他进入会客室。罗伯特本想单独和她多说几句，让自己定定神，但现在太迟了。很明显，这正是她想要的方式。

哈莱姆坐在一把珠饰的椅子边缘，看起来很腼腆。靠近窗户，神态自若地坐在一把制作精良的赫普怀特①座椅里的，是来自伦敦警察厅的一位穿着考究，个子瘦高的年轻人。

---

① 18世纪英国三大家具制造商之一。

他们站起来的时候，哈莱姆和罗伯特互相致意地朝对方点点头。

"您应该认识哈莱姆巡警吧？"玛丽恩·夏普说道，"这位是总部来的格兰特探长。"

罗伯特注意到"总部"这个用词，心想她以前曾和警察打过交道吗，还是她有意避开有点敏感的"伦敦警察厅"这个词？

格兰特摆摆手，说：

"布莱尔先生，很高兴您来了，不仅是因为夏普小姐，也因为我本人。"

"你本人？"

"夏普小姐没有任何支持的话，我很难往下进行。她需要一种善良友好的支持，如果能得到法律方面的援助，那就更好。"

"我明白了。你们指控她什么呢？"

"我们没有指控她任何事情——"格兰特刚开口，但玛丽恩打断了他。

"我被认为劫持并殴打了某人。"

"殴打？"罗伯特说，大为吃惊。

"是的，"她说，带着一种罪大恶极的口吻，"打得她青一块紫一块。"

"她？"

"一个女孩，现在就在门外的车里。"

"我想我们最好从头开始。"罗伯特恢复常态后说。

"也许我最好解释一下。"格兰特温和地说。

"是的，"夏普小姐说，"请说，毕竟，这是你的故事。"

罗伯特不知道格兰特是否察觉她这话的嘲讽意味，他也有点惊讶伦敦警察厅的人坐在她最好的椅子里，夏普小姐还能保持冷静，语带讥讽。电话里她可没有这份冷静，而是很急，几近绝望。也许是一个盟友的出现使她信心大增，也可能是她已经缓过神来了。

"就在复活节前，"格兰特以警察风格的简明扼要开始了，"一个叫伊丽莎白·凯茵的女孩去拉伯勒近郊缅因絮尔已婚姑妈家度短假。她和其监护人住在靠近艾尔斯伯里的地方。她是坐长途客车去的，因为伦敦至拉伯勒的客车经过艾尔斯伯里，也在抵达拉伯勒之前经过缅因絮尔，这样她就可以在缅因絮尔下车，步行三分钟到她姑妈家，而要是坐火车的话，她就得进入拉伯勒中心再出来。一个星期之后，她的监护人——韦恩先生及夫人——收到她的明信片，说她很享受这个假期，想再多待一阵。他们以为她想在那里度过整个校假，也就是说剩下的三个星期。当她在该返校的最后一天还未见人影时，他们认为她纯粹是想逃学，于是写信给她姑妈，催促她的归来。她姑妈没有去最近的电话间或者电报厅，而是回信说她侄女已于两个星期前回艾尔斯伯里了。信件往返浪费了宝贵的一个星期，等她的监护人去警局报案时，女孩已经失踪了四个星期。警察采取了常规的方式处理此案，但在他们取得任何实效之前，女孩出现了。一个深夜，她筋疲力尽地走回艾尔斯伯里附近的家，身上只有一条裙子和一双鞋。"

"女孩多大？"罗伯特问道。

　　"十五岁。差不多十六岁。"他停了一下，看罗伯特是否还有其他问题，然后继续下去。（真是相辅相成，罗伯特欣赏地想，这礼仪风度和停在门口那辆不事张扬的车正好呼应。）"她说她被一辆车'劫持'了，整整两天，这就是其他人从她那里得到的全部信息。她陷入一种半昏迷的状态，等她两天后恢复过来，他们才开始得知发生了什么。"

　　"他们？"

　　"韦恩一家。警察当然也想知道，但一提到警察，她就变得歇斯底里，所以警察只能获得二手信息。她说当她在缅因絮尔的十字路口等回去的客车时，一辆车开过来，停在马路牙子边。车里坐着两个女人，开车的那个年轻女人问她是否在等车，要不要搭便车。"

　　"女孩是一个人吗？"

　　"是的。"

　　"为什么没人送她？"

　　"她叔叔在上班，她姑妈去参加洗礼做教母了。"他再次停下来，让罗伯特提问，"女孩说她在等伦敦的客车，她们告诉她车已经走了。因为她赶到十字路口时时间已经很紧，而她的表不是很准，所以她相信了。事实上，在这辆车停下来之前，她就已经担心误车了。她心烦意乱，因为那时已是下午四点，开始下雨，天变得越来越黑。她们很同情她，说可以送她到某个地方（名字她记不清了），从那里她可以半小时后搭乘另外一趟去伦敦的客车。她感激地接受了，上车坐在后排老妇人的旁边。"

罗伯特的脑海里浮现一幅画面：夏普夫人在车后惯常的位置，坐姿笔挺，令人生畏。他瞥了一眼玛丽恩·夏普，但她的脸平静镇定。这个故事她已经听过了。

"雨模糊了车窗，路上她向老妇人介绍自己，所以没有留意车去向哪里。当她最后注意周遭环境时，窗外已经很黑了，而她觉得车开了好久。她说她们特意为她绕这么多路，真是太好心了。这时年轻女人第一次开口了，说她们其实正好顺路，相反，她们还有时间进家一起喝杯热饮，然后再带她去新的十字路口。她对此有点拿不准，但是年轻女人说与其在雨里等二十来分钟的车，不如在温暖干燥的地方边吃东西边等，她觉得这话有道理。最终，年轻女人下车，推开一扇她觉得是车道上的大门，开到一座房子前，但是天太黑了，看不清楚房子的轮廓。她被带进一间很大的厨房——"

"一间厨房？"

"是的，一间厨房。老妇人去炉子上热咖啡，年轻女人做三明治。'没有顶的三明治'，女孩是这样形容它们的。"

"自助小吃。"

"是的。当她们边吃边喝时，年轻女人告诉她目前她们没有女仆，问她是否愿意代做一阵子。她说不。她们试着劝说她，但她坚持这根本不是她想要的工作。说着说着，她们的脸慢慢变得模糊了。她们建议至少她应该上楼看看，如果她留下来，会住在多么好的卧室里。她的头昏沉沉的，不由自主地听从了。她记得第一节楼梯覆盖着地毯，第二节楼梯脚下感觉有'什么硬硬的东西'，直到第二天白天她在空荡荡的阁楼里醒来，躺在一张带小轮的矮床上，这就是她的所有记忆。她只穿着衬裙，其他衣物都不见了。门上了锁，小圆窗打不开，无论如何——"

"圆窗！"罗伯特不自在地说。

倒是玛丽恩接上来。"是的，"她不无意味地说，"屋顶上的圆窗。"

因为几分钟前，当他走向她的前门时，最后想的就是屋顶上的小圆窗有多么地错置，罗伯特也就没什么可说的了。格兰特出于礼貌停顿了一下，然后继续说下去：

"很快，年轻女人带着一碗麦片粥进来了。女孩拒绝吃东西，要求归还她的衣物并让她离开。女人说等她够饿的时候自然会吃，留下麦片粥离开了。直到晚上，年轻女人才端着茶盘和新鲜糕点再次出现，劝说她试试女仆的工作，女孩再次拒绝了。根据她的叙述，接连几天，这种哄劝和欺凌轮番上演，有时是这个女人，有时是另外一个女人。然后她想如果打破小圆窗的话，也许她能爬到有护墙的屋顶上，某个路人或者上门推销的人可能注意到她，把她救出苦海。不幸的是，她唯一的工具是一把椅子，当她刚把玻璃打出裂缝，年轻女人就气冲冲地上来了。她夺过椅子，用它使劲殴打她，直到上气不接下气。她带着椅子走了，女孩以为这事结束了，不承想过了一会儿，女人又回来了，手里拿着一条狗鞭似的东西，把她打得昏死过去。第二天老妇人抱着一堆床单上来，说如果她不想做家务，至少可以做点针线活吧，不做的话，就没吃的。她修补了一些床单，晚餐她们给她吃些炖菜。这种安排持续了一段时间，但如果她的做工不好或者做得不够的话，就会要不挨打，要不挨饿。然后有一天，老妇人像往常一样带来一碗炖菜却忘了锁门，女孩等着，以为这是个圈套，逃跑的话就会挨打，不过最终她还是冒险走到楼梯口。没有声音，她跑下没有地毯的那节楼梯，然后又下了另外一节，来到第一个楼梯口。现在她能听到两个女人在厨房里的说话声。她蹑手蹑脚地移过最后一节楼梯，冲向门口。门没有上锁，她跑进黑夜里，一直不停地跑。"

"穿着衬裙？"罗伯特问。

"我忘了说，她们已经用衬裙换了裙子。阁楼没有暖气，只穿衬裙她可能被冻死。"

"如果她曾经在阁楼待过的话。"罗伯特说。

"正如你所说的，如果她曾经在阁楼待过的话。"探长温和地同意了。这次没有出于礼貌的习惯性停顿，他继续说道："那之后，她记得的确实不多。她说她在黑暗中走了好远，那似乎是条大路，但是没有车辆，她一个人也没碰到。一段时间后，在主路上，一个货车司机看到了她，停下来给她搭了车。她太累了，直接睡了过去，醒来时，发现自己站在路边，货车司机笑她像个失去填充物的木屑玩偶。那时好像还是晚上，货车司机说这里就是她说要下车的地方，然后开走了。过了一会儿，她辨认出街角，那里离她家不到两英里。她听到钟声敲了十一下，将近半夜时分，她回到了家。"

第二章

短暂的沉默。

"现在坐在弗朗才斯门外那辆车里的就是那个女孩吗？"罗伯特说。

"是的。"

"我想你把她带来这里是有原因的。"

"是的。当女孩完全恢复，她需要告诉警察发生了什么。她的述说以速记的方式记录下来，她阅读了打印的版本并签了字。在其证词中，有两件事对警察大有帮助。这是相关章节：

> "'车开了一阵子，一辆有米尔福德照明标志的巴士从旁边经过。不，我不知道米尔福德在哪里。不，我从未去过那里。'

"这是一段。以下是另一段：

　　"'从阁楼的窗口，我能看到一堵高高的砖墙，中间有扇大铁门。墙角外有条路，因为我能看见电线杆。不，我看不到路上的车辆，因为墙太高了。有时只能看到货车的顶部。透过大门看不到什么，因为门上装有铸铁板。门内有短短一截直行车道，然后一分为二，形成圆圈，通达房门。不，它不是花园，只有草。是的，草地，我认为。不，我不记得有灌木丛，只有草和小径。'"

　　格兰特合起引用证词的小笔记本。"据我所知——而且搜索是细致的——在拉伯勒和米尔福德之间，符合女孩描述的房子只有弗朗才斯，而且弗朗才斯的每个细节都和描述对应。今天女孩看了墙和大门，确信就是这里，但她还没有看到门内的一切。我已经向夏普小姐解释了事情的来龙去脉，想知道她是否愿意和女孩对质，她很明智地要求有法律见证人在场。"

　　"您是不是奇怪我为什么那么急需帮助？"玛丽恩·夏普转向罗伯特说，"您能想象比这更荒谬的噩梦吗？"

　　"女孩的故事确实是真实和荒谬最奇怪的混合。我知道家政服务供不应求，"罗伯特说，"但是有人指望通过强行扣押求得仆人吗？更不用说打骂和不给饭吃。"

　　"正常人当然不会，"格兰特同意地说道，眼睛牢牢地盯着罗伯特，以免眼光忍不住滑过去看玛丽恩·夏普，"但是请相信，在我从警的头十二个月，遇到过很多更令人难以置信的事情。人类行为的恣意放纵是没有极限的。"

"我同意，但是恣意放纵更可能存在于女孩的行为里，毕竟，恣意放纵始自于她，是她失踪了——"他提问式地停顿下来。

"一个月。"格兰特补充道。

"在这一个月里，没有证据显示弗朗才斯的日常活动和平时有何不同。夏普小姐能不能提供事发当天不在场的证明？"

"不能，"玛丽恩·夏普说，"根据探长所说，那天是3月28号，已经过去很久了，而我们在这里的日子每天变化不大，不太可能记得3月28号具体做了什么，更不会有人为我们记得。"

"你的女仆？"罗伯特建议道，"仆人们通常令人惊讶地自有一套记录家庭日常的办法。"

"我们没有女仆，"她说，"弗朗才斯太偏僻了，我们很难留住女仆。"

这一刻变得令人尴尬，罗伯特急于打破这种气氛。

"这女孩——我不知道她的名字。"

"伊丽莎白·凯茵，人们叫她贝蒂·凯茵。"

"哦，对不起，你确实告诉过我了。这女孩——我们能不能知道她的一些背景？我想警察在这么相信她之前应该已经对她做了调查。比如，为什么是监护人而不是父母？"

"她是战争孤儿，很小的时候就被疏散到艾尔斯伯里。她是家里唯一的孩子，被分配给韦恩一家，韦恩家有个长她四岁的男孩。

十二个月后，她的父母在同一'事件'中身亡。韦恩夫妇很喜欢孩子，一直想要个女儿，所以他们很乐意地留下了她。她把他们当成父母，因为她对亲生父母基本没有什么记忆。"

"我明白了。她的表现如何？"

"非常好。从各个方面来说，是个安静的女孩。成绩不算优异，但是很不错。校内校外，从未惹过麻烦。'透明的诚实'，是她的前任老师对她的评语。"

"在她失联之后，当她最终回到家里，身上有她声称的挨打的证据吗？"

"噢，是的，当然有。韦恩的家庭医生第二天早上给她做了检查，据他的证词，她被打得全身是伤。事实上，当她后来向警察做证时，还能看到某些瘀伤。"

"没有癫痫的历史？"

"没有，在早期的质询我们也考虑到了这一点。应该说，韦恩夫妇是非常明理的人，他们痛苦不堪，但尽力不夸大此事，使女孩成为人们兴趣或同情的中心。他们对整个事件的处理令人钦佩。"

"剩下的，就该是我以同样令人钦佩的超然冷静来承受了。"玛丽恩·夏普说道。

"请理解我的处境，夏普小姐。女孩不仅描述了其被扣押的房子，还描述了两位住户——而且描述得很准确。'一个身着黑衣的纤瘦老妇人，头发柔软花白，没戴帽子；一个年轻很多的瘦高女人，皮肤像吉卜赛人般深黑，没戴帽子，脖子上扎着一条颜色明亮的丝巾。'"

"噢，是的，我无法解释，但理解你的处境。我想现在最好让女孩进来了，但在这之前，我想说——"

门无声地打开了，夏普夫人出现在门槛。脸部周围的短银发竖立着，可能是枕头使然，她比以往更像一位如有神力的预言家了。

她推开门，带着一种恶意的兴趣仔细打量房间里的人。

"哈！"她说，发出像母鸡一样低沉粗重的声音，"三个陌生的男人！"

"容我介绍，母亲。"他们三个站起来时，玛丽恩说。

"这是布莱尔/赫伍德/伯尼特律师事务所的布莱尔先生，就是商业街顶头漂亮房子里的那家。"

罗伯特鞠躬时，老妇人海鸥般锐利的眼睛盯着他。

"屋顶需要重铺。"她说。

她说得很对，是需要重铺，不过这不是他预料中的问候。

她对格兰特的问候更加非同寻常，这让他感觉好受了一点。在这样一个春日的下午，在自家的客厅里，面对伦敦警察厅的来人，她没有丝毫的惊讶不安，只干巴巴地说了一句："你不该坐在那张椅子上，你对它而言太重了。"

当女儿介绍到当地巡警时，她瞥了他一眼，头微微移动，显而易见地对他不再予以重视。从哈莱姆的表情判断，这让他极度受伤。

格兰特探询地看着夏普小姐。

"我要告诉你，母亲，"她说，"探长想要我们见一个女孩，她现在正等在门外的车里。她从艾尔斯伯里附近的家中失踪了一个月，当她回到家里，身体带伤，精神恍惚。她说她被人拘禁，那些人想要她做仆人，她拒绝了，那些人就把她关起来，打骂她，不给饭吃。她详细地描述了那个地方和那些人，你我正好符合描述，还有我们的房子。结论就是，她被我们拘禁在带圆窗的阁楼上。"

"非同一般地有趣，"老妇人说，从容地落座于帝国沙发上，"我们用什么打她呢？"

"一根打狗棍，我理解得没错的话。"

"我们有没有一根打狗棍呢？"

"我们有条类似'狗绳'那样的东西，必要的话，它可以变为打狗棍。关键是探长想要我们见这个女孩，这样她就可以指证我们是否是扣押她的人。"

"您有什么反对意见吗，夏普夫人？"格兰特问道。

"正好相反，探长，我急不可待地盼着会面。我向你保证，不是每个下午我躺下时是个乏味的老太婆，起来时却变成一个潜伏的恶魔。"

"那么，我就带——"

哈莱姆动身想出门带人，格兰特摇了摇头。很明显，他希望女孩第一次看到门后的一切时，他本人就在旁边。

探长出去了，玛丽恩·夏普向她母亲解释为何布莱尔在这里。"他能在没有预先联系的情况下这么快地赶来，实在是太让人感动了。"她附加地说，与此同时，罗伯特再次感受到那双明亮的浅色老眼的威力。他敢打赌，夏普老夫人在一个星期里的任何一天，在早餐和午餐之间，能把七个不同的人打得半死。

"我同情你，布莱尔先生。"她不带同情地说。

"为什么呢，夏普夫人？"

"我想布罗德莫①有点超出你的范围。"

"布罗德莫！"

"罪犯的神经错乱。"

"我觉得这相当刺激。"罗伯特说，拒绝被她欺负。

她的脸闪过一丝欣赏之意，露出微笑的影子。罗伯特有种奇怪的感觉，她突然对他有了好感，虽然她没有说出来。她干巴巴的声音尖刻地说："是的，我希望米尔福德缺乏消遣而且消遣乏味。我女儿在高尔夫球场追逐一块古塔波胶②——"

"它不再是古塔波胶了，母亲。"她女儿插进来。

"但在我这个年纪，米尔福德连这种消遣都无法提供了。我现在只做些把除草剂倒在野草上的事——一种合法的施虐形式，和淹死跳蚤差不多。你淹死跳蚤吗，布莱尔先生？"

"不，我挤死它们，但我有个姐姐经常用香皂来对付它们。"

"香皂？"夏普夫人带着真诚的兴趣说。

"她用香皂软的那边打它们，然后它们都黏附在上面了。"

"太有趣了，我从来不知道这个法子，下次我必须试试。"

---

① 布罗德莫是著名的专门收治囚犯的精神病院。
② 用于制作高尔夫球的材料，意指高尔夫球。

他的另一只耳朵听到玛丽恩对被冷落一边的巡警友好地说："您的高尔夫打得真好啊。"

他体会到那种感觉：你接近一场梦的尾声，即将醒来，梦里的所有自相矛盾真的无关紧要，因为你很快就要回到现实世界。

这场景很误导人，因为现实世界穿过门，随着格兰特探长一起回来了。格兰特先进来，这样他就可以看到所有人的表情，他把着门，让一位女警和一个女孩进来。

玛丽恩·夏普慢慢地站起来，好像直面任何靠近她的东西会更好一点，但是她的母亲坐在沙发上没动，像个观众似的，她维多利亚式的后背像年轻女孩一样笔直，手镇定地放在大腿上，甚至她狂放不羁的头发，也丝毫不减她是这个局面的女主人的印象。

女孩身着校服，脚穿低跟笨拙的黑色校鞋，因而看上去比布莱尔想象的要年轻。她不是很高，绝对不是很漂亮，但她有一种——用什么词来形容好呢？——吸引力。一张心形脸上，是间距很宽的深蓝色眼睛。头发是鼠色的，但前额的发际线很好看。双颊之下轻微凹陷，生出精致的模特效果，使得整张脸富于魅力和感染力。下嘴唇是丰满的，但嘴太小。耳朵也太小了，而且和头贴得太近。

总体而言，一个平常的女孩，不是人群里引人注目的那种，更不像轰动事件的女主角。罗伯特好奇地想，要是她换上别的衣服，会是什么样子呢。

女孩的目光先是停留在老妇人身上，然后转向玛丽恩。目光里没有惊讶，没有胜利感，也没有太多的兴趣。

"是的，就是她们。"她说。

"毫无疑问？"格兰特问她，加上一句，"你要知道，这是非常严重的指控。"

"是的，没有疑问。怎么会有疑问？"

"这两位女士正是拘禁你，把你的衣服拿走，强迫你修补床单，并且鞭打你的女人？"

"好个撒谎高手。"夏普老夫人高声说，语调和人们说"怎么这么相像啊"一个样。

"是的，正是她们。"

"你说我们把你带进厨房喝咖啡？"玛丽恩说。

"是的，你们是那样做的。"

"你能描述厨房吗？"

"我没有太注意。是个大厨房——石头地板，我想——还有一排铃。"

"什么样的炉子？"

"我没有注意炉子，但是老妇人热咖啡的平底锅是淡蓝色的搪瓷锅，带深蓝色边，底部边缘有很多小豁口。"

"我怀疑英格兰的哪个厨房里没有一个像那样的平底锅，"玛丽恩说，"我们有三个。"

"这女孩是处女吗？"夏普夫人语带兴趣地问道，好像在询问："它是香奈儿牌吗？"

这话吓了大家一跳，都不说话了。在这停顿的真空里，罗伯特看到哈莱姆震惊的脸，女孩涨红的脸。他无意识却十分自信地以为女儿会抗议性地叫"母亲"，然而没有。不知她的沉默是策略性的赞成，还是和夏普夫人相处了一辈子，她已经十分抗震了。

格兰特略微责备地说这和案子毫无关联。

"你这样认为吗？"老妇人说，"如果我从家里失踪一个月，这会是我妈妈第一件想知道的事。随你们吧。现在女孩已经指认了我们，你准备怎么做？逮捕我们？"

"噢，没有，目前事情离那一步还差得远呢。我想带凯茵小姐到厨房和阁楼，确认她的描述。如果描述相符，我会写进案卷报告上级，他将在会议上决定下一步如何做。"

"我明白了。可贵的审慎，探长。"她慢慢地站起来，"那么，原谅我回去接着休息了。"

"难道您不想在场看凯茵小姐检查——听听那个——"格兰特脱口而出，第一次令人吃惊地失去镇静。

"噢，亲爱的，不了。"她微微皱着眉，舒展身上的长袍。"人们能够分裂肉眼不见的原子，"她不耐烦地评论道，"但目前为止，还无人发明一种不皱的衣料。我丝毫也不怀疑，"她继续说，"凯茵小姐将确认我们的阁楼。事实上，她要是不能的话，我才会大为讶异。"

她开始朝门走去，因此也是朝着女孩的方向，女孩的眼睛第一次闪现感情色彩，一阵惊慌的痉挛越过她的脸。女警保护性地向前迈了一步。夏普夫人继续不慌不忙地走，离女孩一码远左右的时候，她停了下来，这样她们就可以面对着面了。她饶有兴趣地端详着女孩的脸，足足有五秒钟，房里一片静默。

"对两个打人和挨打的人来说，我们算是令人不快地相识了，"她终于开口说道，"在此事结束之前，我希望对你能有更好的了解，凯茵小姐。"她转向布莱尔，微微鞠躬。"再见，布莱尔先生，希望你能不断发现我们很刺激。"然后不再理睬其他人，走出了哈莱姆为她打开的门。

高潮的气氛随着她的离去而明显降温，罗伯特不得不向她致以勉强的敬意。能得到一个愤怒的女主角的关注，是一种荣光。

"你不反对让凯茵小姐看房子的相关部分吧，夏普小姐？"格兰特问道。

"当然不。但在更进一步之前，我想说说你带凯茵小姐进来之前就想说的话，很高兴凯茵小姐现在也在场听一听。我从未在任何情形之下，在任何地方搭载过她，我的母亲和我从未带她进入这所房子，更不用说扣押她了。我希望大家清楚这一点。"

"很好，夏普小姐。我们很清楚你的态度就是全盘否定女孩的故事。"

"全盘否定，从头至尾。那么，你们现在来看厨房吗？"

第三章

　　格兰特和女孩伴随罗伯特和玛丽恩去查验房子了，留下女警和哈莱姆在客厅里。女孩指认厨房后，他们走到二楼楼梯口时，罗伯特说：

　　"凯茵小姐说第二节楼梯覆盖着'什么硬硬的东西'，但是同样的地毯从第一节起一直往上铺啊。"

　　"只铺到拐弯的地方，"玛丽恩说，"'看得到'的部分。角落那里铺粗毛毯。维多利亚式省钱法。如今如果你没钱，就买便宜的地毯，一路铺上去，但这些东西是过去遗留下来的，那时人们很在乎邻居们的想法，因此豪华的东西只陈设在目力所及的地方，不会更远。"

　　女孩对第三节楼梯的描述也是正确的，这节通到阁楼的楼梯较短，梯面裸露。

　　重中之重的阁楼是一间低矮、小盒子似的正方形屋子，三面天花板猛然歪斜下来，和外面的石板屋顶对应一致。唯一的照明就是望出去可以看到房子前面的圆窗。一些短石板从窗下斜向白色的底部护墙。窗子分为四块玻璃，其中一块有十分明显的星裂纹。窗子从未被打开过。

　　阁楼完全没有任何布置。不正常的空置，罗伯特想，因为它是这么方便通达的储藏间。

　　"我们刚来时这里有很多东西，"玛丽恩说，好像回答他的疑问似的，"但等我们发现近半时间我们都不会有帮手，就把东西处理掉了。"

　　格兰特面带疑惑地转向女孩。

　　"床放在角落，"她说，指向靠近窗边的角落，"旁边是便桶。门后的这个角落有三个旅行箱——两个手提行李箱，一个平顶的大旅行箱。原来有把椅子，但在我试图打破窗子后，她把它拿走了。"她毫无感情地提到玛丽恩，好像她根本不在场一般，"那是我试图打破窗子的地方。"

　　罗伯特觉得裂缝不像只有几个星期那么新，然而，无可否认，裂缝确实存在。

　　格兰特走到最里面的角落，弯腰检查光秃秃的地板，但这是多此一举。即便站在门边，罗伯特也能看到床在地板上留下的滚轮印子。

　　"原先那里是有一张床，"玛丽恩说，"它是我们处理掉的东西之一。"

　　"你如何处理的？"

　　"我想想。噢，我们把它给斯特普尔斯农场奶牛工的妻子了。她大儿子长大了，不能再和其他孩子挤在一间屋子，她让他搬到顶楼住。我们从斯特普尔斯订购奶制品。从这里看不到它，但它就在坡那边，只隔四块地那么远。”

"你的旅行箱放在哪里呢，夏普小姐？你有另外一间储藏室吗？"

玛丽恩第一次显得犹豫。"我们确实有个平顶正方的大旅行箱，但我母亲用它来存放东西。我们继承弗朗才斯时，我母亲现在的卧室里有个很值钱的高柜子，我们把它卖了，用大旅行箱代替它，上面盖块印花布。我的手提旅行箱在二楼楼梯口的橱柜里。"

"凯茵小姐，你记得手提箱的样子吗？"

"噢，是的。一个是棕色皮箱，边角有那种小帽子似的东西，另一个是那种美国风格的带条纹的帆布面箱子。"

嗯，绝对够详细了。

格兰特再检查了一下房间，研究从窗口望出去的景观，然后转身离开。

"能看看橱柜里的手提箱吗？"他问玛丽恩。

"当然。"玛丽恩说，不过似乎不高兴。

来到下面的楼梯口，她打开橱柜，退后一些，让探长近看。罗伯特给他俩腾出空间的时候，看见女孩的脸上闪过一丝不经意的胜利的神色，这神色完全更改了她镇静、相当孩子气的面容，使他大为震惊。它是一种凶残的情感，原始又残酷，出现在一个其监护人和老师引以为傲的娴静的女生脸上，更是令人不寒而栗。

橱柜里的搁板上是家庭日用织品，地板上是四个手提箱。多出来的两个，一个是压制纤维材料的，一个是生皮材料的；另外两个是：一个带护角的棕色牛皮箱，一个正方形帆布面的帽盒箱，中间有一条多色条纹宽带。

"是这些箱子吗？"格兰特问。

"是的，"女孩说，"那两个。"

"今天下午我不想再次惊动母亲，"玛丽恩突然发火说，"我承认她房里的箱子是大型平顶的，三年来它一直待在那儿。"

"很好，夏普小姐。如果你愿意，现在去车库吧。"

下到房子后面，马厩多年前已被改为车库的地方，他们站着审视老旧的灰色汽车。格兰特读了记录在女孩证词里的非技术性描述，布莱尔心想，描述与事实相符，但与如今英国道路上至少一千辆汽车同样相符，基本算不上证据。"'有个轮子和其他轮子颜色深浅不同，好像不合群似的。不同的那个轮子在我这边的前面，因为它正停在人行道上。'"格兰特念完了。

沉默中四人盯着就近的更深灰色的前轮，无话可说。

"非常感谢，夏普小姐，"格兰特最后说道，合起本子，把它放到一边，"你非常周到有礼，对我们的调查给予支持，对此我十分感激。如果我想和你更进一步谈谈，接下来的几天，我能随时跟你通话吗？"

"噢，可以，探长。我们没打算去任何地方。"

如果格兰特察觉到她充满领悟的回答准备得太好了的话，他并没有表现出来。

他把女孩交给女警，她们头也不回地离开了。然后他和哈莱姆准备离开，哈莱姆脸上依然挂着一种为擅自闯入而道歉的表情。

玛丽恩将他们送到门厅，留下布莱尔在会客室里，当她回来时，手里端着一个盘子，上面是雪利酒和玻璃杯。

"我没想留你吃晚餐，"她说，放下盘子开始倒酒，"部分原因是我们的'晚餐'通常就像什么都放一个碟子里的夜宵，根本不是你习惯的那种。（你知道你林婶的饭菜闻名米尔福德吗？甚至我都听说了。）部分原因是——嗯，就像我母亲说的，布罗德莫有点超出你的范围。"

"关于这点，"罗伯特说，"你确实意识到了，对吧，女孩占有的优势比你的大得多，我的意思是，证据方面。她几乎可以自由选择描述任何属于你家里的物件，如果那物件存在，对她就是非常有利的证据；如果那物件不存在，对你就不是证据，只需推断说你把物件销毁了就行。比如，如果那些手提箱不存在，她可以说你把它们销毁了，因为它们曾放在阁楼里，可以被描述。"

"但是她确实在没见它们之前就描述了它们。"

"你指的是，她描述了两个手提箱。如果你的四个手提箱是相配的一整套，她也许只有五分之一正确的机会，但因为正好你这些普通的箱子一样一个，这样她的机会就大致均等了。"

他拿起她放在身边的雪利酒杯，喝了一小口，惊奇地发现这酒非常美妙。

她对他淡淡一笑，说："我们省钱，但不在酒上省。"他的脸微红了，疑惑他的惊讶外露得是否那么明显。

"但还有那个奇怪的车轮。她怎么知道的？整个栽赃陷害都非同一般。她怎么知道母亲和我，还有房子的样子？我们的大门从来没打开过。即便她打开了——虽然她在那条孤零零的路上做什么，我无法想象——即便她打开了往里面看，也不会知道母亲和我。"

"没有可能她是女仆的朋友？或者园丁？"

"我们从来没有园丁，因为除了草之外，别无其他。而且我们有一年时间没女仆了，只有一个农场的姑娘一周过来一次，粗略做些家务。"

罗伯特同情地说没有帮手，这个大房子难以打理。

"是啊，但有两件事对我很有帮助。我不是个关心家事，讲究摆设的女人，但拥有自己的家仍然是非常美好的事情，因此我情愿忍受种种不便。克罗尔老先生是我父亲的堂兄，但我们根本不认识他。母亲和我一直住在肯辛顿的寄宿公寓里。"她的一边嘴角上翘，形成揶揄的微笑，"你可以想见，我母亲是如何大受邻居们的欢迎。"笑容消失了，"我很小的时候父亲就过世了。他是个乐天派，永远相信明天会变得富有。当有天他发现自己的投机买卖亏得连一条面包都不够明天吃的时候，他自杀了，留下母亲收拾残局。"

罗伯特觉得这在某种程度上解释了夏普夫人。

"我没有受训从事某类职业，我做各种奇怪的工作，不是家政类的——我厌恶家庭琐事——是那些在肯辛顿风生水起的淑女类生意，灯罩，或者度假安排，或者鲜花，或者小玩意。克罗尔老先生过世时，我正在一家茶馆上班——那种喝早咖啡时说长道短的茶馆。是的，这有点困难。"

"什么有点困难？"

"想象我置身于茶杯当中。"

不习惯别人看穿自己的想法——林婶无法跟上任何人的思维轨迹，即便向她解释了，依然懵懂——罗伯特感到窘迫不安。不过她并没有在意他。

"我们刚刚安定下来，有家的归属感，有安全的保障，却发生了这事。"

从她向他求助以来，他第一次感到偏袒的萌动。"这全因为一个失足女孩需要一个遮掩的借口，"他说，"我们必须对贝蒂·凯茵有更多的了解。"

"我可以告诉你她的一件事，她性欲过剩。"

"这仅仅是女性的直觉吗？"

"不，我不是很女性化，我也没有什么直觉，但我从未认识哪个人——不管是男人还是女人——有那种颜色的眼睛却不如此的。那种不透明的深蓝，像褪色的海军蓝——我从来没错过。"

罗伯特对她宽容地笑笑，归根结底，她还是很女性化的。

"别因为它不合律师的逻辑而轻视它，"她加上一句，"对照一下你的朋友圈看看。"

思绪收回之前，他想到了杰洛德·布兰特，米尔福德的丑闻。杰洛德毫无疑问有双石板蓝的眼睛。白鹿旅店的杂役阿瑟·沃利斯也有一双这样的眼睛，他每周支付三种不同的货币税①。还有——

---

① 指此人男女关系混乱，与不同的女人生下孩子，每周需要支付三个孩子的抚养费。

该死的女人，她无权做出这样一个愚蠢的概括并且正确。

"猜测她在那个月实际做了什么真引人入胜，"玛丽恩说，"有人把她打得青一块紫一块的，给了我极大的满足。至少在这个世界上，有个人对她做出了正确的评估。我希望有一天能遇到他，这样我可以和他握握手。"

"他？"

"有那样的眼力，必定是个'他'。"

"唔，"罗伯特说，准备走了，"我十分怀疑格兰特接受了一个他想出庭的案子。这将是你和女孩之间的唇枪舌剑，双方均无其他支持。对你不利的是她的证词：如此详细，如此情景化。对她不利的是故事本身固有的不可能性。我认为他无法获得一个裁决。"

"但不管他去法院立案与否，事情存在那里。不仅仅存在于伦敦警察厅的案卷里，像这样的事情，迟早会到处被人议论。事情不澄清，我们无法安宁。"

"噢，如果我和此事有任何关系的话，我会为你们澄清的。但我认为我们等一两天，看看警察厅意欲何为。他们比我们有更好的条件获取真相。"

"这话出自律师之嘴，真是对警察秉公办事令人动容的颂词。"

"相信我，真相或许是种虚无的价值，但伦敦警察厅很久以前就发现它是一处事业资产，真相带给他们的满足并不亚于其他任何东西。"

"如果他真的去法院立案了，"她和他一起走到门边说，"而且真的得到一个裁决，对我们意味着什么？"

"我不太肯定是两年的监禁还是七年的苦役。我已经跟你说过，在刑事程序方面我难以依靠，但我会帮你查。"

"是的，请务必查，"她说，"两者区别很大。"

他下决心喜欢她嘲弄的习惯，尤其是面对一项刑事指控的情况下。

"再见，"她说，"你能来太好了，对我是极大的安慰。"

而罗伯特向大门走去时，想到自己差点把她扔给本·卡利，脸红了。

第四章

"亲爱的，今天忙吗？"林婶打开餐巾，布置在她胖乎乎的大腿上时问道。

这是一条讲得通但无意义的句子，和她铺开餐巾，右脚探寻用于补足她的短腿的脚凳的最佳安放位置一样，是晚餐的序曲。她不指望什么回答，或者更确切地说，毫无意识自己问了这个问题，她不需要听他的回答。

罗伯特从桌上抬头看她，比以往更加充满自觉的爱意。在弗朗才斯经历了陌生的分步挪移法①之后，林婶在场的安详令人无比舒服，他以一种新的眼光打量这个体形小而坚实的形象：短短的脖子，粉红色的圆脸，铁灰色的头发从大大的发夹卷曲出来。林达·伯尼特过着一种以菜谱、电影明星、教子，以及教会义卖为内容的生活，并且觉得这种生活很完美。幸福和满足像披风一样包围着她。

---

① 一种大型仓库的管理方法，指问题的集中再分散，以此类比罗伯特在弗朗才斯的戏剧性经历。

据罗伯特所知，她只读日报的妇女版（如何利用孩子的旧手套制作胸花），其余一概不阅。偶尔，当她收拾罗伯特随意丢置的报纸时，会停下来扫描标题并发表意见。（"男人寿命短少 82 天"——愚蠢的生物！"巴哈马发现石油"——亲爱的，我跟你说过煤油价格涨了一便士吗？）但她给人的印象是从不真的相信报纸报道的世界确实存在。林婶的世界范围始于罗伯特，止于罗伯特周边十英里之内。

"亲爱的，今天什么事让你回来这么晚？"喝完汤后，她问道。

罗伯特从长期的经验得知，这个问题和"亲爱的，今天忙吗"不在同一范畴。

"我去弗朗才斯了——拉伯勒路上的那座房子。她们需要一些法律援助。"

"那些怪人？我不知道你认识她们。"

"不认识。她们只是想得到我的建议。"

"亲爱的，我希望她们为此付费。你知道，她们根本没钱。父亲从事什么进口生意——落花生还是什么——喝酒喝死了，一便士都没给她们留下，真可怜。夏普老夫人在伦敦经营寄宿公寓来维持生计，女儿做各种各样的工作。弗朗才斯的老头子去世时，她们正差点和她们的家具一起流落街头。真凑巧！"

"林婶！你从哪里得来这些故事？"

"可它是真的，亲爱的，完全真实。我忘了谁告诉我的——某个曾在伦敦和她们住同一条街的人——不管怎样它是一手的。你知道我不是那种传播小道消息的人。房子好吗？我一直好奇那铁门之内是什么。"

"不好，相当难看，但她们有些好家具。"

"不会像我们的这么好，我敢肯定。"她说，沾沾自喜地看着完美的餐柜和靠墙排开的漂亮椅子。"牧师昨天说如果这房子不这么明显有人住着的话，它就该是样板房了。"讲到牧师她好像想起了什么。"顺便说一下，这几天你能不能对克里斯蒂娜额外耐心，我想她又需要被'拯救'了。"

"噢，可怜的林婶，这对你是多么麻烦的事情。不过恐怕拯救不了啦。今天我的早茶碟上有条'信息'。'上帝看见了我'，写在一幅粉红色的卷轴上，背景是雅致的复活节百合花。那么，她又换教堂了？"

"是的。她发现卫理公会教徒似乎是'漂白过的墓冢'，于是准备转向本森面包房上面那些'贝瑟尔'人，从现在开始随时需要被'拯救'。整个早上她一直大唱赞美诗。"

"可她一直如此啊。"

"不是'上帝之剑'那种。只要她还是唱'珍珠皇冠'或者'黄金街道'，我就知道没问题，但如果她开始唱'上帝之剑'，我知道马上就要轮到我来做烘烤了。"

"喔，亲爱的，你和克里斯蒂娜烘烤得一样好。"

"噢，不，不一样。"克里斯蒂娜端着肉菜进来说道。她是一个线条柔和的大个子，直发凌乱，眼神蒙眬。"只有一样东西你的林婶做得比我好，罗伯特先生，那就是十字面包，而且一年才一次①。

---

① 指复活节前星期五吃的十字面包，故言一年一次。

就是这样！如果这房子里没人欣赏我，那我就去有人欣赏的地方。"

"克里斯蒂娜，亲爱的！"罗伯特说，"你很清楚这房里的每个人都无法想象没有你，如果你离开，我会追随你到天尽头，就算不为别的，只为了你的黄油馅饼。顺便问一下，明天我们可以吃黄油馅饼吗？"

"黄油馅饼不是给不思悔改的罪人吃的，而且我没有黄油了，看看吧。与此同时，罗伯特先生，你查查自己的灵魂，别再落井下石了。"

门在克里斯蒂娜身后关上时，林婶轻轻地叹了口气。"二十年了，"她有所沉思地说，"你不会记得她从孤儿院第一次到这儿的样子。十五岁，骨瘦如柴，一个小捣蛋鬼。晚餐她吃了一长条面包，说她将终生为我祈祷。我想她是的，你知道。"

伯尼特小姐蓝色的眼睛里有像泪花一样的东西闪闪发亮。

"我希望她延缓灵魂的得救，直到做完那些黄油馅饼之后。"罗伯特带着无情的实用主义说道，"你喜欢那电影吗？"

"嗯，亲爱的，我忘不了他曾有五个妻子。"

"谁有？"

"是曾经有，亲爱的。一次一个。吉恩·达娄。我不得不说，他们那些小情节安排是非常有用的信息，但令人幻灭。你知道，他是个学生，我的意思是，在电影里他是个学生，非常年轻浪漫。但我老是想起那五个妻子，把我下午的兴致都破坏了。还都长得那么迷人。他们说他用手腕把第三个妻子悬吊在五楼的窗外，我并不真的相信。首先他看起来不够强壮，好像小时候胸部有毛病的样子。鸡胸细腕，不足以把任何人吊起来，绝对不可能从五楼……"

轻柔的长篇独白不绝于耳，一路贯穿到布丁环节，罗伯特收回注意力，想着弗朗才斯。他们从桌边站起来去客厅喝咖啡时，他回到现实中来。

"它是最相配的衣服，要是女仆能够意识得到的话。"她说。

"什么是？"

"一条围裙。她是官殿里的女仆，你知道，围着那种愚蠢的小块平纹细布。如此相配。顺便问一句，弗朗才斯那些人有没有女仆？没有？嗯，我不觉得奇怪。她们让最后雇用的那个女仆挨饿，你知道，给她——"

"噢，林婶！"

"相信我，早餐她吃她们从烤面包上割下来的硬皮，当她们吃鲜奶布丁的时候……"

罗伯特无心倾听鲜奶布丁孕育出来的罪恶。尽管吃了一顿美妙的晚餐，他突然感到疲倦和沮丧。如果善良无脑的林婶看不到重复这些荒唐的故事的杀伤力，那么一则真实的丑闻会给米尔福德提供怎样真实的流言蜚语？

"说到女仆——黄糖用完了，亲爱的，今晚你得用方糖了——说到女仆，卡利的小女仆有麻烦了。"

"你是说有人害她麻烦上身了。"

"是的。阿瑟·沃利斯，白鹿旅店的杂役。"

"什么，又是沃利斯！"

"是的，这不再是儿戏了，对吧。我不懂这个人为什么不结婚，那样便宜得多。"

但是罗伯特没听下去，他的思绪回到弗朗才斯的客厅，他因为笼统的法律答复不被接受而受到轻微的嘲讽；回到带未抛光的家具的破旧的房间，那儿东西放置在椅子上，无人费心收拾。

那儿，现在他开始想到它，无人左右不离拿着个烟灰缸跟在他身后，东奔西跑。

第五章

一个多星期后，赫舍尔苔因先生那颗瘦小银色的头伸进罗伯特办公室的门口，说哈莱姆巡警正恭候在办公室，想和他见面。

对面门厅那间房是赫舍尔苔因先生在职员面前大逞威风的地方，一直被称为"办公室"，虽然罗伯特的房间和其后纳维尔·伯尼特用的小房，撇开房里的地毯和红木不说，明摆着也是办公室。在"办公室"的后面，曾有一间正式的小等候室，和年轻的伯尼特的后屋大小一致，但布莱尔/赫伍德/伯尼特的客户们从来没有喜欢上那里。他们走进办公室，通报到来，通常就待在原地闲聊，直到罗伯特有空见他们。小等候室很久以前就被达芙小姐合理利用，成为书写罗伯特的信件的地方，远离来客的纷扰和办公室男孩的抽鼻子。

当赫舍尔苔因先生去接巡警的时候，罗伯特惊讶地觉察到自己的担心，因为自年少时走近钉在告示板上的成绩单以来，他再也没有担心过。是他的生活如此安逸，以至于一个陌生人的困境可以将它搅乱到此程度？还是过去的这个星期夏普母女常常出现在他的脑海中，以至于她们不再是陌生人？

他鼓起勇气准备接受哈莱姆要说的话，无论是什么，但哈莱姆小心谨慎的措辞表达出的意思却是伦敦警察厅让他们理解，基于目前的证据，将不会采取诉讼。布莱尔注意到"目前的证据"这个说法，并准确地领会了它的含义。他们没有放弃案子——伦敦警察厅曾有放弃过案子吗？——他们只是静坐暗等。

想到伦敦警察厅正静等时机，在当前的情形之下，不怎么让人放心。

"我的理解是它缺乏确凿的证据。"他说。

"他们无法追查到那个给她搭车的卡车司机。"哈莱姆说。

"那不会让他们感到意外吧。"

"是的，"哈莱姆表示同意，"没有哪个司机会冒着被炒鱿鱼的危险而承认搭载过任何人，尤其是个女孩子。运输公司老板对此三令五申。当这是一个有这种麻烦的女孩的案子，而且是警察来问话，甚至没有一个有脑子的人会承认见过她。"他接过罗伯特递过来的香烟。"他们需要那个卡车司机。"他说。"或者是像他那样的证据。"他附加一句。

"是的，"罗伯特深思地说，"你怎么看她，哈莱姆？"

"那女孩？我不知道。好孩子。似乎相当诚实可靠。像是自己的孩子。"

这，罗伯特意识到，是一个很好的例子，说明了如果它成为一宗诉讼案件，他们将面对什么。对每个心怀善意的人来说，证人席上的女孩看上去像他们的女儿一般。不是因为她是个流浪儿，倒因为恰好她不是。体面的校服，鼠色的头发，素颜年轻的面孔，颊骨之下动人的凹陷，宽间距坦诚的双眼，这是检察官梦中的受害者形象。

"就像其他同龄女孩一样，"哈莱姆说，还在思考这个问题，"没有什么对她不利。"

"如此说来，你不通过人们眼睛的颜色来判断他们。"罗伯特漫无目的地说，思绪还在女孩身上。

"呵！我没有！"哈莱姆惊奇地说，"相信我，就我来说，有种特别色度的浅蓝，在人开口之前就已使人遭受谴责。他们每个都是花言巧语的骗子。"他停下来深吸一口香烟。"谋杀案的话，也会自然而然地想到它——虽然我没遇到过很多杀手。"

"你搞得我很惊慌，"罗伯特说，"将来我会远离浅蓝色的眼睛。"

哈莱姆咧嘴笑了。"只要你把袖珍笔记本①合上，就不用担心。所有浅蓝色的谎言都是为钱。他只有被自己的谎言缠得太紧时才会杀人。真正的杀人凶手的记号不是眼睛的颜色，而是眼睛的位置。"

"位置？"

"是的。它们的设置很不同，我是说，两只眼睛，看起来好像分属不同的脸。"

---

① 指钱包。

"我想你没有碰到过很多这样的人。"

"是的，但我阅读所有的案件记录和研究照片。我一直奇怪没有一本谋杀类的书提到这一点，它经常发生，我是说，位置的不对应。"

"这么说来，这完全是你自己的理论。"

"我自己观察的结果，是的。找个时间你测试测试，很有意思。我已经到主动寻找它的阶段了。"

"你的意思是，在街上？"

"没有，还没那么糟，而是在每个新的谋杀案里。我等着照片，当照片到来时我想：'瞧！我跟你说过什么！'"

"要是照片到了，双眼是精确的一致呢？"

"那么它基本是人们所说的过失杀人。考虑到特定的情境，可能发生在任何人身上的那种谋杀。"

"当你找出一张令人尊敬的涅达·邓布尔顿牧师的照片，其感恩戴德的信徒正给他举行一场颁奖典礼，以庆祝他忠诚奉献的第五年，而你注意到他双眼巨大的不对等，你得到什么结论？"

"他的妻子满足他，他的孩子遵从他，他的俸薪足够所需，他没有政治立场，他和本地大人物相处融洽，而且他被允许拥有他想要的那种服务方式。实际上，他从没有一丝一毫谋杀任何人的需求。"

"我觉得你正拥有你的蛋糕，同时吃得津津有味。"①

"哈！"哈莱姆令人生厌地说，"真是在一个法律武装的脑袋上

---

① 意指同时占有本不可能的两种好处。出自英语习语"你无法拥有蛋糕，同时又享用它"。

浪费警察的深入观察。我还以为，"他起身要走，加上一句，"免费得到一些判断陌生人的窍门，律师会感到高兴呢。"

"你所做的，"罗伯特指出，"是破坏一个清白的头脑。从现在开始，我再也无法审视一位新客户，而不下意识地注意他眼睛的颜色和位置的对称了。"

"哦，这才是最重要的。是时候你该了解些生活的真相了。"

"谢谢你来告诉我'弗朗才斯'事件。"罗伯特说，回归严肃。

"这个镇子的电话，"哈莱姆说，"将变得和收音机一样私密。"

"无论如何，谢谢你。我得让夏普她们马上知道。"

哈莱姆走了，罗伯特拿起话筒。

正如哈莱姆所说，他不能在电话里自由地交谈，但他会说马上去看她们，有好消息。这将卸下她们思想上的重负。这也是——他瞟了一眼手表——夏普夫人例行休息的时间，这样他或许有希望避开"魔鬼"。当然他也怀抱希望和玛丽恩·夏普私下见面，虽然他将这个想法笼统地置于脑后。

然而没人接听。

在接线员厌烦和勉强的帮助下，他不断拨打那个号码，足足有五分钟，毫无结果。夏普她们不在家。

他还在和接线员忙着的时候，纳维尔溜达进来了，身着常穿的那件骇人的粗花呢西装，粉红色衬衣，紫色领带。罗伯特眼睛越过话筒看着他，第一百次纳闷，布莱尔/赫伍德/伯尼特律师事务所最终从他布莱尔良好的掌控落入这位伯尼特小子的手里时，会变成什么样子。他知道这孩子聪明，但在米尔福德，聪明不会带他走得很远。米尔福德期望一个人到了毕业的年龄，就停止大学生的做派。然而没有迹象显示纳维尔对其小圈子之外的世界的接受。他仍然积极活跃地震惊世界，即便是无意的。他的着装可以做证。

并非罗伯特喜欢看这孩子穿惯常的庄重严肃的黑色西装，他自己的西装就是灰色粗花呢的，他的乡下委托人对"城里的"衣服反感。（"那个穿条纹套装的令人生厌的小个子"，玛丽恩·夏普曾在电话里不留神地说到穿城里衣服的律师。）但粗花呢套装和粗花呢套装有区别，而纳维尔·伯尼特的属于第二种，相当骇人的第二种。

"罗伯特，"当罗伯特放弃努力搁下话筒时纳维尔说，"我已经完成卡尔索普转让的文书，如果你没有什么要我做的事，今天下午我想去拉伯勒。"

"你不能在电话里和她说吗？"罗伯特问。纳维尔已以随意的现代方式和拉伯勒的主教的第三个女儿订婚了。

"哦，不是罗斯玛丽。她要在伦敦待一个星期。"

"我猜是在阿尔伯特会堂的一场抗议会。"罗伯特说，因为备有好消息却无法告知夏普们，他感到失落不悦。

"不，是在吉尔德会堂。"纳维尔说。

"这次是为何？动物活体解剖？"

"罗伯特，你时不时地严重落伍一个世纪，"纳维尔说，带着严肃忍耐的神气，"除了一小撮怪人，现在没人反对动物活体解剖了。这次抗议是反对国家拒绝给爱国者科塔韦奇提供庇护。"

"我的理解是，你所说的爱国者在他自己的国家正被到处通缉。"

"被他的敌人，是的。"

"被警察，因为两宗谋杀。"

"是就地正法。"

"你是约翰·诺科斯的信徒，纳维尔？"

"天哪，不是。这和那有什么关系？"

"他相信自封的行刑者。这观点在这个国家有点'出格'，我认为。不管如何，如果在罗斯玛丽对科塔韦奇的见解和特别支队对科塔韦奇的见解之间有选择的话，我选特别支队。"

"特别支队只听从外交部的指挥，每个人都知道这点。但如果我留下来跟你解释科塔韦奇事件的后果，那我看电影就晚了。"

"什么电影？"

"我准备去拉伯勒看的法国电影。"

"我想你知道那些让英国知识分子屏声敛气的大多数乳脂蛋糕，在它们国家不过稀松平常？不管怎么说吧，你看路过的时候有没有时间在弗朗才斯停一下，投张便条进信箱里？"

"也许有。我一直想看那堵墙内的世界。现在谁住在那里？"

"一位老夫人和她的女儿。"

"女儿？"纳维尔重复道，耳朵自动竖起来。

"中年的女儿。"

"噢。好吧，我去拿大衣。"

罗伯特只写了他曾试图联系她们；他要出去办事，大概一个小时，但他有空的时候会再给她们电话；伦敦警察厅已经承认案情停滞不前了，不会进行诉讼。

纳维尔手臂上挂着件令人生畏的有插肩袖的东西一阵风似的进来，一把抓过便条消失了，留下一句"告诉林婶我可能会晚。她叫我过去吃晚餐"。

罗伯特戴上他自己素净的灰帽，步行去玫瑰与皇冠酒店会见客户—— 一位老农夫，英格兰最后一个身受慢性痛风折磨的人。老人还没到，罗伯特一反平日的宁静平和、随遇而安，感觉到不耐烦。他生活的模式已经改变了。直到目前为止，它一直是同等引力的匀速连续，他不急不忙、不悲不喜地从一件事进行到另一件事。现在有了一个兴趣的焦点，而其余的则围着它转。

他在休息厅一张铺有印花布的椅子上坐下来，看着邻近咖啡桌上放着的卷角的杂志。唯一一本当季刊物是每周评论《守护者》，他勉为其难地把它捡起来，再次想到其纸张使他的指尖发干，其锯齿形的边缘使他的牙关咬紧。它是异议、诗歌和卖弄学问的普通集成；在异议类中，头把交椅给了纳维尔的未来丈人，他用了一个专栏四分之三的版面大谈英格兰拒绝庇护流亡爱国者的可耻。

拉伯勒的主教很久以前就将基督教的哲学扩展开来，延伸到包括坚信弱者总是正确的。他在巴尔干革命者、英国罢工委员会，以及本地刑事权威机构里的所有老朽中广受欢迎。（最后那类里的唯一例外，是积习难改的老顽固班迪·博雷，他对高尚的主教持有巨大的蔑视，对总督大人持保留态度。对他来说，眼里的一颗泪只是

一滴 H_2O，他以迅疾、冷漠的精确对主教最令人心碎的描述予以挑刺。）老朽们极尽阿谀夸大之能事，含情脉脉地说没有什么是老顽童不信的。

通常来说，罗伯特发觉主教有点逗人发笑，但今天他只感到烦躁。他读了两首诗，没有一首他能理解，于是把那东西扔回桌子。

"英格兰又错啦？"本·卡利停在他的椅子边，扭头对着《守护者》，问道。

"你好，卡利。"

"有钱人的大理石拱门①。"小个子的律师说，尼古丁熏黑的手指轻蔑地弹弹杂志纸页，"喝一杯？"

"谢谢，但我在等韦亚德老先生。如今没有必要的话，他不会多迈一步。"

"是啊，可怜的老头儿。罪恶之子，滴酒不沾却因酒而遭受折磨！前几天我看到你的车停在弗朗才斯外面。"

"是的。"罗伯特说，感觉有点奇怪。反应迟钝，这不像本·卡利，而且如果他看见了罗伯特的车，就肯定也看见警察的车了。

"如果你认识她们，你就能告诉我些事情。我一直对她们感到好奇。谣言是真的吗？"

"谣言？"

---

① 指正对着伦敦海德公园演说者之角的大理石拱门，历史上，只有皇室、国王部队、皇家乘骑炮兵被允许从其下经过。

"她们是女巫吗？"

"她们该是吗？"罗伯特轻淡地说。

"我知道，在乡下人们很信这个。"卡利说，明亮的黑眼睛有意在罗伯特的眼睛上停留了一下，然后以习惯性的快速审视在休息厅兜转。

罗伯特明白小个子在暗中给他传递自认为有用的信息。

"啊，好的，"罗伯特说，"自从电影娱乐进入乡下，上帝保佑，女巫搜捕终止了。"

"不要不信。给这些中部白痴一个好因由，他们就会不遗余力地开展女巫搜捕。要我说，真是近亲繁殖生出的一群坏种。你的老头儿来啦。唔，回见。"

罗伯特的一个主要优点，是他对人以及他们的烦恼怀有真诚的关心，他体贴地倾听韦亚德老先生漫无边际的陈述，赢得了老人的感激——尽管他没有察觉，老农夫在遗嘱里主动增加了一百镑，记在他名下的数目里——但他们的事情一完结，他就直奔酒店的电话。

人太多了，他决定去罪孽街的车行打。事务所的办公室现在该关门了，而且更远。他大步流星地穿过街道，思绪漫延开来：如果他从车行打过去，车就在手了，要是她——要是她们叫他过去进一步讨论，因为她们很可能会，因为她们几乎肯定会——是的，她们当然想讨论能做些什么来揭穿女孩的故事，不管要不要上法庭——哈莱姆的消息让他如此宽慰，以至于他脑子还没转过弯来思考那个——

"下午好，布莱尔先生，"大个子比尔·伯劳从狭窄的办公室门口冒出来说，平静的圆脸恬淡友好，"取车？"

"不，如果可以的话，我想先借用你的电话。"

"当然，去吧。"

车底下面的史坦利探出他浅黄褐色的脸问道：

"有什么消息？"

"没有，史坦①。好几个月没下注了。"

"我押了两镑在一匹叫'光明的承诺'的奶牛上，那就是将信任放在马肉上的后果。下次你就会知道——"

"下次我下注的话会告诉你，但还会是马肉。"

"只要不是奶牛——"史坦利说，重又消失于车下；罗伯特则走进暖和明亮的小办公室里，拿起话筒。

玛丽恩接的电话，她的声音温暖又高兴。

"你无法想象你的便条对我们是多大的宽慰。母亲和我上个星期一直在捡麻絮②。顺便问一句，他们现在还捡麻絮吗？"

"我想不了。现在采用的方式更有建设性。"

"职业性疗法。"

"差不多吧。"

"我想不出哪种强制性的针线活能提升我的品行。"

---

① 史坦利的简称。
② 麻絮由拉扯麻绳成细碎而获得，旧时由囚犯制造。

"他们可能要找更惬意的事情让你做。强迫犯人做他们不愿做的事有违现代理念。"

"我第一次听到你说话这么尖刻。"

"我尖刻吗？"

"纯安哥斯特拉①。"

哦，她已经接近酒的主题了，或许现在她该建议晚餐前过去喝雪利酒了。

"顺便提一下，你的侄子很有魅力。"

"侄子？"

"带便条来的那个。"

"他不是我的侄子。"罗伯特冷淡地说。和蔼慈善怎么让人如此显老？"他是我堂兄的孩子，但我很高兴你喜欢他。"这样不行，他必须迎难而上。"我想找个时间和你见面，讨论能做什么把事情摆平。为了更安全地——"

"是的，当然。或许某个早上我们去购物的时候能去你的办公室？你认为我们能做些什么？"

"也许可做些私人调查。我不能在电话里详谈。"

"是，当然不能。我们星期五上午去怎么样？那天是我们每周的购物日。星期五你忙不忙？"

"不忙，星期五相当方便，"罗伯特说，使劲吞下失望之情，"中

---

① 安哥斯特拉是南美出产的一种很特别的苦酒。

午的时候？”

“好的，时间很合适。后天十二点，在你的办公室。再见，再次感谢你的支持和帮助。”

她挂了，干脆利落，毫无罗伯特习以为常的女人们那种预备好的娇滴滴。

“我要把它开出来吗？”他出门走进车行幽暗的光线里时，比尔·伯劳问道。

“什么？噢，车。不，今晚我不用车，谢谢。”

他动身开始惯常的商业街傍晚散步，努力甩掉被冷落的感觉。最初的时候他并不急于去弗朗才斯，而且将自己的勉为其难表现得一览无余，她理所当然想避免同样的情形再次发生。他认定他和她们的利益只是商业往来，应该不带个人色彩地在办公室里解决，超出这个范围她们和他再无牵扯。

所有这一切，好吧，他想，把自己甩进客厅里靠近炭火那张他最喜爱的椅子里，打开晚报（当日早上印刷于伦敦），等她们星期五来办公室时，他可以做些事使这事更私人化些，涂抹掉最初谢绝人家的不快记忆。

老房子的安静抚慰了他。克里斯蒂娜把自己关在房间里，祷告和沉思，已经两天了，林婶在厨房里准备晚餐。有封莉蒂思轻松愉快的来信，她是他唯一的姐姐，在战争的腥风血雨中开了几年大卡车，爱上了一个高大沉默的加拿大人，现在萨斯喀彻温省养育着五个金发淘气鬼。"快来吧，亲爱的罗宾[①]，"结尾她写道，"在淘气鬼们长大以前，在青苔长到你四周之前。你知道林婶对你的影响有多糟糕！"他似乎能真切地听到她说这话。她和林婶从来就志不同，道不合。

他微笑了，轻松自在，缅怀往昔，纳维尔却在此时闯了进来，粉碎了他的平静和安宁。

"你为什么不告诉我她是那样子的！"纳维尔要求道。

"谁？"

"夏普那个女人！你为什么不告诉我？"

"我没承想你会遇见她，"罗伯特说，"你要做的就是通过门口投封信。"

"门根本没有口可投信，所以我按铃了，她们刚刚从哪里回来。不管如何，她应门了。"

"我以为她下午睡觉。"

"我相信她从不睡觉。她根本不属于人类大家庭。她是火和金属的压缩体。"

"我知道她是一个非常粗鲁的老妇人，但你得体谅。她有一个非常艰难的——"

"老？你在说谁呢？"

"当然是夏普老夫人。"

---

① 罗伯特的昵称。

"我甚至都没见到夏普老夫人。我说的是玛丽恩。"

"玛丽恩·夏普？你怎么知道她的名字叫玛丽恩？"

"她告诉我的。名副其实，对吧？她只能叫玛丽恩，其他都不行。"

"你似乎对一个门口的泛泛之交产生了非同寻常的亲密之情。"

"噢，她邀我喝茶了。"

"茶！我以为你急赶着去看法国电影呢。"

"一个像玛丽恩·夏普这样的女人邀我喝茶时，我是不会急赶着去做任何事情的。你注意她的眼睛没有？不过你当然注意了，你是她的律师。那灰色转为淡褐色的绝妙渐变，那眉毛在眼睛上面横卧的样子，像天才画家的刷痕。这是带翅翼的眉毛，我在回家的路上为它们写了首诗，你想听吗？"

"不。"罗伯特坚定地说，"你喜欢那部电影吗？"

"噢，我没去。"

"你没去！"

"我说过我和玛丽恩一起喝茶了。"

"你的意思是整个下午你都在弗朗才斯！"

"我想是的，"纳维尔做梦一般地说，"可是，上帝，它似乎没有超过七分钟。"

"那你对法国电影的渴求怎么啦？"

"可玛丽恩就是法国电影。即便是你，都必须看到这一点！"罗伯特对"即便是你"蹙起了眉头。"能和真实在一起的时候，谁还会在乎影子？真实，这是她最为可贵的品质，对吧？我从未碰到像玛丽恩一样真实的人。"

"即便是罗斯玛丽也没有？"罗伯特处于一种林婶称为"心烦意乱"的状态。

"噢，罗斯玛丽是宝贝儿，我会和她结婚，但这是相当不同的一件事情。"

"是吗？"罗伯特语带虚假的温顺说道。

"当然。人们不会与像玛丽恩这样的女子结婚，更甚于不会与风和云结婚，更甚于不会与圣女贞德结婚。考虑和这样的女子联姻，肯定是对神明的亵渎。顺便说一句，她对你评价甚好。"

"那太感谢她了。"

语调如此干巴生涩，以至于纳维尔都觉察到了话中滋味。

"你不喜欢她？"他停顿下来，难以置信地看着他的堂叔，问道。

这一刻，罗伯特不再是那个善良、随意、宽容的罗伯特·布莱尔，而只是个未吃晚餐的疲惫的男人，并且正经受沮丧和冷落的折磨。

"据我所知，"他说，"玛丽恩·夏普只是一个四十开外，瘦骨伶仃的女人，和她粗鲁的老母亲住在一栋丑陋的老房子里，像其他人一样偶尔需要法律援助。"

然而话一出口他就后悔了，这些言辞好像对一个朋友的背叛。

"不是的，也许她不合你的口味，"纳维尔忍耐地说，"你总是偏好她们有点傻，而且金发，对吧？"这话说得不含恶意，正如一个人陈述枯燥的事实。

"我不知道你为何这样想。"

"所有你差点和她们结婚的女人都是这个类型。"

"我从来没有'差点'和谁结婚。"罗伯特生硬地说。

"那是你自以为。你永远不知道莫莉·曼德思有多么差点地钓到你。"

"莫莉·曼德思?"林婶说,手里端着有雪利酒的盘子进来,脸因烹饪而飞红,"真是个傻姑娘。想象一下你用烤板来做薄煎饼,而且总爱在那个小口袋镜子里孤芳自赏。"

"那次林婶救了你。对吧,林婶?"

"我不知道你在说什么,亲爱的纳维尔。别在炉前地毯上神气活现地走来走去,给火加根木柴。你喜欢那法国电影吗?"

"我没去。我在弗朗才斯喝茶了。"他瞟了罗伯特一眼,现在终于领会到罗伯特的反应比眼睛看到的要复杂。

"和那些奇怪的人?你们谈些什么?"

"高山——莫泊桑——母鸡——"

"母鸡,亲爱的?"

"是的,特写镜头中母鸡脸部集中的邪恶。"

林婶一头雾水。她转向罗伯特,好像转向安全的陆地。

"是不是我最好打个电话,亲爱的,如果你要认识她们?或者叫教区牧师的妻子打?"

"我不会把如此不可更改的事情交给教区牧师的妻子去做。"罗伯特冷冰冰地说。

她踌躇了一会儿,但是家庭事务抹去了她脑海里的疑问。"别在雪利酒上磨蹭太久，否则我烤箱里的东西就废掉了。谢天谢地，克里斯蒂娜明天就会下来了，至少我希望如此，从来不知道她灵魂的得救需要超过两天时间。我不是真的想给那些弗朗才斯人打电话，亲爱的，如果对你来说反正一样的话。除了是陌生人而且非常古怪以外，坦白地说，她们让我很害怕。"

是的，这就是涉及夏普们时他预料到的反应的一个体现。本·卡利今天已经特意让他知道，如果弗朗才斯有警察的麻烦，他不能指望一个不带偏见的陪审团。他必须采取措施保护夏普们。星期五他和她们会面时，他会建议雇请一个收费的代理人展开私人调查。警察们超负荷工作——已经超负荷工作十多年了——她们只有一个机会，找个有时间在一条道上用功的个人，或许比规范和官方的调查更有可能成功。

第六章

然而星期五上午采取措施保证弗朗才斯的安全，已经太晚了。

罗伯特料想到了警察的勤勉，料想到了谣言的缓慢传播，但他没有料想到《艾克－爱玛》。

《艾克－爱玛》是从西部进入英国新闻业的生力军。其宗旨为两千镑的损害赔偿相对于五十万的销售收入，是个低廉的价格。它比目前为止英国报业中的任何一家采用的标题更黑，图片更轰动，印刷更轻率。旗舰街①自负其名——这是不用多说，无须印刷的——然而却没有任何防护可以对抗它。报业一直自己是自己的审查官，根据自己的观念和口味来决定什么可行和什么不可行。如果一份"流氓"出版物不想遵守那些规则，那么就没有什么力量可以令其遵守。经过十年的发展，今天的《艾克－爱玛》每日净

---

① 伦敦的一条主要街道，16世纪初便以出版印刷出名，到20世纪，英国大多数全国性的报纸在此经营。这里用它代指英国报界。

销售量已经超过前国内最大销量报纸五十万份。任何一个郊区铁路车厢里，早起赶去上班的人中，有十分之七是人手一份《艾克 – 爱玛》。

而正是《艾克 – 爱玛》，把弗朗才斯事件传播到四面八方。

那个星期五上午，罗伯特很早就去乡下面见一位想修改遗嘱的垂死的老妇人。这是她平均每三个月就要重复一次的表演，她的医生毫不掩饰地说在他看来，"她一天可以一口气吹灭一百支蜡烛"。但是律师当然不能对早上八点半把他急召过去的客户说别犯傻了，于是罗伯特带上一些新的遗嘱表格，从车行取了车，开往乡下。尽管他和往常一样竭尽全力应对枕头之间的老暴君①——一个你永远无法让她明白，赠送四份股份不能共计每人三分之一这个基本事实的人——他很享受春天的乡野。回来的路上他自哼自唱，盼着不到一个小时就能见到玛丽恩·夏普。

他已经决心原谅她喜欢纳维尔。毕竟，纳维尔没有试图把她硬塞给卡利。做人得公平。

在马行早上放出来的一群马的鼻孔之下，他把车开进车行，停好，刚好那时记起已过了这个月的一号，于是走去办公室找负责办公事务的伯劳付账。却是史坦利在办公室里，粗壮的双手正翻找着单据和发票，让人惊讶的是，他那么粗壮的双手却收尾于细小的前臂。

"我在通讯兵团的时候，"史坦利说，心不在焉地瞥了他一眼，

---

① 该老妇人多次假装生病垂死，要求修改遗嘱，故将她形容为枕头之间的老暴君。

"一直认为管我们的长官是个骗子，但现在我不太肯定了。"

"丢了什么东西吗？"罗伯特说，"我只是过来付账。比尔通常会把它准备好。"

"应该就在这里的哪个地方，"史坦利说，还在继续翻找，"自己看一看。"

罗伯特熟悉办公室的归置方式，他捡起被史坦利丢得到处都是的纸张，以便达到比尔整理的，通常是有条不紊的下面那层。当他拿起凌乱的一堆纸，他发现一个女孩的脸：一张报纸上女孩脸部的图片。他没有马上认出来，但图片让他想起某个人，于是他停下来盯着看。

"找到了！"史坦利胜利地欢呼，从夹子中抽出一张纸。他把桌上余留的散纸全扫成一堆，这样，那天早上的《艾克－爱玛》首页全版都呈现在了罗伯特的眼前。

罗伯特紧盯着它，震惊得发冷。

史坦利转过来拿他手里抓着的那些纸，注意到他的全神贯注并表示同意。

"好家伙，那个，"他说，"让我想起在埃及时遇到的一个女孩。同样隔得很开的眼睛。真是个好孩子，撒最原创的谎。"

他转回去整理纸张，罗伯特继续紧盯着报纸。

就是这女孩

横跨整版顶部，巨大的黑色字体，报纸如此报道；其下，占据三分之二的版面，是女孩的照片。然后，下面，接着的是更小但仍然扎眼的字体：

是这房子吗？

下面是弗朗才斯的照片。

横跨版面底部的是传奇故事：

女孩说是的：

警察怎么说？

详情请看内页。

他伸手翻动页面。

是的，全在这里了，除了夏普们的名字。

他退出内页，再次看着令人震惊的首页图片。昨天，弗朗才斯还是一座四面被高墙保护的房子，如此不惹眼，如此内敛自足，甚至于米尔福德都不知道它是什么样子。现在，从彭赞斯到彭特兰①，它在每个书报亭，每个报刊经销店的柜台，均可供人们凝

---

① 均为英国西南部康沃尔的地名。

望。它平淡无奇、令人生畏的正面，正好烘托了凌驾其上那张脸的清白无辜。

女孩的照片是头和肩那种，像画室的肖像画。她的头发是专门为某种场合而打理的样子，她穿着像参加聚会那样的女裙。没穿校服，她看起来——不是少了无辜，也不是更老气，都不是。他搜索词汇来表达这种感觉。她看起来少了——顾忌，是这词吧？校服阻止人们把她当成妇女，正如修女的长袍一样。现在他开始想到，或许可以就校服的保护性，写一篇完整的专题论文。如今校服不再在身，她显得女性化而非仅仅是个女性。

然而，这仍然是一张哀婉动人的年轻的面孔，幼稚而且动人。那坦率直白的眉毛，那间距很宽的双眼，那赋予她的嘴巴一种失望表情的孩子似的丰满嘴唇——形成了一个难以对付的整体。不会只有拉伯勒的主教一个人会相信这张脸表述的故事。

"我能借这份报纸吗？"他问史坦利。

"拿去，"史坦利说，"早午餐的时候我们已经看过了，里面没什么内容。"

罗伯特吃了一惊。"你不觉得这个令人关注吗？"他问，意指首页。

史坦利扫了一眼照片上的脸。"除了她让我想起埃及那个满嘴谎言的女孩，没什么意思。"

"这么说来，你不相信她说的故事？"

"那你以为是什么！"史坦利鄙夷地说。

"那么，你认为那段时间她在哪里？"

"如果我还记得我以为我记得的红海赛迪[1]，我敢非常肯定地说——噢，是绝对地说——是在地板砖上[2]。"史坦利说，然后出去招呼客人了。

罗伯特捡起报纸，头脑清醒地离开了。至少街上有一个人不相信这个故事，但这似乎是由于过往的不良记忆和现时的愤世嫉俗所导致。

虽然很明显地，史坦利读了故事却没有留意相关人名，或者发生地的地名，但是只有百分之十的读者会这样（根据最好的群体观察数据）；其余百分之九十会逐字细读，现在该带着不同程度的兴趣在讨论这一事件了。

回到办公室，他得知哈莱姆一直在电话里找他。

"进来把门关上，好吗？"他对赫舍尔苔因说。老先生一见他回来就把那消息告诉了他，现在正站在他的房间门口。"看看这个。"

他一只手伸去抓话筒，另一只手把报纸铺展在赫舍尔苔因先生的鼻下。

老先生用他那细骨干净的手触摸着报纸，好像一个人第一次看一个奇怪的展览。"这是人们经常听说的报刊。"他说，然后将注意

---

① 赛迪（Sadie）是英国常见名莎拉（Sara, Sarah）的异体。

② 英语非正式说法，指晚上出去寻欢作乐，尤指去酒吧或俱乐部，直到很晚才回家。

力转向它，如他对待任何奇怪的文件一样。

"我俩同处困境，对吧！"当他们连上线，哈莱姆说，然后穷尽词汇地搜索适合《艾克－爱玛》的形容词。"好像警察没有那块破布缠在尾巴上，就无事可做了！"他说完了，自然而然地沉浸在警察的立场中。

"有没有伦敦警察厅的消息？"

"格兰特今早九点电话线都忙得烧起来了。但他们什么也不能做，只能默默承受和忍耐。警察从来都是可攻击的目标。如果情形如此，你也同样什么都不能做。"

"没事，"罗伯特说，"我们有优秀而且自由的报纸。"

哈莱姆又说了些关于报纸的事。"你的人知道吗？"他问。

"我想没有。我相当肯定她们一般从不看《艾克－爱玛》，而且某类人还来不及把报纸送给她们，但是她们十分钟左右要到这里，那时我会给她们看。"

"如果我会为那个母老虎感到难过的话，"哈莱姆说，"那就是此刻。"

"《艾克－爱玛》怎么得知这事的？我以为父母——我指的是女孩的监护人——强烈反对这种公开呢。"

"格兰特说女孩的哥哥对警察未采取行动很不满，于是贸然行动，决定自己去《艾克－爱玛》将事情曝光。他们非常擅长使事件升级，我知道有次他们的某一运动坚持到了第三天。"

挂了电话，罗伯特想，如果这对双方都是坏消息的话，至少它是势均力敌的。警方将毫无疑问地双倍投入精力，努力找到确凿的证据；另一方面，女孩照片的公布，对夏普们意味着一丝微弱的希望，某个人，某个地方，会认出她而说："这女孩不可能那段时间在弗朗才斯，因为她在这样和这样的一个地方。"

"令人震惊的故事，罗伯特先生，"赫舍尔苔因先生说，"要我说的话，令人震惊的曝光，太冒犯性了。"

"那座房子，"罗伯特说，"是弗朗才斯，夏普夫人和她女儿住在那里；要是你还记得的话，就是那天我去给她们一些法律建议的地方。"

"你的意思是说，这些人是我们的客户？"

"是的。"

"但是，罗伯特先生，这根本不属于我们的业务范畴。"罗伯特对他声音里的惊恐不安皱起了眉头。"这和我们通常的案子相去甚远——真的太超出正常了——我们不能胜任——"

"我希望，我们有能力为任何一个与《艾克－爱玛》这样的报纸对抗的客户辩护。"罗伯特冷冷地说。

赫舍尔苔因先生看着桌上尖叫的小报。很明显，他正面对着在罪犯委托人和可耻的报刊之间的艰难抉择。

"阅读的时候，你相信女孩的故事吗？"罗伯特问。

"我看不出她怎么编造的，"赫舍尔苔因先生简单地说，"它是这样一个视情况而定的故事，对吧？"

"确实是的。但上个星期女孩被带去弗朗才斯做证时我见到了她——我喝完茶急匆匆出门的那天——我不相信她说的每一个字。

一个字都不信。"他加上一句,很高兴能把它大声清楚地对自己说出来,终于确信自己的判断。

"但如果她不在那里,她又是如何想到弗朗才斯的呢,或者所有那些东西?"

"我不知道。毫无头绪。"

"它无疑是最不可能的选择,坐落在没多少人去往的乡下,位于一条孤零零的路上,偏僻,不为外人所见。"

"我知道。我不知道这事是怎么设计出来的,但我确定这是设计出来的事。现在不是故事版本的选择,而是人和人之间的选择。我相当肯定两个夏普对这种疯狂荒唐的行为毫无招架之力,而我不信那女孩没有能力编造这样一个故事,这就是目前达成的认识。"他停顿了一下。"而你只要相信我的判断就好了,提米。"他加了一句,用上了老员工孩提时代的小名。

不管是"提米"还是争议,很明显赫舍尔苔因先生没有继续反对下去。

"你自己就要见到罪犯了,"罗伯特说,"因为我现在听到了她们在门厅里的说话声。你去领她们进来,好吧?"

赫舍尔苔因先生无言地领命而去,罗伯特把报纸翻转过来,这样她们眼睛所见,就是相对平淡的《飞机上走私女孩》。

夏普夫人终于被姗姗来迟的对规矩的遵从本能所触动,戴着帽子以示对该场合的尊重。它是黑缎子稍微平扁的那种,整体效果像个在学的医生。这效果没有白费,从赫舍尔苔因先生松了口气的神色得知，很明显这不是他以为的那种客户，从另一方面来说，却是他习惯了的那类客户。

"别走，"当他招呼来客时，罗伯特对他说，同时对其他人说，"我想你们认识一下公司最年长的员工，赫舍尔苔因先生。"

和蔼有礼很适合夏普夫人，当她和蔼有礼时，像极了维多利亚女王。赫舍尔苔因先生不只是松了口气而已，他不再抗议。罗伯特的第一场战役结束了。

当只有他们三个人时，罗伯特注意到玛丽恩一直等着要说什么。

"今早有件奇怪的事，"她说，"我们去安·波琳喝咖啡——我们常去那儿——那里有两张空桌，但当朱拉芜小姐见我们进来时，她急忙把椅子挨着桌子偏转，说已有人预定了。如果不是她看上去如此窘迫，我可能都相信她了。你不认为谣言已经开始到处流传了，对吧？她那样做是因为听到了一些闲言碎语？"

"是的，"罗伯特难过地说，"因为她读了今早的《艾克－爱玛》。"他将报纸首页翻转向上，"很抱歉告诉你们这样的坏消息。你们只能像小男孩说的那样，紧咬牙关，默默承受了。我想你们从未这么近距离地看过这份带毒小报，可惜你们的相识始于如此私人的一个基点。"

"噢，不！"当玛丽恩的眼光落在弗朗才斯的照片上，她激烈地抗议道。

然后是一片沉默，两个女人全神贯注于内页的内容。

"我想，"夏普夫人最后说，"我们对这种事情无法做任何更正？"

"无可更正，"罗伯特说，"所有的陈述完全真实，而且全是陈述，没有评论。即便它有评论——我毫不怀疑评论随后会来——目前并无指控，因此它不属尚未裁决而不准许公之于众的案件。他们可以由着性子自由地评论。"

"这整件事就是含蓄的评论，"玛丽恩说，"说警察没有尽职。他们以为我们做了什么？贿赂了警察？"

"我想它暗示了卑微的受害者对警察的牵引力，不如邪恶的富人。"

"富人。"玛丽恩重复道，声音含着苦涩，凝噎了。

"当今任何有六个烟囱以上的人都是富人。如果你不是太震惊，还可以思考的话，想一想吧。我们知道那女孩从未去过弗朗才斯，她不可能——"但玛丽恩打断了他。

"你知道？"她问。

"是的。"罗伯特说。

她挑战的眼睛失去了挑战性，垂下眼帘。

"谢谢你。"她轻轻地说。

"如果女孩从未去过那儿，她如何能看见房子！……某种程度上她真的看见了。她纯粹是重复别人给她的描述，那也太不可信了……她如何看见的？我的意思是，如临其境，自然而然。"

"我想，从巴士的顶层可以看到它，"玛丽恩说，"但米尔福德线路上没有双层巴士。或者从一大堆干草顶上，可这不是运送干草的时节。"

"也许它不是运送干草的时节，"夏普夫人哑着嗓子说，"货运却是没有季节性的。我曾看见满载货物的大卡车，和装载干草的四轮运货马车一样高。”

“是的，”玛丽恩说，“设想一下女孩搭的便车不是汽车，而是卡车。”

“唯有一点讲不通。如果一个女孩能在卡车里搭便车，她该是在驾驶舱里，即便这意味着坐在某人的大腿上。他们不会将她置于货物顶上。尤其是那是一个雨夜，如果你能记得的话……没人来弗朗才斯问路，或者兜售什么，或者修理什么——女孩可能与之同来的人，哪怕她是远远跟着？”

回答是不，她俩都确定女孩度假的那段时间没人来过。

“那我们就理所当然地推论，她是在某一场景从足够高的地方越过围墙看见了弗朗才斯，得知了她所得知的关于房子的情况。我们可能永远都不知道她是什么时候或者怎么得到的，即便我们知道，可能也无法证明。因此我们的全部努力不是放在证明她不在弗朗才斯，而是她在别处！”

“这样有多大的机会？”夏普夫人问。

“比这个刊登前的机会大，”罗伯特说，指着《艾克－爱玛》的首页，“它确实是坏事里的一个亮点。我们无法发布女孩的照片，期望获得她那个月的行踪的信息，但现在他们发布了——我的意思是，她的自己人——好处对我们是一样的。他们广为传播这个故事——我们的坏运气，但他们也广为传播了照片——如果我们有一点点运气的话，某个地方的某个人，或许会注意到故事和照片不符。也就是在故事发生的具体时段，照片里的这个人不可能在所述的地点，因为他们本人知道她身在别处。"

玛丽恩的脸退去了一点沮丧，甚至夏普夫人单薄的后背也没那么僵硬了。毕竟，看似一场灾难，或许倒是她们的救赎。

"私人调查的话，我们能做什么？"夏普夫人问道，"我想你已意识到我们没什么钱，而我知道私人调查是一门需要节约开支的生意。"

"它确实通常会超过商谈好的价钱，因为很难对它做预算。但作为开始，我打算自己去面见相关人员，如果可能的话，发现任何调查是基于什么大致情形，发现她可能去做了什么。"

"他们会告诉你这些吗？"

"噢，不。他们可能自己都不明了她的性情倾向。但如果他们谈论她，哪怕不多，一幅图画会勾勒出来。至少我希望如此。"

短暂的沉默。

"你真是非同寻常地乐于助人，布莱尔先生。"

维多利亚女王又变回了夏普夫人的样子，但略带了些其他东西。几乎是吃惊，好像善意不是她生命中通常遇到的一样东西，也不是她指望遇到的。她硬邦邦有礼貌的致谢好似在流利地说："你知道我们没钱，可能永远不能足额支付你，我们根本不是你会选择代理的那类人，但是你却挺身而出，尽力给我们提供最佳的服务，我们感激不尽。"

"你什么时候去？"玛丽恩问。

"午餐之后直接就去。"

"今天！"

"越早越好。"

"那我们就不耽搁你了。"夏普夫人起身说道。她看着桌上摊开的报纸，站了一会儿。"我们十分享受弗朗才斯的私密清静。"她说。

送她们出门上车后，他叫纳维尔进到房间来，拿起话筒跟林婶说打点行装。

"我想你从不看《艾克－爱玛》？"他问纳维尔。

"我认为这个问题空无意义。"纳维尔说。

"看看今天早上的。你好，林婶？"

"是不是有人因为什么要起诉他们？如果是这样的话，对我们来说将是可观的收入。他们实际上总是庭外解决。他们设有专项基金，用以——"纳维尔的声音渐渐停息了。他已经看到了桌上仰面瞪着他的首页。

罗伯特越过电话偷偷瞄了他一眼，十分满意地观察到他堂侄年轻明朗的五官上袒露无遗的震惊。他认为，当今的年轻人自以为他们见惯不怪，处事不惊；面对真实生活中一个普通的场景，他们和其他人的反应毫无二致，发现这一点真是令人愉快。

"做做好事吧，林婶，帮我打点行装，好吗？只是过夜的……"

纳维尔把报纸展开，在读故事情节了。

"只是去趟伦敦然后回来，我是这样打算的但不确定。不管怎样，就是一个小箱子，东西尽量少。不是所有我可能需要的东西，如果你为我着想的话。上次你放了一瓶差不多一磅重的消化粉，我到底什么时候需要消化粉来着！……好吧，那我就患上胃溃疡吧……是的，大概十分钟后我回家吃午餐。"

"该死的猪猡！"诗人兼知识分子说道，因为需要而改回使用当地土话。

"哦，这事你怎么看？"

"怎么看！看什么？"

"女孩的故事。"

"人们必须对这事有看法吗，失足少女造就的一篇明显哗众取宠的报道？"

"如果我告诉你这位所说的少女什么都可以是，就独独不像哗众取宠的人，一个很镇静、普通、众口称赞的在校生呢？"

"你见过她？"

"是的。那就是上星期我第一次去弗朗才斯的原因，当伦敦警察厅带女孩去和她们对证时，我要在场。"年轻的纳维尔，把那个放进你的烟斗，好好吸吧。她可能跟你谈论母鸡和莫泊桑，但她陷入麻烦时，却是向我求助。

"在场代表她们？"

"当然。"

纳维尔突然放松了。"噢，嗯，那就没事了。有阵子我还以为你不喜欢她呢，不喜欢她们。但是没事了。我们可以合力放根辐条在轮子里①——"他轻弹报纸，"这个小娃娃的轮子里。"罗伯特对这

---

① 习语，指阻止别人的计划。

个典型的纳维尔用语感到好笑。"你打算怎么做，罗伯特？"

罗伯特告诉了他。"我不在的时候，你守住堡垒。"他看到纳维尔的注意力转回那个"小娃娃"。他移过去加入他，两人都觉得那张年轻的面孔正镇定地朝上望着他们。

"总体来说，一张动人的脸，"罗伯特说，"你怎么看？"

"我想看到这张脸，"审美家带着痛恨缓缓地说，"变成一团令人厌恶的稀泥。"

第七章

　　艾尔斯伯里外围韦恩家位于一片乡村气息的郊区，就是那种一排排半独立的房子沿着仍未开发的田野悄然而行的区域。根据建房者赋予它们的个性，房子呈现或意识到自己是闯入者而显得愧疚和警惕，或洋洋得意和毫不在乎的样子。韦恩家住在感觉愧疚中的一排，是一长条破旧不堪的红砖民房，使得罗伯特浑身不舒服。它们如此不经加工，如此粗糙简陋，如此羞愧难当。但当他开车慢慢沿路而上，寻找正确的房号时，他被倾注在这些令人遗憾的物体的装修里的爱赢回来了。没有爱注入他们的房子，只有预算，但对每位业主，当他接手过来时，未经修饰的小房子已经代表了"充裕的美"，他发现了这种美并效力于它。一个个花园都是可爱的小奇迹；一个接着一个，清新地揭示了某些无名诗人的内心。

　　当另一个完美无缺的花园吸引了他，他再次放慢车速时，罗伯特想，纳维尔真该来这里看看，这里有比整整十二个月他所热爱的《守护者》里更多的诗歌。所有他老挂在嘴边的东西都在这儿：形式，韵律，色彩，总体姿态，设计，冲击力……

或许纳维尔只看见一排郊区花园？只看见艾尔斯伯里梅多塞德街，那里的花园里种些来自伍尔沃斯①的花草？

也许。

39 号的花园只有茵茵绿草，边上是庭园假山。其与众不同之处还有它的窗帘无处可见。没有文雅礼貌的网孔窗纱横跨整个窗玻璃，也没有淡黄色的门式窗帘悬挂两边。窗子毫无遮掩地对着阳光、空气，还有人们的注视。这使罗伯特感到惊讶，惊讶程度可能和邻居们的一样高。它预示着一种不随大流不合常规，这是他没有想到的。

他按响门铃，希望自己不要感觉像个流动商贩。他是一个恳求者；这对罗伯特·布莱尔来说，是个新角色。

韦恩夫人比她的窗户更令他惊讶。只有当遇到她时，他才意识到在自己的脑海中，已经为这个女人勾勒出了多么完整的一幅画，这个领养并抚育幼儿贝蒂·凯茵的女人是这样的：灰色的头发，结实、微胖、随便的体形，朴实、宽阔、通情达理的面孔，甚至，可能围着围裙，或者一件家庭妇女穿的那种花色罩衣。然而韦恩夫人完全不是这样的。她轻盈，整洁，年轻，现代，皮肤深色，双颊粉红，仍然美丽，而且有双罗伯特见过的最聪颖明亮的褐色眼睛。

当她看见一个陌生人时，显得警惕防备，把着门无意识地做了

---

① 销售廉价物品的全国连锁店。

个要关起来的动作，但第二眼似乎打消了她的疑虑。罗伯特解释了自己是谁，她没有打断他地听着，这使他肃然起敬。他自己的客户极少有仔细倾听而不插话的，不管是男还是女。

"你没有义务要和我谈话，"解释完来意，他最后说道，"但我非常希望你不要拒绝。我已经告诉格兰特探长，今天下午我将代表我的客户来看你。"

"噢，如果警察知晓此事而且不介意——"她退身让他进来，"如果你是她们的律师，我想你得为那些人尽最大的努力，况且我们没有什么东西要隐藏。不过如果你想面见的人其实是贝蒂的话，恐怕就不行了。今天我们让她去乡下朋友那里了，为了避免所有这些纷扰。列斯里用意是好的，不过做了件蠢事。"

"列斯里？"

"我儿子。请坐。"她让他在令人愉快、窗明几净的客厅里的一张安乐椅上坐下，"他对警察感到愤怒，以至于无法保持清醒——我的意思是，对警察在事情如此确凿，却无所作为上感到愤怒。他一直对贝蒂珍爱有加。实际上直到他订婚，他俩总是形影不离。"

罗伯特的耳朵竖起来。这是那种他来此地想要获得的信息。

"订婚？"

"是的。他和一个挺不错的女孩在新年过后订婚了。我们都很高兴。"

"贝蒂高兴吗？"

"她没有嫉妒，如果这是你的意思的话。"她说，聪颖的双眼看着他，"我以为她会留恋早已习惯了的他把她排在第一的位置，但她对此反应良好。她是个好女孩，布莱尔先生，相信我。婚前我是老师——不是很优秀，这是我为何一有机会就结婚了的缘故——我对女孩子们了解很多。贝蒂从没带给我片刻的焦虑。"

"是的，我知道。每个人都对她赞不绝口。你儿子的未婚妻是不是她在学校的伙伴？"

"不是，她是个外来人。她家搬到附近，他和她相识于一场舞会。"

"贝蒂去跳舞吗？"

"不去成年人的舞会。她还太小。"

"这么说来，她之前没有见过这位未婚妻？"

"老实说，我们谁也没见过。他相当突然地带她和我们见面。不过我们非常喜欢她，并不介意。"

"他一定是很年轻就安定下来？"

"噢，当然，整个事情是没有理性的。他二十岁，她十八，但他俩在一起十分甜蜜。我自己很早就结婚了，而且一直幸福美满。唯一缺少的就是一个女儿，而贝蒂填补了这个空白。"

"离开学校后她想做什么？"

"她不知道。就我所见，她没有任何方面的特别天分。我的看法是她会很早结婚。"

"因为她的吸引力？"

"不是，因为——"她停顿下来，明显地改变了她要说的话，"没有特别禀赋的女孩，很容易落入婚姻。"

他好奇她本想说的话是否和石板蓝的眼睛有遥远的关联。

"当贝蒂没有及时回家返校时，你以为她只是逃学？尽管她是个行为端正的孩子。"

"是的，她开始对学校变得越来越厌倦，而且她总是说——说得相当正确——返校的第一天是浪费的一天。因此我们以为她只是来个'冒冒险'，他们是这样说的。当列斯里听说她没露面，'试试看'，他是这样说的。"

"我明白了。假期的时候她穿校服吗？"

韦恩夫人第一次怀疑地看着他，不清楚他问话的动机。

"不。不穿，她穿周末的服装……你知道当她回来的时候，只穿着一条女裙和鞋子吗？"

罗伯特点点头。

"我发觉这太难想象了，那两个女人这么堕落败坏，如此对待一个无助的孩子。"

"如果你能见到那两个女人，韦恩夫人，你会发觉更难以想象了。"

"但是所有最恶劣的罪犯看起来都无辜又无害，对吧？"

罗伯特未加理会。他想知道女孩身上的瘀伤。"它们是新近的瘀伤吗？"

"噢，相当新。大多数甚至还没有开始'变色'。"

这使罗伯特有点惊讶。

"但也有旧伤吧，我想。"

"即便有，也褪得差不多了，在所有严重的新伤里，毫不起眼。"

"新伤看起来像什么样子？鞭打的痕迹？"

"噢，不。她实际上是被接连殴打的，甚至她可怜的小脸蛋。下巴肿起，一边太阳穴上有块很大的青肿。"

"警察说，当提到她该告诉他们发生了什么的时候，她就变得歇斯底里。"

"那是她还病着的时候。一旦我们探出她的故事，而且她休养了好一阵子后，就很容易劝说她把故事重新讲给警察听。"

"我知道你会坦率地回答这个问题，韦恩夫人：在你的脑海中，你从未怀疑过贝蒂的故事可能不是真实的吗？哪怕瞬间的怀疑？"

"瞬间都没有。为什么要有？她一直是个诚实的孩子。即便她不诚实，她怎么可能发明像这样一个详细的长篇故事而不被识破？警察问了她所有他们想问的问题，但似乎从来没有接受她的这些描述。"

"她第一次告诉你她的故事时，是一股脑儿说出来的吗？"

"噢，不，是在一两天内断断续续说出来的。起先是大致情况，然后她能记起来时就补充细节，诸如阁楼的窗户是圆形的这类事情。"

"她昏迷的时日没有模糊她的记忆。"

"我想无论如何都不会。我的意思是，凭着贝蒂那脑子。她有过目不忘的记忆力。"

她果真有！罗伯特心想，双耳大张，高度竖立。

"即便很小的时候，她都能看着一本书的页面——当然，是儿童读物——而复述留在她脑海里的图片包括的大部分东西。我们玩金姆游戏时——你知道吧？盘子上的小东西——我们不得不把贝蒂排除在外，因为她无一例外会赢。噢，不，她总能记得她看过的东西。"

"唔，还有另外一个游戏，游戏里有人大声叫喊"越来越热啦！" [1] 罗伯特记得。

"你说她一直是个诚实的孩子——每个人都支持你这一看法——但她从未耽于浪漫化自己的生活，正如孩子们有时会那么做的吗？"

"从不。"韦恩夫人肯定地说。这个说法似乎隐隐地逗乐了她。"她不可能，"她加上一句，"除非东西是真实的，否则对贝蒂来说它毫无用处。即便是玩玩偶茶会的游戏，她也从不想象碟子上的东西，像大多数孩子那样乐意去做；必须得有一个真实的东西在那儿，哪怕只是一小块面包。当然，那通常是个更好的东西。这是个用计谋弄到额外奖励的好办法，她总是有点贪心。"

罗伯特欣赏她以超然的态度来评判她渴求并且宠爱的女儿。一位女教师愤世嫉俗的残留？不管怎样，对一个孩子来说，这比盲目的爱更加宝贵。真可惜她的睿智和奉献得到如此糟糕的回报。

"我不想在一个让你不快的话题上停留太久，"罗伯特说，"但或许你能告诉我些关于父母的事情。"

"她的父母？"韦恩夫人惊讶地问道。

"是的。你和他们很熟吗？他们是什么样的？"

---

① 指离寻找的目标越来越接近了。

"我们根本不认识他们。我们甚至从来没见过他们。"

"但是你已经拥有贝蒂——是多久？——九个月？——在她父母被杀害之前，是吧？"

"是的，但贝蒂来我们这里没多久，她妈妈写信说，来探望她只会让孩子伤心和不开心，最好的办法是在贝蒂能回伦敦之前，把她留给我们一段时间。她说希望我跟贝蒂谈到她，至少一天一次。"

罗伯特的心收紧了，带着对这位情愿为她唯一的孩子而撕碎自己的心的无名死者的同情。多么宝贵的疼爱和关心，尽倒在贝蒂·凯茵的面前，一个被疏散的孩子。

"当她过来的时候，很容易安定下来吗？或者她哭喊着要妈妈？"

"她哭了，因为她不喜欢这里的食物。我不记得她曾哭喊着要妈妈。第一个晚上她就喜欢列斯里了——她只是个婴孩，你知道——我想她对他的喜欢抹去了她可能感到的任何悲伤。而他，比她年长四岁，正是感受保护欲的年龄。他现在还是如此。这就是我们今天陷入一团乱麻的原因。"

"这个《艾克－爱玛》事件是如何发生的？我知道是你儿子去的报社，但是否你最终想通了他的——"

"天啊，不，"韦恩夫人愤怒地说道，"在我们能采取任何措施之前，一切都已经结束了。列斯里和记者来的时候，我和丈夫出门在外——当他们听了列斯里的故事，他们派了个人和他一起回来，想从贝蒂处得到第一手资料——而当——"

"贝蒂相当乐意地给了？"

"我不知道有多乐意。我不在场。我和丈夫对此一无所知，直到今早列斯里把一份《艾克－爱玛》放在我们鼻子下面。有点故意挑衅的味道，我要附加说明。事情做完，他现在感觉没那么好了。《艾克－爱玛》，我想向你保证，布莱尔先生，通常不是我儿子的选择。如果他不是那么气愤难平的话——"

"我知道。我完全明了这是如何发生的。那种'告诉我们你的麻烦，我们将看到正义伸张'，是很潜移默化的。"他站起来，"你真是太好了，韦恩夫人，我对你极为感谢。"

他的语调明显地比她预想的更为诚挚，她狐疑地望着他。我说了什么对你有所帮助？她似乎半惊愕地在问。

他问贝蒂的父母以前住在伦敦的什么地方，她告诉了他。"现在那里什么都没有，"她加了一句，"只是一片开阔的空地。它将成为新的建房方案的一部分，因此到目前为止，他们什么都没做。"

到门口的时候，他碰到了列斯里。

列斯里是个非常英俊的年轻人，而他本人似乎对这一点完全没有意识——一种罗伯特非常喜爱的特性，此时他没好心情善意地看待罗伯特。罗伯特把他设想成"瓷器店里的公牛"①类型，然而恰好相反，他是一个相当精致、面善的男孩子，有害羞热诚的双眼和凌乱的软发。当他母亲介绍罗伯特并解释他的来意时，他带着明显的敌意瞪着罗伯特；不过，正如他母亲已经说过的，他的瞪视略带故

---

① 英语习语，指做事太过热情或太急躁鲁莽，造成物品损坏或令人难过的后果。

意挑战的味道。显然，今晚列斯里会和自己的良心过不去。

"没人打了我妹妹却可以逃脱。"当罗伯特温和地谴责他的行为时，他激烈地说道。

"我同情你的观点，"罗伯特说，"但我个人宁愿每晚挨打，连打十四天，也不愿意自己的照片摆在《艾克 – 爱玛》的首页，尤其如果我是个年轻女孩的话。"

"如果你连着十四天每晚挨打，却无人为此做些什么，你可能很高兴自己的照片公布于任何小报上，只要它能给你带来公正。"列斯里有针对性地说道，与他们擦身而过，进房去了。

韦恩夫人带着歉意的微笑转向罗伯特，而罗伯特趁她软化的片刻，说道："韦恩夫人，如果你想起贝蒂的故事里有何不对之处，我希望你不要决定最好别管睡狗①。"

"别把你的信念寄托在这个希望上，布莱尔先生。"

"你愿意让睡狗躺着，而无辜的人痛苦？"

"噢，不，我不是这个意思。我是说指望我怀疑贝蒂的故事的希望。如果我最初相信了她，就不太可能之后去怀疑她。"

"谁也说不准。有一天你或许会想起这个或那个不'吻合'。你天生有善于分析的思维，当你最不经意的时候，它可能潜意识地呈现于你。有些内心深处困惑你的东西，可能拒绝再次被压制下去。"

她和他一起走向大门，当他说最后一句话时，他转过去向她道

---

① 习语，意指某事可能引发麻烦，就随它不管。

别。令他惊讶的是，他这句随意的评论使她眼后的某种东西闪烁不定。

这么说，归根结底，她并不肯定。

某个地方，在故事里，在情境中，有个很小的东西在她清醒、善于分析的大脑中，留下了一个疑问。

是什么？

接着，发生了事后他一直视为这辈子与人产生心灵感应的唯一完美样例，上车的时候，他停下了，说："她回家时口袋里有什么东西吗？"

"她只有一个口袋，在她的裙子上。"

她嘴边的肌肉轻微地绷紧了。"只有一支口红。"她淡淡地说。

"一支口红！要这东西她还小了点，是吧？"

"亲爱的布莱尔先生，她们十岁就开始试用口红了。它替代了偷偷穿戴妈妈的东西，作为下雨天的消遣。"

"是的，有可能；伍尔沃斯是个伟大的施主。"

她微笑了，道了再见，他开走时她走回房子。

口红的什么困惑了她？从路面不平的梅多塞德街转上黑色平滑的艾尔斯伯里—伦敦主路时，罗伯特纳闷着。仅仅是弗朗才斯的恶魔竟然让她留着它这个事实吗？她发觉这很奇怪吗？

多么令人惊奇，她脑子里下意识的忧虑如此迅疾地和他交流。直到他听到自己说出口，他都不知道自己要问女孩的口袋那句话。如果是他自己，他从未想过要好奇她裙子的口袋里有什么。他根本就没想过裙子可能有个口袋。

这么说，有支口红。

而且它的出现，正是困惑韦恩夫人的事情。

哦，这是一根稻草，可以附加到他已集合起来的小堆上。附加到女孩有过目不忘的记忆力。附加到仅一两个月前她被毫无预告地激怒过。附加到她是贪心的。附加到她厌倦了学校。附加到她喜欢"现实"。

附加到——首要的是——那一家子没有一个人，甚至超然明智的韦恩夫人，知道贝蒂·凯茵脑子里想些什么。一个十五岁的女孩，一直是一位年轻男子的世界中心，眼看自己一夜之间被人取代，却没有对此反应强烈，这是相当令人难以置信的。然而，贝蒂"对此反应良好"。

罗伯特发觉这令人鼓舞。它证明了那张坦诚年轻的脸，根本不是了解贝蒂·凯茵这个人的指南。

第八章

罗伯特决定待在伦敦的这个晚上一石多鸟。

作为开始，他想有人与他携手共进。而眼下的情形，没有人能比他的老校友凯文·麦克德莫特更适合携着他的手了。凯文不懂犯罪可能并不紧要。作为一位知名的辩护律师，他对人性的认知广泛、多样，并且独特。

目前押注麦克德莫特六十岁之前死于高血压，还是七十岁时会给英国上议院议长席增光添彩，概率是一样的。罗伯特希望是后者。他非常喜欢凯文。

他俩最初在学校里互相吸引，是因为两人都"爱好法律"，但他们变为好友并保持友谊，是因为他俩相辅相成。对这个爱尔兰人来说，罗伯特的平和镇静有意思、有挑衅意味，还有——当他疲倦的时候——令人放松。对罗伯特来说，凯文的花哨时髦具有异国情调，令人着迷。颇具代表性的，罗伯特的理想是回到那个乡下小镇，继续从前的生活；而凯文的抱负是更改法律条文里所有能够更改的东西，并在更改的过程中发出尽量大的声音。

目前为止，凯文没能更改多少——虽然在一些法官的裁定中，他已竭尽全力——但他已以轻松并稍带恶意的行事风格发出了相当大的声响。一个有凯文出席的案子，会使其新闻价值增加百分之五十——费用则大大高于这一比率。

他已经结婚了——利益婚姻但幸福快乐——在韦布里奇附近有一座舒适的房子和三个像父亲一样清瘦、棕色皮肤、活泼、强壮的儿子。为了享受小镇生活，他在圣保罗教堂墓地一带留有一个小公寓，在那里，如他指出的那样，他"能够负担得起俯视安妮女王"。每当罗伯特来到镇子——次数不比罗伯特能自由做主的更多——他们便一起共进晚餐，不是在公寓里，就是在凯文新近发现有好红酒的地方。法律之外，凯文的兴趣是摆样子的政客、波尔多红酒，以及华纳兄弟公司较为活泼的电影。

罗伯特从米尔福德给凯文打电话时，他的秘书说他要参加什么酒吧晚餐，但他将十分高兴有个合法的借口躲过演说，因此敬请罗伯特晚餐后去圣保罗教堂墓地的公寓等他。

这是件好事：如果凯文晚餐后回来，他会全身放松，安定下来，做好睡前准备，而不会烦躁不安，像有时候那样，四分之三的大脑仍然停留在法庭里。

同时，他想给伦敦警察厅的格兰特打个电话，看他明早能不能抽出几分钟的时间给他。他必须让格兰特清楚，在与伦敦警察厅的关系里，他所持的立场是怎样的：难兄难弟，却站在围栏对立的两边。

在杰明街爱德华时期旧址，在从他第一次被允许独自去伦敦起一直下榻的福蒂斯丘旅店，那里的人像招待侄子一样招待他，安排他在"上次入住的那间"，一间幽暗舒适的盒子式的小房，带有齐肩高的床和纽扣型绒毛覆面的长沙发，并给他送上茶盘，上面摆放着一个特大号棕色茶壶、一个乔治亚风格银奶壶、一个不值钱的玻璃碟上大约一磅重的方糖、一个饰有花和小城堡的德累斯顿杯子、一个为"陛下"威廉四世和王后制作的金红交错的伍斯特碟子，以及一把扣紧的厨房小刀，棕色的刀柄已经褪色。

茶和茶盘使罗伯特重振精神。他走进夜晚的街道，感觉到些许希望。

对贝蒂·凯茵的真相的探求，自觉不自觉地把他带到那片曾是高楼的空地，她的双亲死于一次毁灭性的强力爆炸的地点。这是一片光秃秃干净的空间，正等待着被指定于某个建房计划中的角色。没有什么东西显示这个地方曾站立过一座建筑，四周，未被破坏的房子带着漠然的、沾沾自喜的神色，好似有精神缺陷的傻子，太过白痴，以至于不明白灾难的意思。爆炸与它们擦身而过，这就是它们所知道和所关心的。

宽宽的街道另外一边，一排小商店仍然站立着，很明显，它们已经这样站立了五十年或者更久。罗伯特穿过去，走进烟草店买香烟；一位烟草兼报刊店的店主知道一切。

"那事发生时你在这里吗？"罗伯特问，头朝门倾斜着。

"什么时候什么事情发生？"双颊红润的小个子男人问，太习惯于这片空荡荡的空间，以至于早就对它失去了感觉。"哦，那个事故？不，我出门去值班了。我当时是管理员。"

噢，是的；是的，那么，他早在那之前就肯定拥有这爿店了。他是在这片区长大的，子承父业。

"那么你该很熟这一带的人。你有可能记得那对看管这幢公寓楼的夫妻吗？"

"凯茵家？当然。怎么可能不记得呢？他们成天在这里出入。他上午来买报纸，然后接着她来买烟，然后她又来替他买晚报，然后她第三次来，可能又是买烟，当我儿子上完课，来这里帮我接手时，我和他常在附近喝一品脱啤酒。先生，你认识他们？"

"不认识。但我前几天碰到个人，那人提到他俩。整个地方是怎么毁掉的？"

小个子粉红色的男人抽了一口气，发出嘲弄的声音。

"偷工减料。就是这样的。纯粹是偷工减料。炸弹掉在那边那个地方——那就是凯茵家怎么被害死的，而他俩在地下室里感觉相当安全呢——整个家伙就像纸牌房一样垮掉了。太可怕了。"他码齐一堆晚报的边缘。"那纯粹是她的坏运气，几个星期来她唯一一个晚上和丈夫待在家里，炸弹来了。"他似乎在这个想法里发现了讽刺的快乐。

"那她通常在哪里？"罗伯特问，"她晚上在某个地方上班吗？"

"上班！"小个男人带着极大的轻蔑说道。"她！"然后想起什么似的说："噢，对不起，实在对不起。我突然忘记了他们可能是某人的朋友——"

罗伯特赶紧让他放心，他对凯茵家的兴趣纯粹是闲谈，某人记起他们是那幢公寓楼的看管人，就这样。如果凯茵夫人晚上出去不是上班，那她出去干什么？

"当然是找乐子啦。噢，是的，即便那个时候人们也设法找乐子——如果他们需求够旺，找得够使劲的话。凯茵他想让她和他们的小女孩离开去乡下，但她愿意吗？不可能是她！她说三天的乡下生活会杀了她。甚至他们把小女孩疏散时，她都没去看那小东西。那是当局疏散的，和其他小孩子一起。我认为把孩子脱手了她高兴得要死，这样她晚上就可以去跳舞了。"

"她和谁去跳舞？"

"官员们，"小个子简洁地说，"比看着青草成长刺激多了。请注意，我不是说跳舞有什么实际的害处。"他急忙说道。"她已经死了，我不想把任何东西归咎于她，因为她现在不在了，无法辩解，如果你能明白我的意思的话。但她是个差劲的母亲和差劲的妻子，这是千真万确的，从来没人说过一句相反的话。"

"她漂亮吗？"罗伯特问，想着他浪费在贝蒂母亲身上的美好情感。

"闷闷不乐的那种样子，是的。她有点性感。你会好奇她高兴时是什么样子的。我指的是兴奋，而不是酒醉。我从来没见她酒醉过。酒醉不会使她获得兴奋。"

"她丈夫呢？"

"啊，他还行，伯特·凯茵人还不错。比那女人更配得到好运。伯特是最好的人之一。非常喜爱那个小女孩。当然啦，溺爱她。她想要什么，他就给她什么；尽管如此受宠，但她是个好孩子。异常安静。黄油在她的小嘴里都不会融化①。是啊，伯特应该得到比一个贪图享乐的妻子和一个表面亲热的孩子更好的生活。伯特是最好的人之一……"他的目光越过马路，望着空荡荡的对面，若有所思。"他们花了大半个星期才找到他。"他说。

罗伯特付了烟钱，出门走上街，既悲哀又解脱。他为伯特·凯茵感到悲哀，他值得拥有更好的，但他也感到高兴，贝蒂·凯茵的母亲并不是他想象的那样。来伦敦的一路上他替这个死去的女人感到难过，这个为了自己的孩子而心碎的女人。对他来说，她如此热爱的孩子却是贝蒂·凯茵，这是难以承受的。但现在他摆脱了这种悲哀。如果他是上帝的话，贝蒂·凯茵的母亲恰恰正是他会为她选择的。就她这方面而言，她像极了她母亲的女儿。

"表面亲热的孩子。"唔，嗯。韦恩夫人说什么来着？"她哭了，因为她不喜欢这里的食物。我不记得她曾哭喊着要妈妈。"

很明显，也没有为如此全身心宠爱她的父亲而哭泣。回到旅馆，他从旅行箱里拿出那份《艾克－爱玛》，在福蒂斯丘旅馆独自用完晚餐，闲来无事地想着第二页上的故事。从它海报式简明的开始——

---

① 意指一个人没有热度，行为冷漠无情。

　　4月的一个夜晚，一位女孩回到家里，除了一条裙子和一双鞋子，身无一物。她离开家时，还是一个开朗快乐的女生，没有……

　　一直到结尾大张旗鼓的哭诉，简直就是一篇这类报纸的精悍的杰作。它完美无缺地围绕着主题展开，这样就可以用同一个故事吸引最大量的读者。对那些追求性趣者，它提供了女孩身乏遮掩；对多愁善感者，她的年轻迷人；对有政治倾向者，她的无助境地；对施虐癖者，她挨打的细节；对阶级仇恨的受难者，高墙之后一座大白房子的描述；而对普遍心肠温软的英国大众，留下的印象是，警察如果没有"私下受阻"，那么至少是松懈马虎，正义未能得以伸张。

　　是的。它处理得很巧妙。

　　这个故事对他们当然是天赐礼物——这就是他们马上派人和年轻的列斯里·韦恩回家的原因。但是罗伯特觉得，当真正地全力以赴时，《艾克－爱玛》可能就一根断裂的连杆，也能编出一个动听的故事。

　　专门侍奉人性的弱点绝对是一项乏味的事业。他翻转报纸，注意到每个故事是多么连贯一致地用来吸引读者的遗憾和惋惜。即便是《百万英镑的赠与》，他注意到，讲的是一个可耻的老家伙想方设法避缴他的收入税，而不是一个男孩凭着个人勇气和创业精神爬出贫民窟的故事。

他有点作呕地把这东西放回箱子，提着箱子去圣保罗教堂墓地那里。在那儿，他发现"负责日常"的女人戴着帽子正等着他。麦克德莫特的秘书已经打来电话说他的一位朋友要来，他可以随意使用房子，一个人待着不要有所顾忌；她留在这里纯粹是让他进门；现在她得走了；壁炉边的小桌子上有威士忌，橱柜里另外有一瓶，但如果你问她的话，她会说最好不要提醒麦克德莫特这瓶酒，否则他会熬夜，早上叫他起床她将很费劲。

"不是威士忌，"他对她微笑着说，"是他身上的爱尔兰因子。所有爱尔兰人都恨起床。"

这话使她在门阶上停下来，很明显，这一新说法让她猛地想起了什么。

"我不会觉得奇怪，"她说，"我那老头子也是一样的，他是爱尔兰人。不是身边的威士忌的原因，在于原罪。至少我总是这样想的。但也许生为墨菲①，只是他的不幸。"

这是一个令人愉悦的小处所，既温暖又友好，而且宁静，因为现在城市嘈杂的交通平息下来了。他给自己倒了一杯酒，走到窗边俯瞰安妮女王河，停留了一会儿，再次留意到庞大的教堂多么轻盈地漂浮在河面上，如此均衡，如此协调，好像一个人可以把它拾起来，置于手心，轻轻摇动。然后他坐下来，自早上出门见那个再次

---

① 一种爱尔兰的主食，意指爱尔兰人。

修改遗嘱的令人抓狂的老妇人以来，第一次感到放松。

当听到凯文的钥匙在锁孔里转动的声音时，他已是半睡半醒，在他能移动之前，他的东道主已在房间里了。

麦克德莫特从他后面经过去取桌上的玻璃酒瓶时，坏坏地在他的脖子上拧了一下。"开始了，老伙计，"他说，"开始了。"

"什么？"罗伯特问道。

"你的漂亮脖子在变厚。"

罗伯特懒散地揉揉被拧过的脖子部位。"我确实开始注意到后脖子的气流了，现在你也提到了它。"他说。

"天啊，罗伯特！没有什么事让你心烦吗，"凯文说道，他的眼睛浅而明亮，在黑色的眉毛下嘲笑，"即便是失去你英俊容颜这样迫在眉睫的前景？"

"眼下我有点心烦，但不是因为容貌。"

"哦，布莱尔／赫伍德／伯尼特律师事务所怎么啦，它不可能破产的，所以我猜，是因为一个女人。"

"是的，但不是你那个意思。"

"考虑结婚了？你该了，罗伯[1]。"

"这个你以前说过了。"

"你想要个布莱尔／赫伍德／伯尼特律师事务所的继承人，对吧？"罗伯特记得，布莱尔／赫伍德／伯尼特律师事务所的从容稳

---

[1] 罗伯特的简称。

定，总是招来凯文的嘲弄。

"没有什么保证不是一个女儿。不管怎样，纳维尔正在照管它。"

"唯一的问题是，纳维尔的年轻女人只会生出唱片。我听说前几天她又给月台增光添彩了。如果她得挣火车票钱的话，就不太可能这么乐意作为少数派之声大使在全国四处奔波吧。"他拿着酒坐下来，"我无须问你是否因公而来。有时间你真的该来这个镇子看看。我想明天和某个律师结束上午十点的面谈后，你又要匆匆离去吧。"

"不，"罗伯特说，"是和伦敦警察厅。"

凯文顿住了，送往嘴边的玻璃杯停在半空。"罗伯特，你在往下落，"他说，"你的象牙塔和伦敦警察厅有何干系？"

"就是啊，"罗伯特心平气和地说，没有理会话里对他米尔福德安稳生活的附加抨击，"这事自己送上门，我不知如何处理。我需要听听某个对事态有见地的人的意见。不知为何我来找你倾诉。你一定厌烦各种难题了，但你过去确实总是帮我做代数题。"

"而你总是评估那些股票，如果我记得正确的话。对股市我是个傻子。你帮我从一个错误投资拉回来，我还欠你一个人情。是两个错误投资。"他加了一句。

"两个？"

"塔玛拉，还有托皮卡锡罐①。"

"我记得把你从托皮卡锡罐救回来，但我和你与塔玛拉分手一点

_____

① 塔玛拉和托皮卡锡罐都是股票名。

关系都没有。"

"噢，是吗，真的！好罗伯特，当我把她介绍给你的时候，要是你能看到自己的脸就好了。噢，不，不是那个样子，正好相反。那种谦恭有礼和良好教养的英国面具爆破了的表情所迸发的瞬间善意——说明了一切。我当即看穿自己要一辈子把她介绍给人们，同时观察到他们竭力显出良好教养的面孔。这以历史超短记录治愈了我对她的依恋。我从未停止感激你。所以把行李箱里的东西拿出来吧。"

没什么可以逃过凯文的眼睛，罗伯特心想，拿出他自己备份的贝蒂·凯茵给警察的证词。

"这是一份很短的陈述。我希望你阅读完并告诉我你的看法。"

他想看到它对凯文的冲击力，不要有预热而抹掉了锋芒。

麦克德莫特接过去，快速扫描了第一段，说："我想，这是《艾克－爱玛》的女门徒。"

"想不到你会看《艾克－爱玛》。"罗伯特惊讶地说。

"上帝保佑你，我以《艾克－爱玛》为养料。没有犯罪，就没有明星事业。没有明星事业，就没有凯文·麦克德莫特，或者哪怕他的一部分。"他进入完全无声的状态。足足四分钟，他如此专注，以至于罗伯特感觉他的东道主已经走了，只有他一人留在房间里。

"哼！"他发出这样一声，走出那个状态。

"唔？"

"我想这个案子里你的客户是那两个女人而非这个女孩？"

"当然。"

"现在你告诉我你这边的情况。"凯文说道，并留神倾听。

罗伯特把整个故事的来龙去脉全倒了出来。他勉强的上门服务，当在贝蒂·凯茵和两个女人之间的选择变得明朗时，他逐渐增长的倾向，伦敦警察厅就现有证据暂不采取行动的决定，以及列斯里·韦恩对《艾克 – 爱玛》办公室的冲动拜访。

"这么说今晚，"麦克德莫特说，"警察厅正忙着翻天覆地地搜寻可以支持女孩故事的确凿证据了。"

"我想是的，"罗伯特郁闷地说，"但我想知道的是：你相信还是不相信女孩的故事？"

"我从不相信任何人的故事，"凯文带着轻微的恶意指出，"你想知道的是：我觉得女孩的故事可信吗？我当然信。"

"你相信？"

"我信。为什么不信？"

"但它太荒谬了。"罗伯特激动地说，比自己想要表现出来的更为激烈。

"没有什么荒谬的。独居的女人做不可理喻的事情——尤其她们是贫穷的淑女的话。就在前几天，人们发现一个老妇人把她姐姐用链子拴在床边，在一间不比一个大橱柜更大的房间里。她已经这样拴着她三年了，给她吃点面包皮、土豆皮，还有些她自己不想吃的残羹剩饭。当事情暴露时，她说，她们的钱用得太快了，只有这样做才能维持生计。实际上她的银行余额还算可观，但不安全感引起的恐惧使她神经错乱。这比女孩的故事更不可信——而且，用你的说法，更为荒谬。"

"是吗？对我来说，这只是个普通的精神失常的故事。"

"那只是因为你知道这事已经发生了。我的意思是，那亲眼看见这事的人会怎么想。反过来想一想，谣言刚刚开始流传，那个神经错乱的妹妹听说了，在调查开始之前赶紧把她的受害人放了，那么调查者看到的，仅仅是两个老妇人过着明显正常的生活，除了她们中的一个脑子有病的实质。那时会怎样？你还会相信'上链子'的故事吗？或者，你还会更有可能称之为一个'荒谬的故事'吗？"

罗伯特陷入更深一点的沮丧之中。

"这儿是两个孤独、财产微薄的女人，在乡下承受着照管一座大房子的任务，其中一个过于年迈，无力做很多家务，另外一个不愿意做。她们有点神经错乱的大脑最可能采取的解决方式是什么？当然是捕捉一个女孩来给她们做仆人了。"

该死。凯文和他的律师脑袋。他以为他想得到凯文的意见，但他其实想得到的是凯文对他自己的意见的支持。

"她们捕捉的女孩恰好是个历史清白的女孩，正合时宜地离家很远。她们的坏运气在于她是如此清白，因为到目前为止她从未被发现说谎，这样每个人都会接受她的说法，而抗拒她们的辩解。如果我是警察，我会冒这个险。我觉得他们正在失去承受力。"

他朝罗伯特投去顽皮的一眼，陷进椅子里，两条长腿对着壁炉伸展。他那样坐了一两分钟，享受着他朋友的困惑。

"当然，"他终于说道，"他们可能想起了一个相似的案例，那个案例里每个人都信了女孩令人心碎的故事，完全被蒙蔽了。"

"相似的案例！"罗伯特说，折腿坐直。"什么时候？"

"十七世纪什么的。我忘了具体的日期。"

"噢。"罗伯特说，又失望了。

"我不知道'噢'是什么意思，"麦克德莫特温和地说，"两个世纪里，不在犯罪现场的证明的本质并没有多少改变。"

"不在犯罪现场的证明？"

"如果相似的案例有指导意义，女孩的故事本身就是不在犯罪现场的证明。"

"那么说你相信——我的意思是，你发现它是可信的——女孩的故事是胡说八道？"

"从头到尾全盘编造。"

"凯文，你真让人恼火。你说你发觉它是可信的。"

"我信。但说它是一套谎言的组合，我也认为可信。我不会简单地听信任何一方。在最短的时间内，我可以为任何一方做很好的辩护。总体来说，我更愿意作为从艾尔斯伯里来的年轻女子的律师。在证人席上她应该很光彩，而从你告诉我的情况来看，没有一个夏普在外表上对一位律师有多大神益。"

他站起来倒更多的酒，伸出另一只手去取罗伯特的杯子。但是罗伯特无心欢饮。他摇摇头，眼睛凝视着火炉，没有抬起。他疲倦了，开始对凯文不耐烦起来。他来错了。当一个人在刑事法庭做律师做得像凯文那么久，他满脑子就只有观点，而不再有信念。凯文现在坐着，手握酒杯，等他喝到一半，然后他就告辞了。把头放在枕头上多惬意，忘记一些他对别人的难题所担负的责任，更确切地说，是寻找解决难题的办法。

"我想知道那一个月她都做了什么。"凯文谈话似的说，喝下一大口纯正的威士忌。

罗伯特正想张嘴说："那么你确实相信这女孩是骗子！"但他及时住口了。他拒绝今晚再次被凯文牵着鼻子走。

"如果喝足了红酒又喝这么多威士忌，你这一个月要做的事将是治疗，老伙计。"他说。而让他惊奇的是，凯文身子后仰，像个男生一样大笑起来。

"噢，罗伯，我爱你，"他高兴地说，"你是英格兰的精髓。我们钦佩和嫉妒的每样东西你都具备。你坐在那儿，这么温和，这么礼貌，让别人逗你，直到他们认定你是一只老斑猫，对你随便做什么都可以，然后正当他们开始得意的时候，多迈了一小步，走过头了，嘭！一双没戴手套，公事公办的爪子伸了出来！"他没有征求意见，直接从罗伯特的手里拿过杯子，起身将它装满，而罗伯特没有阻止。他感觉好多了。

第九章

伦敦—拉伯勒路在阳光的照耀下像一条笔直的黑色丝带，随着繁忙的车流在光线里忽明忽暗而散发钻石般的光华。很快空中和道路会变得如此拥挤，以至于谁也无法舒畅地移动，为了快捷的旅行，每个人都想回到铁路线上。进步，这就是。

凯文昨晚已经指出，以目前交通的便利，贝蒂·凯茵那个月的假期是在新南威尔士的悉尼打发的，也是很有可能的。这是个令人气馁的想法。她可以在从堪察加半岛到秘鲁的任何地方，而他，布莱尔，所需做的就是，证明她不在拉伯勒—米尔福德路上的一座房子里这样一件小事。如果这不是一个阳光灿烂的早晨，如果他不是替伦敦警察厅难过，如果没有凯文携着他的手，如果不是到目前为止他独力做得挺不错，他恐怕已经感到抑郁消沉了。

替伦敦警察厅感到难过是他未曾预料的，然而他确实难过。全警察厅全副精力致力于证明夏普们有罪，女孩的故事是真实的；恰恰为了这个，他们相信夏普们有罪。然而在他们每个人的灵魂深处，渴望做的，却是把贝蒂·凯茵从《艾克－爱玛》的咽喉位置推下去，而达到这一目的的办法，只能是证明她的故事荒唐无理。是的，一种真正弥足珍贵的困惑，存在于厅里那些高大镇静的身体里。

格兰特一直保持他平和有礼的迷人风度——现在罗伯特想起来了，那感觉就好像去看医生——很乐意地同意了，罗伯特有权知道《艾克－爱玛》可能招来的任何信件。

"别把你的希望过多地寄托在这上面，好吧？"他友好地告诫道，"警察厅要得到一封有点价值的信，会收阅五千封胡说乱侃的来信。写信是'怪人们'天然的发泄途径。忙人，闲人，变态的人，古怪的人，自认为身负重任的人——"

"'为了公众的利益'——"

"为了他自己和'公民'，"格兰特微笑着说，"还有完全邪恶的人。他们都喜欢写信。你知道，这是他们安全的发泄途径。他们可以尽情地在纸上指手画脚，可以絮叨啰嗦，可以淫秽下流，可以自命不凡，可以固执己见，却无人可以踢他们一脚。所以他们写信。上帝，他们是怎么写的啊！"

"但有一点机会——"

"噢，是的，是有一点机会。不管这些信有多蠢，全都要阅后清理出去。我许诺，任何重要的信息都会传递给你。但我确实要提醒你，五千人中，只有一个有智力的普通公民写信来，只写一次。这个人不喜欢他自认为的'多管闲事'——这就是为什么他安静地坐着，反感那些美国人对别人还怀有一种乡巴佬似的兴趣——而且不管怎么说，他是一个忙人，自己的事情都忙不过来，因此坐下来给警察写封与己无关的信，是完全违背他的本性的。"

因而罗伯特愉快地离开了，对警察厅感到满意，并替他们难过。至少他，罗伯特，是沿着一行直线锄地。他不必时不时地东张西望，暗地里希望自己锄的是旁边那一行，况且他选择锄地的那一行得到了凯文的赞同。

"我是认真的，"凯文已经说了，"当我说如果我是警察的话，我应该几乎会冒这个险。他们有个足够好的案子，而一个反响良好的小小定罪，总是能为某人的提升扶起阶梯。不幸的是——或者对公民来说有幸的是——那个决定有无案子的人，是个高高在上的家伙，他并不关心任何下属的快速提升。这种令人称奇的智慧，该是办公流程的副产品。"

罗伯特被威士忌灌得飘飘然，随意让这番愤世嫉俗的言论从耳边刮过。

"只要他们掌握一点更进一步的证据，他们将出现在弗朗才斯的门口，出示搜捕令，比你拿起话筒的速度还快。"

"他们不会获得更进一步的证据，"飘飘然的罗伯特说，"为什么他们会获得？他们怎么可能获得？我们要做的是，我们自己来证明女孩故事的虚假，这样它就不能在夏普们的有生之年一直诅咒她们了。一旦明天我见到姑妈和姑爹，我们就可能对这女孩有足够大致的认识，从而合理地开始我们自己的调查。"

现在他正飞快地行驶在黑色发亮的拉伯勒路上，前去拜访住在缅因絮尔的贝蒂的亲戚，那个令人难忘的假期里和她待在一起的人。他们是提尔希特夫妇。他们住在拉伯勒缅因絮尔区切里尔街 93 号——丈夫是拉伯勒一家刷匠公司的巡回代理人，两人没有孩子。罗伯特对他们知道的就这么多。

在缅因絮尔，驶离主路时他停了一会儿。这是贝蒂·凯茵等车的地方，或者她说她等车的地方。应该是路的另一边。那边没有侧路连着，什么都没有，只有一长段连续的人行道，往两边看都看不到头。这条路白天这个时候挺繁忙的，但罗伯特想，下午向晚的沉闷时段，它会很空荡。

切里尔街是一条有一长串棱角分明的飘窗嵌入肮脏的红砖里的街道，它们朝前的表面几乎刮到了包围着它们，使之与人行道隔离的低矮的红砖墙。窗子两边的酸性土壤充当花园，却毫无艾尔斯伯里梅多塞德街新翻过的泥土的优点，只种些耐阴虎耳草、杂草似的攀墙花，以及有蛀洞的勿忘我。当然，切里尔街家庭主妇收获的骄傲和艾尔斯伯里的是相同的，同样挺括的帘布挂在窗子上，但如果有诗人住在切里尔街的话，他们心灵的出口在别处，而不是花园。

在 93 号，当按门铃徒劳无功时，他改为敲门——在他看来，它和其他房子没什么两样，除了着色的房号——隔壁一个女人冲到卧室窗口，探身出来说：

"你找提尔希特夫人？"

罗伯特说是的。

"她去买食品了。街角的那家店。"

"噢，谢谢。如果只是这样，那我等等。"

"你想快点见她的话就不要等。该去接她。"

"噢。她是不是要去别的地方？"

"不，只是食品店；它是这一带唯一的一家店。但在两个牌子的麦片之间做选择，她要花半个上午。你坚定地拿起一个包装把它放进她的袋子里，她会非常高兴。"

罗伯特谢了她，抬脚朝路尾走去时，她又喊住了他：

"不要留下你的车。开车过去。"

"但这只是一小段路，对吧？"

"也许，可今天是星期六。"

"星期六？"

"学校停课。"

"哦，我明白了。但里面没什么东西——""可偷"，他本想这么说，但改口为"里面没什么可以移动的东西"。

"移动！哼！那很好。我们曾经有窗框来着。那条路的莱弗蒂夫人曾有大门来着。比透夫人曾有两根挺好的木晾衣竿和十八码的晾衣绳来着。她们都认为它们是不可移动的。你把车停在那里十分钟，还能看到车底盘算你运气！"

因此罗伯特顺从地上了车，开到食品店。开车的时候他想起了什么，记忆困惑了他。这里就是贝蒂·凯茵感到十分开心的地方。这条相当沉闷，相当肮脏的街道，拥挤狭窄的街区里的一条拥挤狭窄的街道。她在这里如此开心，以至于写信说要继续待到假期结束。

在这里她发现了什么，如此称心如意？

走进食品店，准备在早购物的顾客中认出提尔希特夫人时，他仍然困惑着。然而无须任何猜测，店里只有一个女人，瞥一眼店主耐心的脸和女人一只手里的纸板包，就明白不过地知道，她便是提尔希特夫人了。

"您需要什么吗，先生？"店主问道，将自己从女人的思前想后中脱身出来片刻——今早不是麦片，是皂粉——朝罗伯特走来。

"不，谢谢，"罗伯特说，"我只是在等这位女士。"

"等我？"女人说道，"如果是煤气的话，那——"

罗伯特赶紧说他不是煤气公司的。

"我有个真空吸尘器，没什么毛病。"她提议似的说，准备重新回到她的选择题上。

罗伯特尽量不打退堂鼓，说他的车在外面，可以等到她购物结束，没想到她说："车！噢。哦，你可以送我回去，是吧，省得我提这些东西。请问多少钱，卡尔先生？"

卡尔先生在她对罗伯特发生兴趣之时，接过她的一包皂片，使劲插入她的购物袋里，收钱，找零，感谢性地道声日安，并在罗伯特随这个女人出门走向汽车时，投给他充满同情的一瞥。

罗伯特知道，希望另外一个女人具备韦恩夫人的超然和智力，要求太高了，但考量提尔希特夫人时，他的心还是直往下沉。提尔希特夫人是那种思绪总是漂浮在其他事情上的女人之一。她们和你交谈甚欢，她们同意你的看法，她们赞赏你的穿戴，她们给你提供意见，但她们真正的注意力，却集中在如何处理那条鱼，或者弗洛丽跟她们说了敏妮的长子的什么事，或者她们把洗衣簿丢在哪儿了，或者甚至仅仅是你门牙补得实在太糟糕了：可以是任何东西，每样东西，除了手上的主题。

她似乎对罗伯特的车子的外观印象深刻，邀请他进屋喝杯茶——很明显，白天没有哪个时候是不宜饮茶的。罗伯特感觉无法和她一起喝东西——哪怕是一杯茶——这么说吧，如果没有把自己放在对方律师的位置上来考虑，使问题简单明了的话。他尽力了，但她理解与否却令人生疑；她的脑袋已经明白无误地在决定是给他富茶饼干①还是花式饼干②了。提到她的侄女，没有挑起她丝毫预想中的情感波澜。

"那真是最不寻常的事，对吧？"她说，"把她带走，打她。她们以为这对她们有什么好处？请坐，布莱因，进来坐下。我正要——"

一声令人毛骨悚然的惊叫回荡在屋子里。这一急切、尖锐、绝望的惊叫持续不断，甚至连换气的停顿都没有。

提尔希特夫人以令人恼火的姿态背起她的大包小包，身子倾斜，离罗伯特很近，嘴巴就在他耳边近在咫尺的地方。"我的水壶，"

---

① 一种甜饼干，17 世纪盛行于英国约克郡，主要成分为小麦粉、糖、菜油和麦牙膏。
② 样子精致可爱的饼干。

她喊道，"我马上回来。"

罗伯特坐下，再次打量四周，奇怪贝蒂·凯茵为何发觉这里这么好。韦恩夫人的前屋是客厅，一间人来人往的起居室，但这里明显是"最好的"房间，供关系一般、未经许可不能进入后部的访客使用；家里的真实生活是在后面狭小的房间里，不是厨房就是厨房兼客厅。然而贝蒂·凯茵仍然选择继续待着。她找到了一个朋友吗？一个隔壁女孩？一个隔壁男孩？

提尔希特夫人好像两分钟后就回来了，端着带茶的茶盘。罗伯特有点奇怪她行动之迅速，看到茶盘上的东西他明白过来了。提尔希特夫人不想做决定，她把两样都带来了：葡萄酒薄饼和黄油甜酥饼。看着她倒茶，他想，至少这个女人解释了该事件中的怪事之一：当韦恩夫妇写信让贝蒂马上回家时，她的姑妈没有飞奔到电报厅，告知贝蒂十四天前已动身回家的消息。在提尔希特夫人的脑海里，后窗台上正在冷却的果酱，要比十四天前离开的贝蒂真实得多。

"我不担心她，"提尔希特夫人说，好像回应着他的思想，"他们从艾尔斯伯里写信来问她的时候，我就知道她会出现的。提尔希特先生回来时，他对此事感到十分难过。你知道，他出门一次就是一个星期或者十天。他是维克西斯的代理人，工作起来像个狂人，但我就说你等等，她会平安出现的，果不其然。哦，差不多是平安出现的。"

"她说她极为享受在这儿的假期。"

"我想是的。"她含糊地说，并不像罗伯特以为的那么高兴。他瞟了她一眼，意识到她的思绪已经转到了其他事情上。根据她的眼神的方向来判断，是他的茶的浓度。

"她如何打发时间的？她交朋友了吗？"

"噢，没有，大多数时间她在拉伯勒。"

"拉伯勒！"

"哦，我说大多数时间，对她不公正。早上她帮忙做些家务活，但在这样大小的房子里，我又习惯什么事都自己来，没有多少家务可做的。而她是在那些学习任务之余来这里度假的，不是吗，可怜的人儿。我不知道那些书本的东西对女孩儿有什么好处。马路那边哈乐普夫人的女儿连名字都不会写，但她嫁给了一个勋爵的第三个儿子，或者可能是第三个儿子的儿子，"她说，看起来拿不准的样子，"我现在想不起了。她——"

"她在拉伯勒如何消磨时间？我是指贝蒂。"

"主要是图片。"

"图片？噢，我明白了，电影院。"

"在拉伯勒，如果不受管束，你可以从早到晚地看电影。大影院十点半开门，大多数周三换片子。大概有四十家这样的影院，所以你可以从这家转到那家，直到回家的时间。"

"这就是贝蒂做的事？"

"噢，不。贝蒂是相当明智的。她通常进去看上午的场次，因为中午之前票价更便宜，然后她就去巴士兜风。"

"巴士兜风。哪儿？"

"噢，想去哪儿就去哪儿。贝因先生[①]，再吃一块这种饼干，它们刚刚从罐子里拿出来，新鲜的。有天她去诺顿参观城堡了。你知道诺顿是郡首府。每个人都把拉伯勒想成郡首府，因为它这么大，但是诺顿一直都是——"

"那么，她不回家吃午餐了？"

"什么？噢，贝蒂。不，她在某个地方吃咖啡午餐。你知道，提尔希特先生整个白天都在外面，我们反正一直都是在晚上吃正餐的，因此当她回来，总有饭菜正等着她。这一直是我的骄傲，准备好一顿坐下来好好享用的营养丰富的晚餐，给我的——"

"那是什么时间？六点？"

"不，提尔希特先生七点半之前通常回不了家。"

"我想贝蒂在那之前早回来了？"

"大多数时候是这样。她有一次回来晚了，因为她在电影院看了一场下午的演出，但是提尔希特先生对此大发脾气——虽然我认为他没有必要，待在电影院里能有多大坏处？——那之后她总是在他之前回家。他不出差的时候是这样的，当他出差在外时，她就没有那么小心。"

这么说来，这女孩整整十四天是自己的主人。来去自由，无人过问，仅受口袋里假期用钱的多少限制。听起来挺清白无辜的十四天，大多数她这个年龄的女孩毫无疑问是这样做的。上午影院，或

---

① 称呼错误，说明提尔希特夫人头脑混乱，心不在焉，记不清楚客人的名字。

者凭窗发呆；咖啡午餐；下午乡野巴士兜风。一个青少年的快乐假期，初尝无拘无束的自由。

但是贝蒂·凯茵不是普通的青少年。她是毫不慌张，详细地告诉警察那个长篇故事的女孩。是生命里有四个星期下落不明的女孩。是某人最终手不留情地将她暴打一顿的女孩。那么，贝蒂·凯茵是如何使用她无拘无束的自由的呢？

"你知道她曾乘巴士去米尔福德吗？"

"不知道，当然，他们问过我了，但是我无法说是还是不是。"

"他们？"

"警察。"

是的，当然；他一时忘记警察已经尽最大权限检查过贝蒂·凯茵的每一句话了。

"我想你说过了，你不是警察。"

"不是，"罗伯特再次说明，"我是律师，我代理那两个被认为拘禁贝蒂的女人。"

"噢，是的。你告诉过我了。我想她们像别人一样得有个律师，可怜的人儿，替她们问问题。布莱因先生，我希望我告诉你的事情是你想知道的。"

他又喝了一杯茶，希望迟早她会告诉他些他想知道的东西，然而现在纯粹是重复罢了。

"警察知道贝蒂整天独自在外吗？"他问道。

她认真地思考了一下。"我记不得了，"她说，"他们问她如何消磨时间，我说大多数时候她去电影院或者巴士兜风，他们问我和她一起去吗，我说——嗯，我不得不承认我撒了个谎，说我时不时地和她一起去。我不想他们认为贝蒂单独去这些地方，虽然当然那并没有什么坏处。"

什么思维！

"她在这里时收到过信件吗？"他要离开时问道。

"只有家里来信。噢，是的，我该知道的，总是我把信件拿进来。无论如何，她们不会给她写信，对吧？"

"谁？"

"绑架她的那些女人。"

罗伯特逃也似的开车驶上去往拉伯勒的路。他怀疑提尔希特先生出门"一次就是十天"，或者从事到处巡回的工作，是否是躲避或者自杀外的另一个选择。

在拉伯勒，布莱尔搜寻到拉伯勒及地区汽车服务主车行。他敲了一间用于监视入口一边的小办公室的门，走了进去。一个身着巴士督察员工作服的男人正翻看桌上的文件。他抬头看了罗伯特一眼，没问他有什么事，继续忙自己的。

罗伯特说他想找了解米尔福德巴士服务的人。

"时间表在外面的墙上。"男人头也不抬地说。

"我不是要了解时间。我知道时间，我住在米尔福德。我是想知道你们是否曾有双层巴士在那条线路上运行。"

长时间的沉默；长到罗伯特正准备再次开口时，跟专家掐着钟点似的，静默的局面结束了。

"没有。"男人说。

"从来没有？"罗伯特问。

这次连回答都没有。督察员明白无误地表明，和他就到此为止了。

"听着，"罗伯特说，"这很重要。我是米尔福德一家律师事务所的合伙人，我——"

男人对他发作了："我才不管你是不是波斯的国王；米尔福德行程没有双层巴士！你想要什么？"一个小个子的技工出现在罗伯特身后的门道时，他追加了一句。

那技工不知如何是好，好像眼下的情形是被新来者搅乱了似的，但他镇定下来，开始说明来意："关于那些要运往诺顿的备用轮胎。我要不要——"

罗伯特走出办公室与他擦身而过时，感到大衣被拽了一下，意识到小个子技工暗示他多停留一下，他有话要对他说。罗伯特出到外面，弯腰趴在自己的车上，不一会儿，技工出现在他的身边。

"你问双层巴士？你知道，我不能直截了当地反驳他；以他现在的心境，那样做我会工作不保。你想使用双层巴士，还是只是想知道它们到底是否运行过？因为那条线路上你不可能得到双层巴士的，开不进去，因为那个行程的巴士全都——"

"我知道，我知道。它们是单层的。我想知道的是，在米尔福德线路上是否曾有双层巴士。"

"哦，照理不该有的，你明白的，但今年有一两次，一辆老旧的单层巴士不期然地出了故障，我们不得不使用了双层的。迟早它们全都会是双层的，但米尔福德行程乘客不够多，没有理由要用双层巴士，因此所有老掉牙的单层巴士最终都落在了那条线路以及和它相似的几条线路上。所以——"

"你帮了我的大忙。有没有可能找到双层巴士在那条线路上运行的具体时间？"

"噢，当然，"技工带点怨恨地说道，"在这个公司，你每次吐口水都会被记录下来。不过记录是在那里面，"他朝后歪歪头意指办公室，"只要他在那里，什么也做不了。"

罗伯特问什么时间可以做点事呢。

"哦，他和我同一时间下班：六点。如果这对你非常重要的话，我可以等他离开后多待几分钟，查查时间表。"

罗伯特不知如何挨过好几个小时来等到六点钟，然而必须是六点钟。

"好吧。我大概六点一刻和你在街尾铃声酒吧碰面，如何？"

非常好，罗伯特说。非常好。

他走开了，看能不能贿赂米德兰宾馆的侍应生，在营业时间之外多给他几个小时。

第十章

"我想你知道自己在做什么，亲爱的，"林婶说，"但我禁不住地想，为像那样的人辩护，你太奇怪了。"

"我不是替她们'辩护'，"罗伯特耐心地说，"我是代理她们。而且没有任何证据说明，她们是'像那样的人'。"

"罗伯特，女孩有证词在那里。她不可能胡编乱造一通。"

"噢，她不可能！"

"编那么多谎对她有什么好处！"她站在他的门道里，戴上白手套时，一只手把祷告书转到另一只手上，"如果她不在弗朗才斯，那她一直在做些什么？"

罗伯特吞回"你将大吃一惊"，对林婶，最好总是使用最少抵制的句子。

她把手套捋到位。"如果那只是你为人高尚，亲爱的罗伯特，我必须说你只是执迷不悟。你非得出门去那个房子吗！她们明天肯定可以去办公室的。不用那么急，对吧？又不是好像有人要当场逮捕她们。"

"是我提议去弗朗才斯的。如果有人指控你从伍尔沃斯的柜台上偷了东西，而你无法反驳它，我想你就不会觉得光天化日之下走在米尔福德商业街上有那么享受了。"

"我可能不喜欢，但我肯定仍会那样做，并告诉汉舍尔先生我的一点想法。"

"汉舍尔先生是谁？"

"经理。你不能先和我去教堂，然后再去弗朗才斯吗？你很久没去教堂了，亲爱的。"

"如果你还站在那里久一点，你就会在十年里第一次迟到了。你去祈祷我的判断是完全正确的吧。"

"亲爱的，我肯定会为你祈祷。我总是为你祈祷的。我也该为我自己提点小要求。我将处境艰难了。"

"为你？"

"现在你为那些人尽力，我就不能和任何人谈及此事了。亲爱的，一言不发地坐听每个人谈论千真万确而你知道其实是错误的事情，真让人恼火。这就好像想生病却不得不推迟一样。噢，钟声停了，对吧？我只好偷溜到布兰科茨的长木椅上了。他们不会介意的。你不会在那个地方待到吃午餐吧，亲爱的？"

"我不认为会受到邀请。"

但他在弗朗才斯受到的欢迎是如此热情，以至于他感到很可能会被邀请。当然，他会说不，不是因为林婶的鸡正等着开锅，而是因为玛丽恩·夏普过后得刷盘洗碗。没有外人在那里的话，她们可能用盘子开吃了，或者直接就在厨房里吃，谁知道呢。

"对不起，昨晚我们拒接电话，"玛丽恩说，再一次道歉，"但是四五次之后，真的变为负担了。而且我们没想到你这么快就有了消息，毕竟，你是星期五下午才动身的。"

"打你们电话的人，是男还是女？"

"就我记得的，一个男的，四个女的。今早你打过来的时候，我心想这又来了。他们似乎都是夜猫子，或者也许在夜幕降临之前，他们没有那么心理阴暗。星期六晚上，我们绝对给乡下青年提供了消遣。他们成群聚集在大门内学猫叫。然后，纳维尔在外屋找到一块木条——"

"纳维尔？"

"是的，你侄子。我的意思是，你的堂侄。他真的太好了，来看望我们，他称之为慰唁。他发现一块可以插入大门的木条，把门关紧。你知道，这门是没有钥匙的。当然，这并不能阻止他们太久。他们一个托着一个爬上墙，并排坐在那里对我们进行人身攻击，直到该上床睡觉的时候才离开。"

"当一个人胡乱对人进行人身攻击的时候，"夏普老夫人深思地说，"缺乏教养，是一种非同寻常的残疾。他们根本没有智力。"

"鹦鹉也没有，"罗伯特说，"但它们却可以足够挑衅。我们必须看看能要求警察给予什么保护。同时，我要告诉你们一些关于那堵墙的令人愉快的消息。我知道那女孩怎么越过它看进来的了。"

他告诉她们他拜访了提尔希特夫人，发现女孩以巴士兜风为消遣（或者她说是这样），还有他随后去了拉伯勒及地区汽车服务主车行。

"那女孩待在缅因絮尔的十四天中，去往米尔福德行程的单层巴士两次出现故障，每一次都是一辆双层巴士来替代。你知道，每天只有三趟车，而且每次故障均发生在中午那趟。因此在那十四天中，她至少有两次能够看到房子、院子、你们两个，还有车，全部一起。"

"但是有人能待在巴士上层，只是经过，却能记住这么多吗？"

"你有在一辆乡村巴士上层旅行过吗？即便巴士以每小时三十五英里的速度平稳前行，节奏却感觉像葬礼的队伍。你能看得远得多，也能看得久得多。下面那层，树篱擦到车窗，感觉节奏似乎挺合适，因为所有东西都更近些。这是一件事。另外一件事是她有过目不忘的记忆力。"他告诉她们韦恩夫人说过的话。

"我们要不要告诉警察这些呢？"夏普夫人问。

"不。这证明不了什么，只解决了她如何得知你们的情况的问题。当她需要一个借口的时候，她想起了你们，并冒着你们不能证明你们那时在何处的风险。顺便问一下，当你们车开到房门口时，车的哪一边最靠近门口？"

"不管我从车库开过来还是从马路上进来，司机座位这边靠近门口，因为这样更容易下车。"

"是啊，这样前轮颜色更深的乘客座位那边就会对着大门，"罗伯特断言，"那就是她看到的画面。草地和分开的小径，门边带奇怪轮子的汽车，两个女人——两人都很特别——屋顶的阁楼圆窗。她只需看着她脑海里的画面并描述出来。她使用这幅画面的那天——她被认为被诱拐的那天——是一个多月前，这是一千比一的胜算，超过你们能够说出那天做了什么或者在哪里。"

"而我认为，"夏普夫人说，"我们能够说出那个月她做了什么或者去了哪里的胜算，却要低得多。"

"我们处于不利的一方，是的。正如我的朋友凯文·麦克德莫特昨晚指出的那样，没有什么事情阻碍她去了新南威尔士的悉尼。但不管怎样，我今天比星期五上午感觉有希望多了。我们现在对这个女孩了解得更多了。"他告诉了她们他在艾尔斯伯里和缅因絮尔的面谈。

"但如果警察的调查不能发现她那个月做了什么——"

"警察的调查致力于检查她的证词。他们不像我们这样，始于假设她的证词从头到尾都是虚构的。他们检查它，它通过了检查。他们没有特别的理由去怀疑它。她有无可非议的名声，当他们询问她的姑妈她是如何打发假期的，他们得知，流连于电影院和乡下巴士兜风，构成了这个假期。"

"那你认为它由什么所构成？"

"我认为她在拉伯勒碰到了某个人。不管怎样，这是最明显的解释。我认为我们的调查应该从这个推测出发。"

"雇请代理人的话，我们要做什么？"夏普夫人问，"你有没有认识的人？"

"嗯，"罗伯特犹豫地说，"在雇请一个职业人士之前，我想过你可能让我更进一步地做些自己的调查。我知道——"

"布莱尔先生，"老妇人打断他说道，"你毫无预兆地被电话招来卷入这宗令人不快的案子，不可能是非常乐意；你一直非常好意地尽力帮助我们，但我们不能期望你代表我们变身成为一个私人调查代理人。我们不富——确实，我们只有很少的钱过下去——但只要我们有一点点钱，就该恰当地为所接受的服务付费。你为了我们的利益，把自己变为一个——什么来着？——一个塞克斯顿·布莱克①，这是不合适的。"

"这也许不合适，但非常合我的口味。相信我，夏普夫人，我根本没有想着为你省钱而打算这样做。昨晚开车回家，我对目前为止所做的一切感到很高兴，意识到我多么不情愿中途放弃搜寻，交给别人。这已经变为一种个人的搜索。请不要劝阻我——"

"如果布莱尔先生乐意再坚持一下的话，"玛丽恩插进来说，"我认为我们该衷心地感谢他并接受。我知道他的感觉。我希望自己也能去追查。"

"不管我愿意还是不愿意，毫无疑问，到某个节点我会把它转给一个合适的调查代理人。比如，如果她的踪迹远离拉伯勒的话。我有很多其他委托，无法跟踪那么远，但只要搜查是在我们附近，我就想成为那个追查的人。"

---

① 小说人物，名侦探，自1893年起，在很多英国连环画、小说、戏剧中出任主角。

"你打算如何追查？"玛丽恩颇有兴趣地问。

"唔，我想从咖啡午餐的地方开始。我的意思是，在拉伯勒。一是这样的地方不可能很多，二是我们确实知道，至少在开始的时候，这是她吃过的午餐类别。"

"为什么你说'在开始的时候'？"玛丽恩问。

"一旦她遇到假定的 X，她就可能在任何地方吃午餐，但直到那时为止，她都是自掏腰包，而且吃的是'咖啡'类。那种年纪的女孩，即便有吃两道菜正餐的钱，不管怎样，还是更喜欢小圆面包午餐，因此，我将集中注意力在喝咖啡的地方。我对女招待挥舞《艾克－爱玛》，尽一个乡下律师所知的那样掌握好分寸，发现她们是否曾在上班的地方见过这女孩。你们觉得这听起来有道理吗？"

"很有道理。"玛丽恩说。

罗伯特转向夏普夫人。"但是如果你认为职业人士能提供更好的服务——那是很有可能的——那我就退出——"

"我认为没有哪个人能为我们提供更好的服务，"夏普夫人说，"我已经表达了对你代表我们而不辞其烦的感激之情。如果你真的很高兴去打击这个——这个——"

"小娃娃。"罗伯特愉快地接上去。

"莫普西①，"夏普夫人纠正道，"那我们只好同意并且十分感激。不过我感觉这可能是一段很漫长的行程。"

---

① 系列连环画《莫普西》里的主角，一个头发乱蓬蓬像拖把似的年轻女性。

"为何漫长？"

"我感觉，从在拉伯勒遇到假定的 X，到走回艾尔斯伯里附近的家，身上除了一条裙子和一双鞋子，别无他物，还被人结结实实地打了一顿，这中间的间隔很大。玛丽恩，我想我们还有一点阿蒙帝来多酒。"

随着玛丽恩离开去取雪利酒，一片寂然，老房子的安静变得十分明显。院子里没有树在风中作响，没有鸟在啁啾，如小镇午夜的静默那般绝对。罗伯特疑惑地想，在寄宿公寓拥挤嘈杂的生活之后，这就是平和安宁吗？或者这是孤独，有点吓人的孤独？

夏普老夫人星期五上午在办公室说过，她们珍惜它的私密清静，但是关在高墙后面，处于永恒的静默里，是一种美好的生活吗？

"我觉得，"夏普夫人说，"选择弗朗才斯，而对它的住户或者环境一无所知，这女孩冒了很大的风险。"

"她当然承担了风险，"罗伯特说，"她不得不。但我不认为这个险冒得像你想的那么大。"

"不大？"

"不大。你指的是所有的女孩都知道，在弗朗才斯可能住着一大家子年轻人和三个女仆。"

"是的。"

"但我认为她很清楚情况并非如此。"

"她如何得知的？"

"要不是她和巴士售票员闲聊，就是——我认为这更有可能——

她无意中听到同行乘客的议论。你知道这类事情：'夏普们住在那儿。喜欢独自生活在像那样的大房子里，只有她们两个。没有哪个女仆愿意待在远离商店和电影院的孤零零的地方——'诸如此类的话。拉伯勒—米尔福德巴士是非常'当地'的那种，并且它是一条孤单的线路，除了汉姆格林村，沿路没有村舍和其他村庄。弗朗才斯是绵延几英里内唯一具有人味的地方。经过这里而不对房子、房主和她们的车子一起发生兴趣，加以评论一番，那就太超越人性了。"

"我明白了。是啊，有道理。"

"我希望，在某种意义上，她是通过和售票员聊天得知你们的情况的，那样的话，他更有可能记得她。这女孩说她从未到过米尔福德，不知它在哪里，如果售票员记得她，那我们至少可以在某种程度上否定她的故事。"

"如果我对这个年轻人有点了解的话，她会张大那双孩子气的眼睛说：'噢，那里是米尔福德？我刚刚上了一辆巴士，坐到终点又回来了。'"

"是的，这不会把我们带得很远，但如果我在拉伯勒无法发现女孩的踪迹，我会尝试拿她的照片给本地售票员辨认。我真的希望她是个让人过目难忘的人。"

他们思考贝蒂·凯茵那不值得回忆的本性时，静默再次降临，环绕着他们。

他们坐在会客室里，面对着窗户，往外看，是院子里的方形绿草地和褪了色的粉红砖墙。就在他们望着窗外时，大门被推开了，出现了七八个人，站在那里东张西望。他们完全无拘无束，互相指点关键的热点——屋顶上的圆窗显然最热门。如果昨晚弗朗才斯给乡村青年提供了星期六晚上的娱乐，那么现在，它似乎正给拉伯勒提供星期天上午的趣味。大门外肯定有几辆车在等着他们，因为这群人里的女人们穿着傻不拉叽的小鞋子和室内的裙子。

罗伯特瞥了一眼对面的夏普夫人，但除了她总是坚毅的嘴巴抿紧了以外，她一动不动。

"我们的平民百姓。"终于，她尖刻地说。

"我要不要去让他们离开？"罗伯特说，"没有把你们为我放下的木条又放回去，是我的错。"

"随他们去，"她说，"他们不久就会走的。皇室每天都得忍受这个，我们也可以支撑片刻。"

然而访客们没有离开的意思。实际上，一些人绕着房子检查建筑物外部，其余的，在玛丽恩端着雪利酒回来时还停留原地。罗伯特再次为没把木条放回去道歉。他感到渺小，无能为力。静静地坐在那儿，看着陌生人到处巡查，好像他们拥有这个地方或者正在考虑买下它似的，不合他的本性，但如果他出去叫他们离开而他们拒绝的话，他有什么威力让他们走？如果他不得不撤回房子，留下这些人继续掌控局面的话，他在夏普们的眼里会是怎样的形象？

那群探险家绕着房子观光浏览回来，边笑边做手势地汇报他们看到了什么。他听到玛丽恩低声说了什么，怀疑她是否在诅咒。她看起来像是很善于诅咒的女人。她已经放下了雪利盘子，显然早忘了它；现在不是殷勤好客的时刻。他渴望做些坚决果断、引人注目的壮举使她高兴，恰如他十五岁时渴望从熊熊燃烧的建筑物里救出他的情人一样。但是，唉，事实上他四十开外了，已经懂得等待逃生口是更加明智的做法，没有什么凌驾于理智之上。

正当他犹豫不决，对自己和外面那些粗鲁的人形动物感到愤怒的时候，逃生口以一个身着令人遗憾的粗花呢西服，年轻高大的男人的形象降临了。

"纳维尔。"玛丽恩轻声说道，盯着画面。

纳维尔以让人最难以容忍的高高在上的神情审视着这群人，他们似乎稍稍泄气，但明显决心坚守阵地。确实，那个穿着运动夹克和细条纹裤子的男人，正显而易见地准备小题大做一番呢。

纳维尔又无声地盯了他们好几秒钟，然后在他的内口袋里找什么东西。他的手一移动，人群发生了奇怪的变化。外围的人脱身而去，悄然消失于大门外；内围的人没了逞能的神色，变成息事宁人的样子。最终，那个运动夹克男人对投降稍做顽抗，穿过大门加入了撤退大军。

纳维尔在他们身后砰的一声关上大门，用力把木条放入位置，然后溜达上通往门口的小径，同时十分考究地在一块实在让人震惊的手帕上擦手。玛丽恩跑出去到门口迎接他。

"纳维尔！"罗伯特听到她说，"你怎么做到的？"

"做什么？"纳维尔问。

"摆脱那些家伙。"

"噢，我只是问他们的姓名和地址，"纳维尔说，"你不知道，如果你拿出一本笔记本，问他们的姓名和地址，人们会变得多么谨慎。这相当于现代版的：'逃吧，全被发现了。'他们不敢等着看你的证件，以免你真的有呢。你好，罗伯特。早上好，夏普夫人。我其实是在去拉伯勒的路上，但我看见大门开着，两辆可怕的车子停在外面，所以我下来查看查看。我不知道罗伯特在这里。"

这相当无辜的暗示，言外之意当然罗伯特同样能出色地处理这个场面，是所有伤害中最残酷的。罗伯特真想打爆他的头。

"哦，既然你在这儿了，并巧妙地替我们摆脱了讨厌的人，你必须留下来，喝杯雪利酒。"夏普夫人说道。

"我能不能晚上回家的时候再进来喝一杯？"纳维尔说，"你看，我正在去和准岳父共进午餐的路上，而且今天星期天，有个仪式。大家必须到那里做些准备活动。"

"你回家的路上一定进来啊，"玛丽恩说，"我们会十分高兴。我们怎么知道是你呢？我的意思是，打开大门。"她正在倒雪利酒，把它递给罗伯特。

"你知道摩尔斯电码吗？"

"知道，但别告诉我你知道。"

"为什么不？"

"你看上去最不像摩尔斯电码迷了。"

"噢，十四岁的时候，我要去海上，在万丈雄心里，我学到了一堆附带的傻东西。摩尔斯电码是其中之一。今晚我来时，我会以你美丽的名字的首字母按响汽车喇叭，两长三短。我得赶快了。想到今晚和你交流，这将帮我度过在皇宫餐馆的午餐时间。"

"罗斯玛丽不能帮吗？"罗伯特被卑下的自我战胜了，有意问道。

"我不敢指望。星期天，罗斯玛丽只是她父亲房子里的一个女儿。这是她难以胜任的角色。再见，夏普夫人，别让罗伯特把雪利酒全喝光。"

"什么时候，"玛丽恩送他到门口时，罗伯特听到她问，"你决定不去海上了？"

"十五岁的时候。我转为喜欢上热气球运动。"

"我想是理论上的吧。"

"唔，我停不下来地谈论各种气体。"

为何他们听起来如此友好，如此放松，罗伯特感到奇怪，好像他们认识彼此很久了。为什么她喜欢轻量级的纳维尔？

"那你十六岁时呢？"

如果她知道纳维尔在他的一生中喜欢上然后又丢弃了多少东西，恐怕她不会如此高兴成为其中最近那个吧。

"你是不是觉得这雪利酒太干了，布莱尔先生？"夏普夫人问。

"不是的，噢不，谢谢，它非常好。"可能他一直看上去酸不溜丢的？别多想了。

他小心地偷瞄了老夫人一眼，觉得她看上去像隐隐地被逗笑了的样子。而夏普老夫人被逗笑的样子，让人浑身不自在。

"我想我最好走了，在纳维尔离开，夏普小姐把大门闩上之前，"他说，"否则她又得和我一起走到大门口。"

"但你为何不留下来和我们一起吃午餐呢？在弗朗才斯，午餐没有任何礼节。"

但罗伯特编了个借口。他不喜欢他正在变成的这个布莱尔，琐碎、孩子气、软弱无力。他想回去和林婶一起享用普通的星期日午餐，恢复成布莱尔／赫伍德／伯尼特律师事务所的布莱尔，稳定、宽容，与他的世界和平共处。

他快到大门时纳维尔已经离开了，走得慌里慌张的，弄出的噪声打破了休息日的宁静，玛丽恩正准备关上大门。

"我认为主教大人不会赞许他未来女婿的交通工具。"她看着那个喧哗的东西在马路上疾驰而去时说。

"令人精疲力竭。"罗伯特说，仍然出言刻薄。

她朝他微笑。"这是我听到过的第一个这样的双关语，"她说，"我希望你能留下来吃午餐，但在某种程度上，你不吃午餐让我大松口气。"

"你真的？"

"我做了一个'形'，但它立不起来。我是个糟糕的厨子。我确实忠实地照书上说的来做，然而几乎没有成功过。要是成功了，我真的会惊讶至死。所以你最好去享用你林婶的苹果馅饼。"

然而罗伯特突然没来由地希望留下来，和她们分享那个立不起来的"形"，和她的厨艺一道，被她轻微地嘲笑。

"明天晚上我会让你知道我在拉伯勒进展如何。"他语气平静地说。既然他和她不是母鸡－莫泊桑那种融洽的关系，那么他该保持交谈的实用性。"我会给哈莱姆巡警打电话，看他们能不能派个人来弗朗才斯转转，一天一两次。可以这么说，就是露露头展示一下制服，这样可以阻止那些游手好闲的人。"

"你真是太好了，布莱尔先生，"她说，"我无法想象没有你可依靠，事情会如何。"

唔，如果他不能重返青春，不能成为诗人，他可以是根拐杖。一件乏味的物什，一个只在紧急情况下才动用的东西，但是有用，有用。

第十一章

　　星期一上午十点半，他坐在克吕娜咖啡馆里一杯热气腾腾的咖啡之前。他从克吕娜开始，是因为人们想到咖啡，就会想到克吕娜，连带着楼下店铺里烤咖啡的香味和楼上小桌子之间等着品啜的液体形态。而且如果他将要喝过量的咖啡的话，他也想趁还能品味的时候来点好的。

　　他手里拿着《艾克－爱玛》，女孩的照片展开着，这样女招待经过时就能轻易看到。他怀抱微弱的希望，他对这份报纸的兴趣可能引得某个侍者说："那个女孩以前每天早上都来这儿。"令他惊讶的是，报纸从他手里被轻轻地拿走，他抬头看见女招待善意地朝他微笑。"那是星期五的，"她说，"给你。"她递过来当天早上的《艾克－爱玛》。

　　他谢了她，说他很高兴看到今天的报纸，同时想保留星期五那份。这个女孩，这个星期五报纸首页的女孩，曾来这里喝咖啡吗？

　　"噢，不，如果她来过的话我们会记得。我们大伙儿还议论星期五报上的那个案子呢，想象像那样把她打得半死。"

"那么说你认为她们确实做了这事。"

她看起来迷惑不解。"报纸上说她们做了。"

"不，报纸只是报道了女孩说的东西。"

她显然没有理解。这正是我们奉若神明的民主。

"如果不是真的，他们不会像这样把故事印出来。这和他们的生命一样宝贵。你是侦探？"

"兼职。"罗伯特说。

"你一小时挣多少？"

"远远不够。"

"是的，我想也是。我想是因为没有工会。在这个世界上，除非拥有工会，否则你无法保障自己的权益。"

"说得对极了，"罗伯特说，"给我结账，好吗？"

"你的结账单，好的。"

在所有影院里最大也最新的皇宫影院，餐馆位于楼座后面，地毯很厚，以至于人们很容易绊倒其上，灯光如此柔和，以至于所有的衣服看上去都脏兮兮的。一个裙子下摆不平整，右边下巴粘着一团口香糖的无聊的金发美女拿过他的账单，自始至终没看他一眼，十五分钟后，把一杯"洗涤剂"放在他面前，眼睛甚至都没有偏向他的大致方向。因为在十五分钟之内，罗伯特已经发现这种"从不看客人"的技术是普遍的——大概她们后年都会变成电影明星，无须对乡下顾客发生任何兴趣——他为无味的液体付了账，离开了。

在另外一个大影院城堡影院，餐馆要到下午才开张。

在紫罗兰——到处都是蓝紫色，以及黄色的窗帘——没人见过她。罗伯特将细微的敏感丢到一边，直接张口询问。

在大商店格里永和沃尔德伦的楼上，正是上班高峰，女招待说："别烦我！"女经理带着漫不经心的怀疑盯着他说："我们从不泄露顾客的信息。"

在老橡木——空间狭小，光线暗淡，气氛友好——上了年纪的女招待们兴趣盎然地和他讨论这个案子。"小可怜，"她们说，"这对她是什么样的经历啊。而且这样一张可爱的脸蛋，只是个小孩儿。小可怜。"

在阿伦康——奶黄色刷墙和靠墙的老玫瑰色长沙发——他们三言两语便回答了他，他们从未听说过《艾克－爱玛》，不可能有个顾客的照片出现在这样的出版物上。

在西坞·霍——海洋主题的湿墙画和穿喇叭裤的女招待——服务员们给出一致意见，任何搭便车的女孩都该想到最后不得不走路回家。

在迎春花——抛光的旧桌子上放着酒椰叶纤维垫子，身材单薄、缺乏专业水准的女招待们身穿花宽袍——她们讨论起缺乏家政服务的社会后果，以及年轻人的异想天开。

在茶壶馆，没有空位，没有服务员愿意招呼他，不过看两眼这个苍蝇盘旋的地方，他敢肯定，在有其他选项的情况下，贝蒂·凯茵是不会来这儿的。

十二点半，他步履蹒跚地走进米德兰宾馆的厅堂，要了烈性酒。就他所知，他已经覆盖了拉伯勒中心所有可能吃东西的地方，没有一个地方的哪个人记得曾见过这女孩。更糟糕的是，每个人都认为如果她曾去过那里的话，他们就会记得她。当罗伯特表示怀疑的时候，他们指出，他们的大部分客人都是某个日子的常客，因此随意进来的客人会和其他人区别开来，自动受到关注和记忆。

当矮胖的侍应生阿尔伯特把酒放在他面前时，罗伯特更多是出于习惯而非自动选择地问："我想你从未在这儿见过这女孩吧，阿尔伯特？"

阿尔伯特盯着《艾克－爱玛》的首页，摇摇头。"没有，先生。想不起来。要我说，对米德兰的厅堂这种地方，稍年轻了点。"

"要是戴着帽子的话，她可能看上去没那么年轻。"罗伯特说，心里想着这个问题。

"一顶帽子。"阿尔伯特停下来。"喂，等一下。一顶帽子。"阿尔伯特放下小盘子，捡起报纸认真思索。"是的，当然；这是那个戴绿帽子的女孩！"

"你的意思是她来这儿喝咖啡？"

"不，来喝茶。"

"茶！"

"是的，当然，正是那女孩。真想不到我没看出来，上星期五这份报纸放在储藏柜里，我们还聊了这事好几个小时！当然这是一段时间之前的事了，对吧。大概六个星期左右，应该是。她总是早来，大约三点钟的时候，那时我们开始供应茶点。"

那么，这就是她做的事了。真傻，他没有想到这一点。她买低价票及时进入影院看早场电影——那正好是正午之前——大约三点出来，喝茶，而不是咖啡。但为何是茶点单调普通，价格却是宾馆展品般昂贵的米德兰？要在其他地方，这个价钱她可以任意享用各种糕点了。

"我注意到她，是因为她总是一个人来。她第一次来时，我以为她是在等亲属。她看起来像那类孩子，你知道的：样式简洁的好衣服，毫不装模作样。"

"你记得她的穿着吗？"

"噢，是的。她总是穿着同样的服装。一顶绿色帽子，浅灰色的大衣下，一条和帽子搭配的裙子。但她从来没和任何人碰头。然后有一天，她挑选了邻桌的那个男人。你可以用一根羽毛把我打翻在地①。"

"你的意思是：他挑选了她。"

"你敢相信吗！他坐下时根本没注意到她。告诉你，先生，她看起来不像那种人。你以为一个婶婶或者妈妈随时可能出现，说：'亲爱的，真对不起，让你久等了。'她就是不会让任何男人想到那种可能性。噢，不，是那孩子主动的。做得和一桩生意般巧妙利落，我跟你说，先生，好像她已经从事这个一辈子了。天啊，想想看，没戴帽子，我竟没有再次认出她！"他惊奇地凝视着照片中的脸。

"那男人什么样子？你认识他吗？"

---

① 英语习语，形容极其迷惑惊讶。

"不认识，他不是我们的常客。深肤色，年轻。要我说，生意人。我记得对她的品味有点惊讶，所以我以为他并没有朝那方面想太多，现在我明白是怎么回事了。"

"那么，你不会再认出他了。"

"我可能，先生，我可能认得出，但不能发誓。你——呃——正筹划要对什么起誓吗，先生？"

罗伯特认识阿尔伯特差不多二十年了，一直知道他是个非常谨慎的人。"事情是这样的，阿尔伯特，"他说，"这些人是我的客户。"他轻叩弗朗才斯的照片，阿尔伯特低低地吹了一声口哨。

"一个险峻的地方，布莱尔先生。"

"是的，正如你说的：险峻的地方。但主要是针对她们而言。对她们来说，是非常难以置信的艰难。这女孩告诉警察这个荒诞的故事，有一天突然在警察的陪伴下出现了。直到那时，两个女人谁也没见过这女孩。警察非常谨慎，认为他们没有足够的证据支持它成为一个好的案例。然后《艾克－爱玛》听说了这个故事，从中渔利，故事传遍了英国。弗朗才斯自然变得极易受到攻击。警察无法抽出人手提供持续性的保护，因此你可以想见这些女人正过着什么样的生活，我堂侄昨晚晚餐前过去拜访，说从午餐时间之后，很多车从拉伯勒成群结队地开来，人们站在车顶上或者互相抬拉上墙，观望或者拍照。纳维尔得以进入，是因为他和晚执勤的警察同时到达，但他们一离开，车子又挤满了那里。电话不断打进去，直到她们让接线员不再接入任何电话。"

"那么，警察是永久地搁置这个案子吗？"

"不是，但他们不会帮我们做任何事情。他们正在寻找的，是支持女孩说法的进一步的证据。"

"唔，那不太可能吧？我的意思是，他们要想得到。"

"是的。但你可以想见我们目前的处境。除非我们能够找出她说她在弗朗才斯的那几个星期里身在何处，否则夏普们就将永远陷于被判犯了她们甚至没被指控的罪名的处境！"

"嗯，如果这是那个戴绿色帽子的女孩——我确信是的，先生——我想说她就是大家说的'在外面的地板砖上'，先生。就那个年龄的女孩来说，她是个很冷漠的客人。黄油不会在她的嘴里融化。"

"黄油不会在她的小嘴里融化。"烟草店主曾评说过儿童贝蒂。

"在地板砖上"，是史坦利对照片中的脸孔的裁定，它和"他在埃及遇到的那个女孩"高度相似。

而啰嗦的小个子侍应生在他对她的推断中两者并用。这个身着"好"衣服，每天独自来宾馆大厅喝茶的娴静的女孩。

"也许这只是一种想显得'了不起'的孩子气的愿望吧。"他善良的一面跑出来，然而他的常识拒绝这个说法。她可以在阿伦康显得牛气，吃得很好，同时展示漂亮的衣服。

他进去吃了午餐，然后花了大半个下午试图给韦恩夫人打电话。提尔希特夫人没有电话，如果能够的话，他也没有丁点儿意愿再次卷入提尔希特式的交谈。当他没找到人时，他想起伦敦警察厅肯定以他们煞费苦心的方式获得了女孩失踪时穿戴的描述。不到七分钟，他得到了结果。一顶绿色毛毡帽，一条相配的绿色羊毛裙，一件有大灰扣子的浅灰色布外套，小鹿灰色的人造丝长筒袜，以及黑色的半高跟皮鞋。

哦，他终于得到了它，那个起始的地方，那个调查的起点。他欢欣鼓舞。出去的时候他在大厅坐下，给凯文·麦克德莫特写了张便条，告诉他从艾尔斯伯里来的那个年轻女子，并不像星期五晚上报纸上说的那般无可挑剔；当然，还让他知道——暗示地——有必要的话，布莱尔／赫伍德／伯尼特律师事务所可能抓紧进行调查下去。

"她曾回来过吗？"他问正在做吸尘清洁的阿尔伯特，"我的意思是，在她已经'得到了她的男人'之后。"

"我不记得再次见过他们中的任何一个，先生。"

哦，假定的 X 已不再是假定，他已经变成了纯粹的 X。他，罗伯特，今晚可以得胜回到弗朗才斯。他提出了一个推测，而推测已被证明为事实，并且是他证明了这一推测即为事实。当然，这真令人丧气，伦敦警察厅迄今收到的信件，全都是清一色的匿名谩骂，指责他们对"富人""心慈手软"，却没有一人声称看到过贝蒂·凯茵。事实上他今早问过的任何一人，都毫无疑问地相信女孩的故事，如果要求他们从另外的视角来考虑，他们真的感到奇怪和困惑，这也令人丧气。"报纸上是这么说的。"但与达到这个起始点以及发现 X 所获得的满足感相比，这些都不值一提。他不相信命运可以如此残酷，在米德兰宾馆的台阶上显形了贝蒂·凯茵和她的新交，然后他再也不现。大厅里发生的小插曲定有延伸。接下来几个星期发生的事，需要它的延伸。

但如何追踪一个大概六星期前在米德兰宾馆大厅喝茶的深肤色的年轻生意人呢？深肤色的年轻生意人是米德兰宾馆的客户群，在布莱尔看来，他们的模样惊人地相似。他很担心这就是他该退出，把任务移交给一个职业大警犬的节点。这次他没有照片帮忙；和他在女孩这事中已知的情况不同，他对 X 的性格或习惯一无所知。这将是一个由无数小调查组成的漫长过程，一份需要专家来做的工作。他能够想到的，目前他能做的事，就是提供一份涉事时段米德兰宾馆的客人名单。

为此他去找了经理，一个对这个私下进行的活动显得愉快并理解的法国人，他对弗朗才斯愤怒的女士们极为同情，对黄油都不会在她们嘴里融化的，穿戴讲究、脸庞光洁的年轻女孩们表示了令人欣慰的愤世嫉俗。他派手下去复制大分类账里的小账目，从自己的橱柜里拿出甘露酒招待罗伯特。罗伯特从未认同过法国口味对在奇怪时间小口饮用口感难以定位的甜味液体的推崇，但他感激地将那东西一口吞下，并将经理手下拿来的单子放入口袋，好像一个人把通行证放进口袋那样小心翼翼。它的实际价值也许等于零，但拥有它带给他一种美好的感觉。

如果他不得不把这事移交给专业人士，专业人士也得有个着手的起点。X 或许从未在米德兰宾馆入住过，他或许只是有一天进来喝喝茶而已。另一方面，X 的名字可能在他口袋里的那份名单上，那份令人生畏的长长的名单。

开车回家的时候，他决定不在弗朗才斯停留。烦劳玛丽恩到大门口，只是告诉她可以在电话里说的消息，不大公平。他会告诉接线员他是谁，去电是因公事，她们就会接听了。也许到了明天，对房子的兴趣的第一波浪潮就会退去，又可以安全地拔去门闩，虽然他对此感到怀疑。今天的《艾克－爱玛》算计着还没到给愤怒暴乱的大众予以安抚效果的时候。是的，不再有更进一步的首页大标题，弗朗才斯事件已经移到了读者来信栏目，但是《艾克－爱玛》选择刊登的信件——三分之二是关于弗朗才斯事件的——并无息事宁人之势。它们像是往熊熊燃烧的大火上泼洒的煤油一般。

在拉伯勒繁忙交通中迂回穿行的时候，他又想起那些愚蠢的语言表达，再次对两个素未谋面的女人在那些来信读者的头脑里激发出的毒液大感惊讶。愤怒和仇恨溢满纸张，恶意在语病百出的句子里不设闸门地流淌。这真是一个令人称奇的展览。奇事之一是许多强烈反对暴力者的最大愿望，就是把所指女人鞭打得命悬一线。那些不想鞭打这两个女人的，则希望改良警察局。有个作者建议，该为警察无能和偏见之下可怜的、年轻的牺牲者设立一项基金。另外一个建议，任何心怀良好愿望的人，都该就此事给他的地区议员写信，使她俩的日子不好过，直到司法不公得到纠正为止。还有一个人问，是否有人注意到贝蒂·凯茵长得和圣伯纳黛特惊人的相似。

如果拿今天的《艾克－爱玛》读者来信栏目作为判断标准的话，那么贝蒂·凯茵热的诞生已经彰显出来。他希望这一热潮的结果不会成为弗朗才斯的死对头。

接近那座不幸的房子时，他变得焦虑不安，心想星期一是否也有那么多数量的观光者。这是一个可爱的傍晚，夕阳斜照，千万条金光投在春天的田野上；一个甚至能把拉伯勒人都吸引出来，欣赏米尔福德那种中部地区的沉闷单调的傍晚。在《艾克－爱玛》的读者来信栏目之后，弗朗才斯不成为夜间朝圣的麦加，那是奇迹。但远远看见房子的时候，他发现很长一段路空无一人，更近一些，他才明白为什么。在弗朗才斯的大门口，在傍晚阳光的映衬下，一个坚定不移、纤尘不染的形象，正是身着黑蓝银色制服的警察。

很高兴哈莱姆在人手紧缺的情况下如此慷慨，罗伯特放慢车速，打算打个招呼，然而问候还未出口，就戛然而止了。沿着整个高高的砖墙，以差不多六英尺高的字母，醒目地写着一条标语："法西斯分子！"巨大的白色字母尖叫着。大门更远的一侧，又是另外一条"法西斯分子！"。

"请离开，"警察说，带着礼貌的威胁慢慢地朝双眼发直的罗伯特走来，"不要在这儿停留。"

罗伯特动作迟钝地下了车。

"噢，布莱尔先生。没认出你来，先生。对不起。"

"这是石灰水吗？"

"不，先生，是最好的油漆。"

"老天！"

"有些人长大了也没改变。"

"改变什么？"

"在墙上写东西。不过有件事得提一下：他们可能写些更恶心的东西。"

"他们写下了他们所知的最恶毒的辱骂，"罗伯特讽刺地说，"我猜你还没有抓到肇事者？"

"没有，先生。我只是夜间巡逻过来这里，像往常一样清理贝壳——噢，是的，有好多——到达的时候就看到了这个。如果报告无误，是两个男人在车里。"

"夏普们知道吗？"

"知道。我不得不进去用电话。我们现在有个暗号了，我们和弗朗才斯的居民。我要和她们说话时，就把手帕系在警棍的末端，高过大门顶晃动。你要进去吗，先生？"

"不。不了，总体来说我想还是不进去了。我会让邮局帮我接通电话，没必要让她们到大门来。如果这样的情况仍然继续的话，他们必须得到大门的钥匙，这样我就能配一把。"

"看起来似乎还会继续，先生。你看了今天的《艾克–爱玛》吗？"

"看了。"

"哎哟！"想到《艾克–爱玛》，警察失去了坦然镇定，"要是你听他们说的，我们什么都不是，就是一众发痒的手掌[①]！说到这一点，老天在上，我们绝对不是。他们更该抗议我们加工资，而不是对我们左右开弓，造谣中伤。"

---

① 指只会收钱的人。

"你的工作单位非常好，如果这能对你有所慰藉的话，"罗伯特说，"没有什么既定的，令人尊重的，或者值得称赞的东西没被他们诋毁过，不在这时，就在那时。我今晚或者明天一大早，会派人来处理这个——脏东西。你会待在这儿吗？"

"我打电话时巡佐说我要待到天黑。"

"夜深时没人？"

"没有，先生。没有多余的人力做这事。不管怎么说，一旦天黑下来，她们就没事了。人们要回家，尤其是拉伯勒这种地方，他们不喜欢天黑之后的乡下。"

罗伯特还记得孤零零的房子有多沉寂，觉得未必如此。两个女人，在黑夜降临之后独自待在又大又静的房子里，仇恨和暴力仅仅隔在墙外——这不是个令人安心的想法。大门是上了闩，但要是人们能够互相抬拉上墙，以便坐在那儿大声辱骂，那他们就能在黑暗中，同样轻易地落地到墙的另一边。

"别担心，先生，"警察看着他的脸，说道，"她们不会有事的。毕竟，这里是英格兰。"

"《艾克－爱玛》也是英格兰的。"罗伯特提醒他，然而他还是又回到车上。毕竟，这里是英格兰；而英国乡下是这样的：以管好自己的事而著称。墙上醒目的"法西斯分子！"，不是出自乡下人之手。乡下人听没听过这个说法，值得怀疑。乡下人想骂人的时候，用的是更古老的撒克逊词语。

警察无疑是对的，一旦天黑下来，每个人都要回家去。

第十二章

　　当罗伯特把车转进罪孽街上的车行，停下来的时候，正在办公室门外扭身脱下工作服的史坦利瞟了他的脸一眼，说："又没中？"

　　"你开始为人性难过的时候，就没时间顾及其他了。你一直在努力使某人改过自新？"

　　"不，我一直在找人除掉墙上的油漆。"

　　"噢，工作！"史坦利的腔调表明，现今甚至指望有人来做一份工作，都是乐观到了愚蠢的地步。

　　"我一直在找人把弗朗才斯墙上的标语擦掉，但每个人都突然变得异常忙碌起来。"

　　史坦利停止扭动。"标语，"他说，"什么样的标语？"听到交谈的比尔，也从狭窄的办公室门口冒出来倾听。

　　罗伯特告诉了他们。"是用最好的白色油漆写的，巡逻的警察是这样向我保证的。"

　　比尔吹了声口哨。史坦利没说话，站在那儿，工作服已被扭到腰部，像手风琴一样搭在大腿上。

"你已经找过谁？"比尔问。

罗伯特告诉了他们。"今晚没人能做任何事，而明天早上，似乎是所有的人都得赶早出门去做重要的工作。"

"这不可信，"比尔说，"别跟我说他们是害怕报复！"

"不，公平点说，我认为缘由不是这样的。我想，尽管他们永远不会对我言明，是他们认为弗朗才斯那些女人不配得到帮助。"三人一时无语。

"我在通讯兵团的时候，"史坦利说，开始随意地把他的工作服往上拉，重新回到上半身，"有个机会免费游历意大利，差不多一年时间。我逃过了疟疾、意大利黑帮、游击队员、美国人的大卡车，还有大多数的其他小麻烦，但是我得了一种恐惧症。我对墙上的标语非常痛恨。"

"我们用什么把它弄掉？"比尔问。

"如果我们没有什么东西可以移走一点油漆，那拥有米尔福德装备最好、最现代的车行的好处是什么？"史坦利说，拉上衣前的拉链。

"你们真的要对它做点什么吗？"罗伯特问，既惊讶又高兴。

比尔慢慢地咧嘴微笑。"通讯兵团、前皇家电力机械工程师特种部队，还有几把扫帚。你还想要什么？"他说。

"上帝保佑你，"罗伯特说，"上帝保佑你们俩。我今晚只有一个愿望，那就是在明天早餐之前把标语弄下墙。我会来帮忙。"

"你不会穿这套伦敦裁缝街定制的西装去吧，"史坦利说，"我们没有多余的一套——"

"我会换上旧衣服，随后就来。"

"瞧，"史坦利耐心地说，"像这样的小事，我们不需要帮忙。如果需要，我们会叫上哈里。"哈里是修车行的伙计。"你还没吃饭，我们吃过了，而且我听说伯尼特小姐不喜欢她的美食变坏。我想你不在乎墙被弄脏吧？我们只是好意的车行工人，不是油漆匠。"

当他朝 10 号的家里走去，经过商业街时，店铺都已打烊，他看着这个地方，好像一个陌生人在星期天的晚上走过一样。这一天，他一直在远离米尔福德的拉伯勒，但他感觉好像离开了好几年。舒适安宁的 10 号——和死一般沉寂的弗朗才斯如此不同——欢迎并抚慰了他。从厨房飘来一阵淡淡的烤苹果味。通过半开的门，可以看到客厅墙上摇曳的火光。温暖、安全、舒适，形成一片温柔的潮水，轻轻地拍打他，将他淹没。

因为是这处盼着主人归来的安宁之所的物主，他感到内疚不安，于是拿起电话和玛丽恩说话。

"噢，是你！真好。"当他最终说服邮局他的意图是正派诚实的，电话接通时，她说，而她声音里的温暖突然攫住了他——他的思绪还停留在白色的油漆上——在心底里攫住了他，使他的呼吸停止了片刻。"我太高兴了。我正在想我们以后怎么和你通话呢，不过我已经知道你会设法的。我猜你只要说你是罗伯特·布莱尔，邮局就会给你放行的。"

这多么像她，他想。"我已经知道你会设法的"，充满了真挚的感激；接着的那句话，带着淡淡的逗乐。

"我想你已经看到了我们墙上的装饰。"

罗伯特说是的，但不会再有人看到，因为太阳升起的时候，它将不在。

"明天！"

"拥有我的车库的两个人，已经决定今晚把它清除。"

"但是——带着七个拖把的七个女仆①能不能——？"

"不知道，但要是史坦利和比尔把心思放在这上面，它就会被除掉。他们是在一所不容忍挫败的学校里教养大的。"

"那是什么学校？"

"英国军队。我还有好消息给你：我已经确立了 X 存在的事实。她有一天和他一起喝茶。在米德兰宾馆，在大厅里，挑中了他。"

"挑中了他？可她只是一个孩子，那么——噢，唔，她编出了那个故事，当然。在那之后，什么都有可能。你怎么发现的？"

他告诉了她。

"你今天在弗朗才斯过得很糟，是吧？"当他讲完一连串咖啡馆的故事时，说道。

"是的，我觉得全身脏兮兮的。比观众和高墙更可恶的，是信件。邮递员让警察拿进来。警察被指责传播下流文学，这事不常见。"

"是啊，我想象那肯定相当低劣。这是唯一可以预料的。"

---

① 出自《海象和木匠》叙述长诗。

"嗯，我们的信件非常少，我们决定以后除非认识笔迹，全都不用打开，直接烧掉。所以你给我们写信的话，不要用打字稿。"

"但你认识我的笔迹吗？"

"噢，认识，你记得给我们写过一张便条吧。那个下午纳维尔带过来的。字很好看。"

"你今天见了纳维尔吗？"

"没有，但有封来信是他的。最多算封信吧。"

"某类文件？"

"不是，是首诗。"

"哦。你理解它吗？"

"不理解，不过读起来很好听。"

"自行车铃声也一样好听。"

他想她笑了一下。"有人为自己的眉毛作诗固然不错，"她说，"但帮自己把墙弄干净还是更好一些。我真的为此感谢你——你和什么名字的两个人——比尔和史坦利。要是你们这么乐意做好事，或许明天你可以给我们带来或者派人送来一些食物。"

"食物！"他说道，被自己之前没想到这点感到震惊。这就是你过着那种林婶把什么东西都备好放在你面前的生活的结果，一概无须操心，只要把东西放进嘴里；你失去了想象的能力。"好的，当然。我忘了你们不能去购物。"

"不止这个。星期一在这里停留的食品店货车今天没来。或者也许是，"她急忙加上，"它来了，却没能引起我们的注意。不管怎么说，我们该为一些事心怀感激。你那儿有铅笔吗？"

她给他列了一张购物单，然后问："我们没看到今天的《艾克－爱玛》。有关于我们的消息吗？"

"读者来信栏目有些信，就这些。"

"全是反对的，我想。"

"恐怕是。我明早带食物过去时会带上一份，你可以自己看看。"

"抱歉，我们占用了你大量的时间。"

"这于我已经变成了一件私事。"他说。

"私事？"她听起来满是疑惑。

"我此生的一个梦想，就是让贝蒂·凯茵名誉扫地。"

"噢，唔，我明白了。"她的声音听上去一半是宽慰，一半是——可能吗？——失望。"嗯，我们期盼明天见到你。"

然而，她远在那之前就会见到他。

他早早上床，却很久没有入睡，默默准备他打算和凯文·麦克德莫特的电话交谈；思考解决 X 难题的不同方式；想着玛丽恩在那死寂的老房子里是否睡着了，或者还是醒着躺在床上倾听各种声音。

他的卧室靠着街这边，大约午夜时分，他听到一辆车开近，停下，不久便通过打开的窗户听到比尔小心的叫唤，比低沉的耳语高不了多少。"布莱尔先生！嘿，布莱尔先生！"

几乎在他的名字第二次出口之前，他已到了窗口。

"谢天谢地，"比尔低声说，"我担心灯光可能是伯尼特小姐房里的。"

"不是，她睡在后面。什么事？"

"弗朗才斯有麻烦了。我得去找警察，因为电话线被割断了。但我想你应该希望被告知，所以我——"

"什么麻烦？"

"流氓阿飞。我回来的时候接你，大概四分钟。"

"史坦利和她们一起吗？"当比尔庞大的身躯再次没入汽车时，罗伯特问道。

"是的，史坦的头被包扎起来了。马上回来。"车飞快地驶进黑暗寂静的商业街。

在罗伯特穿好衣服之前，他听到一声轻软的"嘘嘘"声经过他的窗口，意识到警察已经在路上了。夜间没有刺耳的警报，没有喧哗的排气管声，比夏天的风拨弄树叶发出的声音大不了多少，警察出行去处理事务了。当他打开前门，蹑手蹑脚地不想惊醒林婶（除了最后审判日的号声，没啥东西可以把克里斯蒂娜弄醒），比尔的车正好在人行道上停下。

"现在跟我说说。"他们离去时，罗伯特说。

"嗯，我们在头顶灯的照明下完成了那桩小事——不是很专业，不是的，不过比我们到那儿的时候好得多——然后我们灭了顶灯，开始收拾东西。有点轻松随意，没有什么赶着要做的事，而且这是一个美妙的夜晚。我们刚点上一支烟，想着回去了的时候，从房子那里传来玻璃破碎的声音。我们在那儿的时候，没人进入，所以我们知道他们肯定是从侧面或后边进去的。史坦去车里拿出他的手电筒——我的在座位上，因为我们一直在用它——说：'你往那边，我往这边，把他们夹击在我们之间。'"

"你能绕过去吗？"

"哦，这真是永无止境的一件事。在墙端有高高的树篱，要是穿着平常的衣服，我不太可能做成这事，但身着工作服，你就会使劲地推，希望出现最好的结果。这对史坦来说不成问题，他精瘦苗条，但对我，除了压着树篱，直到它倒下，无路可通。不管怎样，我们穿过去了，一人一边，也穿过了后围的那个树篱，在后墙的中间会合，却没见人影。然后我们听到更多玻璃破碎的声音，意识到他们正利用这个晚上，尽情发泄。史坦说：'把我抬上去，我再拉你上来。'嗯，一只手对我是不够的，但后边田野靠墙的地面相当高，这事就成了——事实上，我认为这是修墙时挖出来的土——所以我们很轻松地翻过了墙。史坦问除了我的手电筒之外，还有什么东西可以用来击打，我说有啊，我有一个扳手。史坦说：'忘了你该死的扳手吧，用你的火腿拳头，它还更大一点。'"

"那他要用什么呢？"

"古老的橄榄球粗野拦截法，他是这么说的。史坦以前是个很棒的并列争球手。总之，我俩在黑暗中朝玻璃破碎的声音前行。他们似乎正绕着房子进行破坏之旅。我们在靠近前围的地方赶上他们，打开电筒。我想他们有七个人。总而言之，比我们以为的要多得多。在他们能看见我们只是两个人之前，我们马上关了电筒，抓住了最近的一个。史坦说：'你抓那个，巡佐。'那时我以为他是出于习惯说出我的军衔，但现在我意识到他是在虚张声势，骗他们我们是警察。不管怎样，他们有些人退却了，因为尽管是一场混战，却一直不太像七个人都参与了其中。然后，似乎相当突然地，静场了——我们一直发出很多噪声——我意识到我们正让他们逃脱，史坦从地上的某个地方说：'抓住一个，比尔，在他们翻墙之前！'于是我打开电筒，去追他们。最后那个正好在同伙的帮助下越墙，我抓住他的腿，毫不放松，但他像骡子那样乱踢，我手里有电筒，他像鳟鱼一样从我手里滑了出去，在我能再次抓住他之前翻过了墙。这使我前功尽弃，因为从里面看去，那堵墙的后面甚至比它在房子前面的部分还要高。于是我回去找史坦，他还坐在地上。他说有人用一个瓶子重击了他的头，他看起来衣衫褴褛。那时夏普小姐出来站在前阶上面，说有人受伤了吗。她借着手电筒光，可以看见我们。于是我们扶着史坦进去了——老夫人在那儿，房子这时亮起了灯——我去打电话，但夏普小姐说：'没用，线断了。他们刚来的时候我们试过给警察打电话。'于是我说我去叫他们过来，还说我最好把你也接过去，但夏普小姐说不了，你已经辛苦了一天，不要去打搅你。不过我觉得你应该在场。"

"做得对，比尔，我应该的。"

当他们开近时，大门洞开着，警车停在门边，大多数的前屋亮着灯，窗帘在夜风中在破损的窗户边轻轻摆动。在会客室——很明显，夏普们把它用作了客厅——玛丽恩正在照料眉毛上有个伤口的史坦利，一个巡佐在做笔录，他的手下在陈列证物。证物似乎包括半块砖头、瓶子，还有写有字的纸张。

"噢，比尔，我叫你不要。"玛丽恩抬头看见罗伯特时说道。

罗伯特注意到她处理史坦利的伤口的高效，这个发觉煮饭做菜超出她的能力的女人。他和巡佐打了招呼，弯下腰看证物。有一大排投掷物，但只有四条留言，分别为："滚开！""滚开，否则我们让你滚开！""外国婊子！"以及："这只是一个样板！"

"嗯，我想我们已经收集齐了，"巡佐说，"现在，我们去搜查花园，寻找足迹或者其他什么线索。"他很专业地看了一眼比尔和史坦利应他的要求而抬起的鞋底，和他的助手出到花园去了，这时夏普夫人正端着一个冒气的茶罐和杯子进来。

"啊，布莱尔先生，"她说，"你还觉得我们很刺激吗？"

她穿戴整齐——和穿着一件旧晨衣，看起来相当凡人而非圣女贞德的玛丽恩大相径庭——显然不为这系列事件所动，他想知道什么样的场合之下，才能看到夏普夫人处于尴尬不利的地位。

比尔拿着根棍子从厨房出来，使死灰复燃。夏普夫人在倒热气腾腾的液体——是咖啡，罗伯特拒绝了，最近看到太多咖啡，已经失去了兴趣——而史坦的脸开始恢复颜色。警察从花园回来的时候，尽管窗帘摆动，窗玻璃无存，房间里已经飘荡着一种家庭聚会的感觉。罗伯特注意到，不管是史坦利还是比尔，都没显出觉得夏普们奇怪或者难处的样子，相反，他们似乎像在自家一般放松。也许这是因为夏普们视他们为当然，坦然接受陌生人的进入，好像这是每天发生的事情一样。总之，比尔自作主张，来去自由，好像他已在这房里生活了多年，而史坦利没等人问，把杯子伸出去，等着再来第二杯。不由自主地，罗伯特想到，要是林婶处于她俩的位置，就会既好意又挑剔，他俩就会正襟危坐，时刻记得他们脏兮兮的工作服了。

也许正是同样的"视为当然"，吸引了纳维尔。

"你们打算留在这儿吗，夫人？"他们回来时，巡佐问道。

"当然。"夏普夫人一边给他们倒咖啡，一边说。

"不，"罗伯特说，"你们不该，真的不应该。我会在拉伯勒给你们找一家安静的旅馆，那儿——"

"我从未听到过更荒谬的说法了。我们当然会留在这儿。一些破烂的窗户有什么关系？"

"事态可能不会止于破烂的窗户，"巡佐说，"只要你们住在这里，对我们就是巨大的责任，一个我们没有足够的警力来承担的责任。"

"巡佐，给你们添麻烦了，真的很抱歉。相信我，如果能够的话，我们也不想砖头飞掷我们的窗户。但这是我们的家，我们要待在这儿。除了任何伦理原则的问题，相当现实的是，如果房子留空，等我们回家时，还有多少会剩下来？我想如果你们缺乏人手保护人，那肯定没人来保护空房子了？"

巡佐看起来有点窘迫，正如夏普夫人和人们打交道时经常发生的那样。"唔，是会那样，夫人。"他勉强承认。

"那么，我想，就把我们离开弗朗才斯的问题丢一边去吧。要不要糖，巡佐？"

　　警察离去后罗伯特重回主题，而比尔从厨房里取来一把刷子和铲子，一间间房地清理碎玻璃。他再次主张在拉伯勒订一家旅馆的看法，然而他的情感和常识都使他的话言不由衷。如果他处于夏普们的位置，他也不会离开，不能指望她们会，并且，他认可夏普夫人关于房子留空的命运的看法里所包含的智慧。

　　"你需要的是个寄宿者。"史坦利说。大家没同意他去清理玻璃，因为他被归于可行走的伤员类别。"一个带枪的寄宿者。我晚上来这儿睡，你们觉得如何？不包餐，只是睡觉守夜人。无论如何，他们都要睡觉，守夜人也一样。"

　　从她俩的表情看，两个夏普明显欣赏这一提议，它是一份公开的拥护声明，这份声明意味着一场本地战争；但她们没有用感谢来使他为难。

　　"你难道没有妻子吗？"玛丽恩问。

　　"不是我自己的。①"史坦利羞涩地说。

　　"你的妻子——如果你曾有过的话——可能允许你睡在这儿，"夏普夫人指出，"但我怀疑你的生意是否会允许，先生——呃——皮特先生。"

　　"我的生意？"

　　"我想象如果你的顾客们发现你变成弗朗才斯的守夜人，他们会转去别的地方。"

----

① 指他的女房东。

"他们不会，"史坦利从容地说，"没处可转。林奇七天有五个晚上喝得醉醺醺的，比金斯们不懂如何把自行车链放上去。总之，我不会让顾客们告诉我我业余时间该干什么。"

比尔回来的时候，他赞同史坦利。比尔是个很居家的已婚男人，除了在家睡觉，其他地方均不在考虑之中。但史坦利在弗朗才斯过夜，对他俩来说，似乎是解决难题的自然之道。

罗伯特大大地松了口气。

"嗯，"玛丽恩说，"如果你打算成为我们的夜间客人，你现在就开始好了。我敢肯定，你的头感觉像棵痛极了的芜菁。我去铺床。你更喜欢南边的风景？"

"是的，"史坦利认真地说，"远离厨房和无电线的噪音。"

"我尽力而为。"

大伙儿安排比尔到史坦利租住处塞一张便条，说他会如常回去吃午餐。"她不会替我担心的。"史坦利说，指他的女房东。"这之前我常晚上出门。"他看见玛丽恩的眼神，加上一句，"给客人运送汽车。晚上做这事可以省一半时间。"

他们把一楼所有房间的窗帘用图钉固定好，要是上午之前下雨，这样可以给房里的东西提供一些保护。罗伯特保证让镶玻璃的工人尽可能早地过来，暗自决定去找一家拉伯勒的公司，避免米尔福德另外一连串礼貌的回绝。

"我也会给大门配上钥匙，这样我可以有把备份的，"当玛丽恩和他们一起出来闩门时，他说，"省得你成为大门管理员，还有其他的事情。"

她伸出手，先是向着比尔。"我永远不会忘记你们三个为我们所做的事。当我想起今晚，我不会记得这些傻蛋，"她的头斜向无窗玻璃的房子，"而是你们三个。"

"我猜你知道，那些傻蛋是本地人。"当他们穿过寂静的春夜，开车回家时，比尔说。

"是啊，"罗伯特同意道，"我意识到了。他们没车，这是一点，而'外国婊子！'散发着保守的乡下味道，正好像'法西斯分子！'散发着先进的城镇味道一样。"

比尔就先进发表了一些看法。

"我错了，昨晚让自己被说服。值班的那个人这么肯定'天黑下来，每个人都会回家'，我就信了，但我该记得我收到的一条关于搜捕女巫的警告。"

比尔没在听。"待在一座没有窗玻璃的房子里，你会感到多么不安全，这真是个有趣的现象，"他说，"拿一座后部被风吹开，没有一扇门关得严实的房子来说，只要还有窗玻璃，你仍可以相当安乐地住在前屋，但没了窗玻璃，甚至整座完好的房子都会感觉不安全。"

这一观察结果使罗伯特心神不宁。

第十三章

"我想你能不能取鱼回来，亲爱的，"星期二下午林婶在电话里说，"纳维尔要来吃晚餐，所以我们要多加一道本来打算用作早餐的菜。我真搞不明白，就为了纳维尔，我们该增添什么额外的菜肴，但克里斯蒂娜说，这样将阻止他在馅饼上采取她所说的'侵袭'行动，否则她在明天的外出之夜又得重做。因此你不介意的话，亲爱的。"

他并不很期望多花一两个小时耽于纳维尔的社交圈，不过他对自己备感满意，以至于比往常更为高兴地接受了任务。他已经和拉伯勒的一家公司安排好弗朗才斯窗玻璃的替换；他奇迹般地找到一把适合弗朗才斯大门的钥匙——明天将会配好两把备份的；他亲自送去了食物——连带一束米尔福德所能供应的最漂亮的鲜花。他在弗朗才斯受到的欢迎，热情得让他几乎停止了抱憾缺乏纳维尔谈话的轻松随意。毕竟，在到达克里斯蒂娜的用词的头半个小时，还有其他的东西可吃。

午餐时间，他给凯文·麦克德莫特打了电话，和他的秘书说好了，晚上凯文得空的时候，让他给商业街 10 号挂个电话。事情正放手铺开，他需要凯文的建议。

他已经拒绝了三次高尔夫邀请，给他大为惊讶的球友的理由是，他"没有时间在高尔夫球场追逐一块古塔波胶"。

他去看了一位自上个星期五就一直想面见他的重要的客户，这人在电话里生气地问他是否还在布莱尔/赫伍德/伯尼特律师事务所上班。

他已经和无声谴责他的赫舍尔苔因先生一道，完成了被耽误的工作。先生虽然已经站在夏普这边，但仍然明显地觉得，弗朗才斯事件不该混进像他们这样的公司的事务中来。

达芙小姐已经端进来覆盖着素净茶巾的上漆茶盘，茶盘上的青花瓷杯盛着茶水，伴随着碟子上的两块消化饼干。

茶盘现在正置于桌上，正如两星期前电话响起，他拿起话筒第一次听到玛丽恩的声音时一样。短短的两个星期前，他坐看阳光里的它，对自己舒适的生活感到不安，意识到时光悄无声息地流逝。但今天，消化饼干不再承受他的怪罪，因为他已走出它们所代表的惯例。他和伦敦警察厅从事同样的事业；他是两个丑闻女主角的代理人；他已变为业余侦探；他还是乌合之众暴力行为的见证人。他的整个世界发生了变化。比如，那个他以前在商业街有时看见在购物的深肤色、瘦削的女人，已经变为了玛丽恩。

哦，当然，跨出一成不变的生活的一个后果是，你再也不能戴上帽子，在下午四点钟慢悠悠地走回家。他把茶盘推到一边，埋头工作，再次抬头看钟之前，六点半，打开 10 号大门之前，七点。

客厅的门像往常一样半开着——和老房子里的很多门一样，没插上门闩的话，会轻微摆动——他能听到纳维尔在房里另一端的声音。

"相反，我认为你极为愚蠢。"纳维尔正在说话。

罗伯特马上辨认出这种语气。它是强压怒火的冷淡，四岁的纳维尔就是用这种语气对一位客人说："叫你来参加晚会，我表示极为遗憾。"纳维尔肯定真的对某件事非常愤怒。

帽子脱了一半，他停下来倾听。

"你正在干预你一无所知的事情；你无法声称这是聪明的行为。"

没有其他声音，因此他肯定是在电话里和某人说话；年轻的傻瓜，这很可能让凯文打不进来。

"我没有被某人冲昏头脑。我从不被任何人冲昏头脑。是你被冲昏了头脑——被那些主张。正像我之前说的，你极为愚蠢……你在你一无所知的一件案子里加入了失足少女那边；我早该想到这是头脑发昏的充足的证据……你可以替我告诉你父亲，这和基督教没有什么关系，只是无端的干涉。我无法确定那不是对暴力的煽动……是的，昨晚……不，她们的窗户全被打烂了，墙上涂写了东西……如果他对正义这么感兴趣，那他或许能对此做点什么。但你们这帮人从不对正义感兴趣，是吧？只对非正义感兴趣……我说你们这帮人是什么意思？就是我说的意思。你和你们那伙人，永远采纳懒惰无用之人的意见，支持他们对抗世界。你不会伸出一根指头帮助一个辛勤工作的小人物避免每况愈下的境况，却帮助一个不值一餐饭钱的落后的老朽，你的哭诉在南极都能听到。你让我恶心……是的，我说你让我恶心……猫病似的恶心。恶心极了。我要吐了！”

话筒砰地摔在座机上，表明诗人已经说出了他的意思。

罗伯特把大衣挂在橱柜里，走进去。满脸怒气的纳维尔正在给自己倒一杯烈性威士忌。

“我也来一杯，”罗伯特说，“我情不自禁地偷听了，”他加上一句，“不可能是罗斯玛丽吧？”

“还能是谁？不列颠还有谁能像这样无法形容地愚蠢？”

“像哪样？”

“噢，难道你没听到那部分？她已经开始为难缠的贝蒂·凯茵行善了。”纳维尔灌下一些威士忌，怒视着罗伯特，好像该他负责似的。

“唔，不管怎样，我不认为她加入《艾克－爱玛》的热潮，能造成多大的影响。”

“《艾克－爱玛》！不是《艾克－爱玛》，是《守护者》。那个她叫作父亲的脑袋有病的人，已经就此给星期五那期写了封信。是啊，你可能觉得很神经质。好像不把那小块装模作样、变态感伤的东西放进价值六便士的刊物里，我们处理的事情还不够多似的！“

想到《守护者》是唯一发表过纳维尔的诗作的刊物，罗伯特觉得这稍微有点忘恩负义，但他同意这个描述。

“或许他们不会发表它。”他说，与其说是愿望，不如说是寻求安慰。

“你很清楚他们会发表任何他选送的东西。他们第三次业绩下滑的时候，是谁的钱拯救了他们？当然是主教大人的。"

"你的意思是，他妻子的。"主教娶了柯文蔓越莓酱创始人的两个孙女之一。

"好吧，他妻子的。主教把《守护者》当作布道坛，在那里言所欲言，没有什么东西蠢得他不能说的，或者他们不可能印出来的。你记得那个四处走动，冷血地射杀出租车司机，只是为了每次大概七到十一镑的收入的女子吗？那女子只是他的肉餐。他真的为她哭到昏迷。他就她在《守护者》上写了一封令人心碎的长信，指出她是多么地弱势，她如何在中学时获得过奖学金，却因为她家人太贫困了，无法给她提供书本和合适的衣服，不能'继续学业'，于是她去从事没有前景的工作，然后去到坏的公司——可以推断，因而最终去射杀出租车司机，尽管他没有明确提及这件小事。哼，当然，所有《守护者》的读者都如沐春风，这正合他们的口味：根据《守护者》的读者群，所有的罪犯都是愤怒的天使。然后，校管理会主席——那个她被认为获得过奖学金的学校——写来一封信，指出迄今为止，她获取的任何成绩，就是在两百个竞争者当中，名列第159名。像主教这么关心教育的人，应该早就知道，没有人因缺钱而被阻止接受奖学金，因为在需要的情况下，书本和钱的拨款是自动得到的。哼，你以为这些会使他打抖动摇，对吧？但一点儿也没有。他们把校主席的来信以极小的字体放在后页；就在下一期，老家伙又为他一无所知的另外的事件哭喊了。所以帮帮我，星期五，他要为贝蒂·凯茵开哭了。"

"我想——要是我明天过去见他——"

"它明天刊登。"

"是的，它要刊登了。或许如果我打个电话——"

"如果你认为某人或某事可以让大人把已经完成的大作从公众的注视中撤回，那你是天真。"

电话响了。

"如果是罗斯玛丽，就说我在中国。"纳维尔说。

然而是凯文·麦克德莫特打来的。

"喔，侦探，"凯文说，"祝贺啊。不过下次你能从伦敦警察厅得到同样的信息时，就不要浪费一个下午的时间给艾尔斯伯里的平民打电话了。"

罗伯特说他还是太老百姓思维了，根本没有想到伦敦警察厅，但他正在快速地学习提高。

为了凯文不至于听烦，他言简意赅地描述了昨晚发生的事，说："我再也不能慢吞吞地对待此事了。必须尽快做些事情，洗刷她们的罪名。"

"你想要我给你一个私人代理的名字，是不是？"

"是的，我想已经到了这个环节了。但我真的想知道——"

"想知道什么？"他还在犹豫的时候，凯文问。

"嗯，我确实想到去找警察厅的格兰特，对他直言我已经发现她是如何得知夏普们和房子的情况的，还有她在拉伯勒碰到了一个男子，我有他们相遇的证人。"

"这样他们就能做什么呢？"

"这样他们就可以调查女孩在那个月的动向，而不是我们来做。"

"你认为他们会吗？"

"当然。为什么不？"

"因为这不值得他们去做。当他们发现她不可信任时，他们所能做的，就是丢弃这个案子，谢天谢地，让它从此湮灭。她又没有对什么东西起誓过，所以他们无法对她做伪证而起诉她。"

"他们可以起诉她误导他们。"

"是的，但这不值得。我们可以肯定，挖掘她那个月的动向并不容易。在所有这些不必要的调查之上，他们还得准备和出庭这个案子。对一个负荷超重，大案要案源源不断涌进自家门口的部门来说，当他们能够当场悄无声息地丢下负担时，是非常不可能去惹所有那些麻烦的。"

"但它该是一个执行正义的部门。这让夏普们——"

"不，它是执法部门。你相当清楚，正义始于法庭。而且，罗伯，你并没有给他们提供任何证明。你不知道她曾去过米尔福德。她在米德兰宾馆挑上一个男人，和他喝茶的事实，并不能证明她被夏普们开车接载的故事是假的。事实上，你唯一能够依靠站立的腿，是富勒姆春园5号的阿列克·拉姆斯登。在西南部。"

"他是谁？"

"你的私人侦探。从我这儿拿去吧，相当棒的一个。他有一群随时待命的忠实服从的线人，所以要是他自己忙着的话，他也能给你提供一个很不错的替代。告诉他是我给你他的名字的，他就不会把个不中用的人塞给你了。无论如何，他都不会那样做的。他为人非常正派，因为'在执行任务时负伤'，从警界退休了。他会让你骄傲的。我得走了。如果还要我做其他什么事，只要什么时候给我个电话。希望我有时间亲自去看看弗朗才斯和你的女巫们。她们让我越来越好奇。再见。"

罗伯特放下话筒，又拿起来，询问了一些信息，得到了阿列克·拉姆斯登的电话号码。打过去无人接听，于是他发了封电报，说他，罗伯特·布莱尔，急需完成一些工作，凯文·麦克德莫特说拉姆斯登是合适的人选。

"罗伯特，"林婶满脸通红、面色愠怒地进来说，"你知不知道你把鱼放在门厅的桌子上，已经浸透到了红木，而克里斯蒂娜正在等着用它？"

"这是控诉我损坏红木呢，还是让克里斯蒂娜久等？"

"真的，罗伯特，我不知道你怎么啦。自从卷入这弗朗才斯事件，你全变了。两星期前，你做梦都不会把一包鱼放到抛光过的红木桌上，然后全然忘了它。而且要是你真的忘了，你会惭愧并且道歉。"

"我确实感到抱歉，林婶，我真的感到懊悔。但我并不经常承担像眼下这个这么重大的责任，如果我有点不胜其烦，你一定要原谅我。"

"我认为你根本没有不胜其烦，相反，我从来没见你这么自得其乐过。我想你正在兴致勃勃地品味这件丑事。就在今天上午，安·波琳的朱拉芜小姐还就你掺和这事对我深表同情呢。"

"真的吗？哦，我对朱拉芜小姐的姐姐表示同情。"

"同情什么？"

"有个像朱拉芜小姐这样的妹妹。你的日子不好过，是吧，林婶。"

"别讽刺了，亲爱的。这座镇子没有人喜欢看到它被恶名蒙蔽。它一直是个安静和有尊严的地方。"

"我不像两星期前那么喜欢米尔福德了，"罗伯特沉思地说，"所以我把眼泪省下吧。"

"今天不同时间有不少于四趟从拉伯勒过来的大型游览车，别无目的，只为了在途中视察弗朗才斯。"

"谁招待他们？"罗伯特问，知道米尔福德并不欢迎那种大型观光车。

"没人。他们对此很气愤。"

"谁让他们多管闲事。没什么东西能和胃口相提并论，可以让拉伯勒介意的了。"

"牧师的妻子坚持对这事保持基督教的态度，但我认为那是错误的观点。"

"基督教的？"

"是的，'保留判断'，你知道的。那纯粹是孱弱，不是基督教教义。我当然不谈论这个案子，亲爱的罗伯特，甚至是和她。我是极为谨慎的人。但她当然知道我的感受，我也知道她的感受，因此谈论是毫无必要的。"

深陷一张舒适的椅子里的纳维尔，发出一声清晰的哼鼻子。

"你说什么，亲爱的纳维尔？"

幼稚园哄孩子般的语调显然吓着了纳维尔。"没说什么，林婶。"他温顺地说。

然而他没那么容易逃得过去，哼鼻子声太清晰了，只能是哼鼻子。"我不怪你喝酒，亲爱的，但这是你的第三杯威士忌吗？晚餐有琼瑶浆，喝这么烈性的东西后你就品不了它的味道了。如果你打算娶主教的女儿，就不该养成坏习惯。"

"我没打算娶罗斯玛丽。"

伯尼特小姐惊恐地双目直瞪。"不娶！"

"我很快会和一家公共援助委员会结婚。"

"但是，纳维尔！"

"我很快会和一部收音机结婚。"罗伯特记起凯文关于罗斯玛丽只会生出唱片的评论。"我很快会和一条鳄鱼结婚。"因为罗斯玛丽长得非常漂亮，罗伯特想，"鳄鱼"应该和眼泪有关。"我很快会和一个肥皂盒结婚。"指的是大理石拱门，罗伯特猜。"我很快会和《艾克－爱玛》结婚。"这似乎是最后一个了。

"但是纳维尔，亲爱的，为什么？"

"她是一个非常愚蠢的生物。几乎和《守护者》一样蠢。"

罗伯特以超人的毅力忍住没提过去六年来，纳维尔一直奉《守护者》为《圣经》这一事实。

"噢，好了，亲爱的，你俩拌嘴了，所有订婚的情人都会的。婚前在牢固关系的基础上理顺'给予和索求'的事儿是件好事，那些在订婚期间从不吵架的情侣，婚后过着令人吃惊的吵闹生活，所以不要把一个小小的分歧太当真。今晚你回家之前可以给她去个电话——"

"这是一个根本的分歧，"纳维尔冷淡地说，"我打电话给她，没这可能。"

"可是纳维尔，亲爱的，什么——"

三下尖细破裂的锣音飘过来，压住她的抗议，她停了下来，订婚破裂的戏剧立马让位于更临近的关切。

"那是开饭的锣声。亲爱的，我想你最好带着酒进去。克里斯蒂娜喜欢一加上鸡蛋，就端上汤，而且她今晚因为鱼来得太晚而心情不大好，虽然我搞不懂这对她有多大的区别。那只是烤鱼，用不了多少时间。又没要她把鱼水从红木桌上擦掉，因为我自己动手了。"

第十四章

第二天上午罗伯特要在七点四十五吃早餐，以便能早点去办公室，这让林婶更难过了。这是另外一个该弗朗才斯负责的退步的表现。早一点吃早餐，以便赶火车，或者动身去远处会人，或者出席一个客户的葬礼，是一回事；但早一点吃早餐，只是为了在办公室男孩的上班时间尽快开始工作，是非常怪异的行为，与布莱尔的身份不符。

罗伯特微笑着，走在铺满阳光，仍然门户紧闭、清静安宁的商业街上。他一直都喜欢清晨的时光，米尔福德这时候最美：它沐浴在阳光里的粉红色、深棕色、奶油色，像一幅倾斜的图画一样精美。春天正与夏天交接，人行道的暖意已经发散进凉爽的空气里，修剪过的欧椴绿满枝头。他心怀感恩地想起，这对弗朗才斯孤独的母女俩，意味着更短的夜晚。但也许——有运气的话——在夏天真正到来之前，她们的罪名得以澄清，她们的房子不再是四面楚歌的堡垒。

　　背靠仍然关着的办公室大门，站着一个瘦高灰衣的男人，他似乎全身都是骨头，根本没有肚子。

　　"早上好，"罗伯特说，"你想见我吗？"

　　"不，"灰衣男人说，"你想见我。"

　　"我想？"

　　"至少你的电报是这么说的。我想你是布莱尔先生。"

　　"但你不可能已经在这儿了！"罗伯特说。

　　"不远。"男人简短地说。

　　"请进。"罗伯特说，力图达到拉姆斯登先生说话言简意赅的水准。

　　在办公室，当他给桌子解锁的时候，问道："你吃早餐了吗？"

　　"吃了，我在白鹿旅店吃了培根和鸡蛋。"

　　"你能亲自来，我感到极大的宽慰。"

　　"我刚做完一个案子。凯文·麦克德莫特帮过我很多忙。"

　　是啊，凯文，在他所有表面的恶意和过于拥挤的生活之中，还尽量找出意愿和时间来帮助那些值得帮助的人。这和偏爱不值得帮助的人的拉伯勒主教，有天壤之别。

　　"也许阅读这份证词对你是最好的方式，"他说，将贝蒂·凯茵给警察的证词复制件递给拉姆斯登，"然后我们可以从这里继续这个故事。"

　　拉姆斯登接过打印稿，在访客的椅子上坐下——他的动作用弓起身子来形容更为确切——从罗伯特的身上收回注意力，很像凯文在圣保罗教堂墓地的房间里表现的那样。罗伯特拿出自己的工作，暗暗嫉妒他俩高度集中注意力的能力。

"是的，布莱尔先生。"他很快说道，于是罗伯特把剩下的故事全倒了出来：女孩对房子和住户的认定，罗伯特他自己卷入这个事件，警察根据现有证据决定按兵不动，列斯里·韦恩的愤慨及其导致《艾克－爱玛》的曝光，他本人对女孩亲属的访问以及她们告知的情况，他发现她乘巴士兜风，在相关星期内确实有双层巴士在米尔福德公交线路运行，还有他挖掘出了 X。

"发现更多 X 的情况是你的工作，拉姆斯登先生。大厅侍应生阿尔伯特知道他的模样，这是有疑问那段时间的客人名单。他还会投宿米德兰宾馆，那运气就太好了，不过谁知道呢。在这之后，你就得靠自己了。顺便说一下，跟阿尔伯特说是我让你去的。我认识他很久了。"

"很好。我现在就去拉伯勒。明天我就可以得到女孩的照片了，不过也许今天我得借用你的《艾克－爱玛》。"

"当然可以。你如何得到她正式的照片？"

"噢。渠道。"

罗伯特推断女孩失踪时，伦敦警察厅接收到了她正式的照片；给他一份复印件，他在总部的老同事不会太勉强，因此他就不再多问了。

"只有一点点机会，那些双层巴士之一的售票员可能记得她，"拉姆斯登要走时，他说，"它们是拉伯勒及地区汽车服务巴士。车行在维多利亚街。"

九点半，员工们都来了——第一个是纳维尔，这破例的变化使罗伯特感到惊讶：纳维尔通常是最后一个到，最后一个安定下来的。他信步而来，在他自己的后屋里脱去外套，信步走进"办公室"去说早上好，信步走进后边的"等候室"去对达芙小姐说你好，最后信步走进罗伯特的房间，站在那儿用拇指打开邮寄给他的扎好的内容高深莫测的期刊之一，评论英格兰永远糟糕的事务状况。罗伯特已经变得非常习惯于在纳维尔的伴唱声中浏览早上的邮件。但今天纳维尔却按时上班，径直走进他自己的房间，把门严实地关上，并且，如果抽屉的拖拉声算证据的话，马上安定下来，开始工作了。

达芙小姐带着笔记本，穿着她白得耀眼的小圆领进来，罗伯特日常的一天开始了。达芙小姐已经身穿小圆领深色裙子二十年了，要是她没这样穿着的话，就会感觉她一丝不挂似的，几乎就是有伤风化。每天早上都是干净清新的一套，之前的那套已经在头晚洗干净，放好，为明天的穿着做好准备。唯一跳出惯例的日子是星期天。罗伯特曾有一次在一个星期天碰到达芙小姐，完全认不出她来，因为她穿了一件有胸饰的衬衣。

罗伯特一直工作到十点半，然后意识到早餐吃得比平时早，现在需要比办公室的一杯茶更多的养料。他想出去到玫瑰与皇冠酒店喝点咖啡，吃块三明治。在米尔福德，安·波琳的咖啡是最好的，但那儿总是挤满了购物的女性（"很高兴见到你，亲爱的！我们在罗尼的聚会上真的念着你！你听说了……吗"），而那是就算给他所有的巴西咖啡，也不愿意面对的氛围。他想穿过马路到玫瑰与皇冠酒店，之后为弗朗才斯人购买些东西，午饭过后出门，尽量轻描淡写地向她们透露关于《守护者》的坏消息。他不能在电话里说这个，因为她们现在没电话了。拉伯勒的公司已经带着梯子、油灰、坚实的玻璃片来过了，没有大惊小怪，没有一片狼藉，重新安装了窗子。但他们是私人公司，这是理所当然的。邮局，作为政府部门，是以自个儿的考量来处理电话这东西的，并决定它什么时候可以并入庞大的通信体系，因此罗伯特打算用下午的部分时间来告诉夏普们他不能在电话里说的消息。

离吃中午便餐的时间还早，印花棉布和老橡木装修的玫瑰与皇冠酒店厅堂空无一人，除了本·卡利，他正坐在活动翻板桌边靠窗阅读《艾克－爱玛》。罗伯特从来没有喜欢卡利——他暗想，和卡利从来没有喜欢自己差不多——但他们有职业上的联系（人类关系中纽带最坚强的一种），在像米尔福德这么小的地方，这使他俩差不多算是知己了。因此罗伯特顺理成章地在卡利的桌边坐下，同时想起了他还欠卡利一个人情，那个被忽略的关于乡下风气的警告。

卡利放低《艾克－爱玛》，一双与这英国米德兰的安详格格不入，过于活泼的黑眼睛注视着他。"似乎正在退烧，"他说，"今天只有一封信，只是为了凑数。"

"《艾克－爱玛》，是的。但是《守护者》星期五就要发起一场它自己的运动。"

"《守护者》！它爬上《艾克－爱玛》的床想干什么？"

"这不会是第一次。"罗伯特说。

"是啊，我想不会，"卡利说，思考着这个问题，"仔细一想，它们是同一便士的两个面。噢，嗯。你不用担心，《守护者》的总发行量大概两万份，仅此而已。"

"也许。但事实上这两万人中的每一个，都有个在这个国家铁饭碗行政机关里工作的远亲。"

"那又如何？谁曾见过铁饭碗的行政机关动过一根指头，插手他们例行程序之外的任何事业？"

"没有，但他们推卸责任。迟早责任会落在——落在一个——一个——"

"肥沃的地点。"卡利帮忙接下去，故意混淆用词的双重喻义。①

"是的。迟早一些忙人，或者多愁善感者，或者自我中心主义者，闲得无聊，于是想做些什么事，开始暗中操纵。而在行政机关拨弄一根弦，其效果和在西洋镜里拨弄一根弦的效果是一样的。不管情愿与否，全部一系列的人物猛地被拉动起来。杰拉尔德帮托尼的忙，雷吉帮杰拉尔德的忙，如此这般，直到不可预料的结局。"

卡利沉默了一会儿。"可惜，"他说，"正当《艾克－爱玛》减速的时候。再过两天，他们就会永远地弃之不理了。事实上，他们已经比通常设定的时间多出两天了。我从不知道他们刊登一个主题长过三期的。反响一定非常巨大，才能保证这样的篇幅。"

---

① 上文"推卸责任"英文原文为 pass the buck，其中 buck 也有"金钱"的意思，常指不义之财。所以卡利接上文说"（迟早责任／金钱会落在一个）肥沃的地点"，是故意混淆用词的双重喻义。

"是啊。"罗伯特郁闷地同意道。

"当然，这对他们是份礼物。被绑架的女孩惨遭暴打是难得一见的。改改口味，价值远超价格。当你只有三四道菜，像《艾克－爱玛》这样，是很难满足客人的味觉需求的。像弗朗才斯事件这样精美的食品，光在拉伯勒行政区，肯定就已帮他们提升了数千份的发行量。"

"他们的发行量会降下来。这只是一阵潮水。可我不得不处理的是，残留在海滩上的东西。"

"要我说，是尤其臭味熏天的海滩，"卡利评论般地说，"你知道安·波琳隔壁经营运动服店那个戴提升胸罩，头发染成淡紫色的胖金发女人吗？她是你海滩上的残留物之一。"

"怎么会？"

"她似乎曾在伦敦和夏普们住在同一栋寄宿公寓。她有一个关于玛丽恩如何有次在怒火中把条狗打得半死的可爱的故事。她的客人们最喜欢这个故事了。安·波琳的客人们也一样。她去那儿喝早咖啡。"他哭笑不得地瞟了一眼罗伯特脸上气愤的红晕，"我不必告诉你她自己有条狗。这狗被惯坏了，一辈子没规没矩，但它很快就要死于脂肪变性了，因为每当胖金发女人感觉情意绵绵时，就不加选择地喂它碎块食物。"

有那么几个片刻，罗伯特心想，他差点就要拥抱本·卡利、条纹西装及其全部了。

"啊，唔，会吹过去的。"卡利说，引用了一个种族历来信奉的柔韧的哲学：俯下身子，等待暴风雨吹过。

　　罗伯特看起来颇为惊讶。四十代抗争的祖先的惊讶全呈现在他一人身上。"我看不到吹过去有什么好处，"他说，"这根本帮不了我的客户。"

　　"你能做什么？"

　　"斗争，当然。"

　　"争什么？你不会得到一个口头诽谤的裁决，如果这正是你想到的东西的话。"

　　"不，我没想过口头诽谤。我打算挖出这女孩在那几个星期里到底做了什么。"

　　卡利看起来被逗笑的样子。"就这个啊。"他说，轻描淡写地评论这个棘手的难题。

　　"这不容易，可能花光她们的全部所有，但是没有选择。"

　　"她们可以离开这儿。卖掉房子，到别处安身。从现在起一年后，米尔福德地区之外，没有一个人会记得该事件的任何东西。"

　　"她们绝不会那样做；即便她们想，我也不建议她们那样做。你不能尾巴上绑着个易拉罐，却假装它不存在，度过一生。而且，允许那女孩逃脱她天方夜谭般的故事，是难以想象的。这是个原则问题。"

　　"你可能为该死的原则付出高昂的代价。不过我祝你好运，不管怎么说。你考虑私人调查代理人没有？因为如果你有考虑的话，我有一个很好的——"

　　罗伯特说他有了一个代理人，已经在工作了。

对保守的布莱尔／赫伍德／伯尼特律师事务所这一快速的行动，卡利富于表情的脸传递出调皮的祝贺之情。

"警察厅最好朝它的桂冠望一望。"他说。他的双眼越过窗口铅条镶嵌的玻璃，朝街上望去，这时眼中的笑意退去了，变为集中的注意力。他紧盯片刻，然后轻声说："哦！胆子可真大！"

这是一条钦佩而非愤慨的短句，罗伯特转头去看是什么引起了他的钦敬。街对面停着夏普们破旧的老车，奇怪的前轮一眼在望。车后，如女王登基般坐在老位置，带着一如既往对这种交通工具淡淡的抗议表情的，是夏普夫人。车停在食品店外，玛丽恩大概正在里面购物。它应该刚到一会儿，否则卡利之前就会注意到了，但已经有两个跑腿的男孩停下来张望了，带着感官的满足斜靠在自行车上，欣赏这免费的景观。甚至在罗伯特看到这幅场景的当儿，附近商店的人们都在接到口耳相传的消息后聚集到门口。

"真是愚蠢至极！"罗伯特生气地说。

"没什么愚蠢的，"卡利说，眼睛不离画面，"我好希望她们是我的客户。"

他在口袋里摸索零钱给咖啡付账，罗伯特已飞快地离开屋子。他在走到靠近车子这边的人行道时，玛丽恩出来了，走上另一边的人行道。"夏普夫人，"他严厉地说，"做这事真是愚蠢透顶。你们只是在恶化——"

"噢，早上好，布莱尔先生，"她用礼貌的社交腔调说，"你喝早咖啡了吗，或者你愿意陪我们一起去安·波琳？"

"夏普小姐！"他对正在把包装袋放在座位上的玛丽恩恳求地
说，"你应该知道这是在做蠢事。"

"我真的不知道是或不是，"她说，"但这似乎是我们应该做的
事。也许我们独居久了，变得孩子气，但我们发现我俩谁也忘不了
在安·波琳被人躲闪不及的情景，那未经审判就遭受到的谴责。"

"我们因为精神消化不良而痛苦，布莱尔先生。唯一的治疗办
法，就是一根咬过我们的狗身上的狗毛。更确切地说，是一杯朱拉
芜小姐棒极了的咖啡。"

"但这是多么没有必要！所以——"

"我们觉得上午十点半，安·波琳肯定有很多的空位。"夏普夫
人辛辣地说。

"别担心，布莱尔先生，"玛丽恩说，"这只是一个姿态。一旦我
们在安·波琳喝完象征性的咖啡，就再也不会给它的门口抹黑。"她
以特有的风格取笑地表达道。

"但这只是给米尔福德提供一个免费的——"

在他说出那个词之前，玛丽恩接了上来。"米尔福德必须习惯于
我们作为一个景观的存在，"她干巴巴地说，"因为我们已经认定，
完全地生活在四面围墙之内，不是我们可以考虑的事情。"

"但是——"

"他们很快就会习惯于见到魔鬼，又把我们当成理所当然的。如
果你一年看到长颈鹿一次，它仍为景观；如果你每天都看到它，它
就变为风景的一部分。我们打算成为米尔福德风景的一部分。"

"很好，你们打算成为风景的一部分。但现在就为我做一件事。"二楼的窗帘已经被拉到一边，很多张脸显露出来，"放弃安·波琳计划——至少今天放弃它——和我去玫瑰与皇冠喝咖啡。"

"布莱尔先生，和你在玫瑰与皇冠喝咖啡固然好，却不能舒缓我精神消化不良，套用流行的话来说，它'正在杀死我'。"

"夏普小姐，我恳求你。你已经说你意识到你们可能孩子气了，而且——嗯，作为你们的代理人，你们对我负有个人义务，我要求你们不要继续安·波琳计划。"

"这是讹诈。"夏普夫人评论道。

"不管怎样，这是明摆着的，"玛丽恩说，朝他淡淡地微笑，"我们好像要去玫瑰与皇冠喝咖啡了，"她叹息道，"正当我全身紧张地准备表明姿态的时候！"

"哦！胆子可真大！"头顶上传来一个声音。这又是一句卡利的用语，但没有卡利的钦佩之情，而是盛满了愤慨。

"你不能把车留在这儿，"罗伯特说，"除了违反交通法，它实际上是证据甲①。"

"噢，我们没打算把它留在这儿，"玛丽恩说，"我们原打算带它去车行，这样史坦利就能用那里的设备对车内部做些技术活。他非常看不起我们的车，史坦利确实是的。"

"我相信。哦，我和你们一起去，在吸引一大群人而急忙登车之

---

① 法律用语，指当庭首先出示的或主要的证据。

前你们最好上车吧。"

"可怜的布莱尔先生，"玛丽恩说，按下启动器，"在这么多年浑然一体的舒适自在之后，不再是景致的一部分，对你来说一定很可怕。"

她说这话不带恶意——确切地说，她的声音里包含着真挚的同情——行驶过程中，这句话萦绕在他的脑海里，在那儿形成一个小小的、温柔的空间。开进罪孽街时，避让了从马行里永不间断拖沓而出的五匹租用马和一匹小马之后，才得以停在车行幽暗的光线之中。

比尔出来招呼他们，双手在一块油腻的抹布上擦着。"早上好，夏普夫人，很高兴看见你出门。早上好，夏普小姐，你把史坦的前额处理得真好，边缘合起来了，好像和缝起来一样平整。你以前应该是护士。"

"我不是。我对风靡一时的事物没有耐心①。但我应该成为一个外科医生的，在手术台上你不能太过挑挑拣拣。"

史坦利从后面出来，没有理睬现在可以称为密友的两个女人，接手了汽车。"你们什么时候想要这个破烂？"他问。

"一个小时怎么样？"玛丽恩问。

"一年都不行，不过我尽量在一个小时之内做能做的事。"他的眼睛转向罗伯特，"有基尼斯的消息吗？"

"我有巴里·布吉的好消息。"

"胡说，"夏普老夫人说道，"奋力求生的时候，这些甜酒型血统

---

① 指战时护士职业的流行。

的马没一个中用。放弃吧。"

三个男人盯着她，大为惊讶。

"你对赛马感兴趣？"罗伯特不敢相信地说。

"不，我对马肉感兴趣。我兄弟喂养纯种马。"看到他们的表情，她发出干巴巴的刺耳笑声，像极了母鸡的咯咯叫。"你以为我每天下午带着《圣经》去休息，布莱尔先生？或者一本关于巫术的书。不，实际上，我是带着日报的赛马页。史坦利最好省下投在巴里·布吉身上的钱；如果有哪匹马配得上这么恶心的名字，那就是这匹了。"

"那选哪个？"史坦利以一贯的简略用语问。

"他们说马的聪明之处，就是本能地不在人类身上下注。不过要是你非得做赌博这样的蠢事，那你最好赌科明斯基。"

"科明斯基！"史坦利说，"但它六十开外了！"

"要是你愿意，当然可以少输点钱，"她干巴巴地说，"走吗，布莱尔先生？"

"好吧，"史坦说，"就选科明斯基，你占我赌注的十分之一。"

他们走回玫瑰与皇冠。当他们从相对比较隐蔽的罪孽街出现在宽敞的街道上，罗伯特产生一种暴露的感觉，和从前重大空袭后走出来的感觉一样，不宁之夜提起的所有注意力和所有恶意，似乎聚集在他不断缩小的个人身上。因而现在，在初夏明亮的阳光里，他穿过街道，感觉赤身裸体，无处藏身。看到玛丽恩大摇大摆地走在他旁边，如此放松，似乎毫不在乎，他感到羞愧，希望自己的自我意识不要过于明显。他尽力自然地交谈，但想到她总是那么容易洞察他的想法，就感觉没能好好地掩饰自己。

只有一个侍应生正在捡起本·卡利留在桌上的先令，大厅里空无他人。他们围着黑橡木桌上的桂竹香碗就座时，玛丽恩说："你听说我们的窗玻璃重装了吧？"

"听说了，纽塞姆警官昨晚在回家的路上顺便过来告诉了我。活干得很漂亮。"

"你贿赂他们了吗？"夏普夫人问。

"没有。我只是提到这是小流氓们造成的结果。如果你的窗玻璃因为爆炸而没了，那你毫无疑问还是得窗户空空地过日子。爆炸被列为不幸等级，因此是一件需要忍耐的事。但流氓行为是那些必须得到纠正的事情之一，由此你们新的窗玻璃就装上了。我希望一切都像重装窗玻璃一样容易。"

他感觉不到他的声音有什么变化，但玛丽恩仔细地端详着他的脸，说："有新进展吗？"

"恐怕是的。我今天下午出来就是要告诉你们这事。正当《艾克－爱玛》放弃这个话题的时候——今天只有一封信，而且写得比较温和——正当《艾克－爱玛》变得厌倦贝蒂·凯茵的事业时，《守护者》准备将它推进。"

"精益求精！"玛丽恩说，"《守护者》从《艾克－爱玛》垂死的手里夺过火炬，是一幅迷人的图画。"

"爬上《艾克－爱玛》的床。"卡利是这么形容的，不过感想是一样的。

"你在《守护者》的办公室里安插有间谍吗，布莱尔先生？"夏普夫人问道。

"没有，是纳维尔得到的风声。他们准备印出一封他未来岳父，拉伯勒主教大人的信。"

"哈！"夏普夫人说，"托比·伯恩。"

"你认识他？"罗伯特问，觉得她语调的特质如果泼洒在木头上，可以把清漆都剥离下来。

"他和我侄子一块儿去上学，就是我那靠养马为生的兄弟的儿子。托比·伯恩，真的。他还是老样子。"

"我料想你不喜欢他。"

"我并不认识他。他有次和我侄子一同回家度假，但再也没有被邀请回去。"

"哦？"

"他第一次发现马厩伙计要在破晓时分起床，大为惊骇。他说，这是奴隶制，然后他围着伙计们转，鼓动他们为自己的权利起而力争。如果他们联合起来，他说，早上九点之前就不会有一匹马能出马厩。伙计们在此后的好些年都学着他的样子开玩笑；他再也没有被邀请回去。"

"是啊，他没变，"罗伯特同意道，"那以后，从卡菲尔人①到

---

① 对非洲黑人的一种蔑称。

孤儿院，每样事情他都用同样的方式来对待。他对一件事知道得越少，对它的感觉就越强烈。纳维尔认为对这封建议信无计可施，因为主教已经写了，而主教写下的东西，是不能被当作废纸来对待的。可是我不能干坐在那儿，什么事也不做，于是晚饭后我给他打了电话，尽量巧妙委婉地指出，他正在支持一项十分令人生疑的事业，同时对两个可能无辜的人造成伤害。但我或许该省下口舌。他指出《守护者》是为言论自由而存在，暗示我正在阻止这一自由。我最终问他是否赞成处私刑，因为他正在尽最大之力创造一个出来。这是我在看到劝说无望，干脆停止言辞委婉之后说的。"他拿起玛丽恩替他摆上的咖啡杯。"他的前任让五个郡的每个恶棍都闻风丧胆，而且还是个学识渊博的学者，他的接任真是悲哀的倒退。"

"托比·伯恩怎么获得绑腿①的？"夏普夫人疑惑地问。

"我想柯文牌蔓越莓酱在他的转化中起到了不可小觑的作用。"

"啊，是的，他的妻子。我忘了。要糖吗，布莱尔先生？"

"顺便说一下，这是两副弗朗才斯大门的备用钥匙。我想我可以留一副。我认为，另外一副你们最好交给警察，这样他们就可以在乐意的时候四处看看。我还要通知你们，你们现在已经雇用了一个私人代理。"他跟她们介绍了早上八点半出现在门阶上的阿列克·拉姆斯登。

"没有有人认出《艾克－爱玛》的照片，给伦敦警察厅写信的

---

① 绑腿是英国国教主教和副主教日常服装的一部分。

消息？"玛丽恩问，"我把希望寄托在这上面呢。"

"目前还没有。但还是有希望。"

《艾克－爱玛》把它登出来已经有五天了。如果有人认识她，现在也该认出来了。"

"你没有估计散落的部分。事情差不多总是这样发生的。有人展开薯条包装，然后说：'天啊，我在哪里见过这张脸？'或者有人在宾馆里用一捆报纸铺垫抽屉。或者诸如这样的事情。不要失去希望，夏普小姐。在上帝和阿列克·拉姆斯登之间，我们会取得最后的胜利。"

她严肃地看着他。"你真的信这个，是吧？"她像发现新大陆似的说。

"我真的信。"他说。

"你相信善的最终胜利。"

"是的。"

"为什么？"

"我不知道。我想因为其他结果是难以想象的。没有什么东西能比这个更为积极和值得称赞的了。"

"我该对一个未曾给托比·伯恩主教职位的上帝更有信念，"夏普夫人说，"顺便问一句，托比的信什么时候刊登？"

"星期五早上。"

"我等不及了。"夏普夫人说。

第十五章

到星期五下午的时候，罗伯特对善的最终胜利不那么确信了。

倒不是主教的信动摇了他的信念。事实上星期五发生的事大大削弱了主教的力量；如果星期三上午有人告诉罗伯特，他会十分后悔任何意欲挫败主教锐气的行为，他是不会相信的。

主教大人的信一如既往。《守护者》，他说，一贯反对暴力，现在当然不会提倡宽恕这种行为，然而有时候，暴力只是社会深层不安定、愤恨不满、不安全感的表征。比如，像最近发生的纳拉巴德案表现出来的那样。（在纳拉巴德一案中，"不安定、愤恨不满、不安全感"充满两个小偷的胸中，他们的偷窃目标是蛋白石手镯，却没有翻找到，作为报复，杀害了平房里七个仍在床上熟睡的住户。）毫无疑问，要纠正一个显而易见的错误，有时候无产阶级感到多么无助，有些激进分子转而诉诸个人的反抗，也就不足为怪了。（罗伯特想，比尔和史坦利恐难认出星期一晚上在"激进分子"外衣包裹下的那些粗蛮之人；而他认为的"个人的反抗"，相对于弗朗才斯一楼的满地碎片，有点轻描淡写了。）该为不安定担责的人（《守护者》对婉语的使用有种热情：不安定的，弱势的，落后的，不幸的。而世界上其余的人的用语是：暴力的，贫困的，智残的和娼妓的。现在他认识到，《艾克－爱玛》和《守护者》有一个共同之处，那就是它们相信，所有的妓女都是拥有金子般心灵的误入歧途的女子）——该为不安定担责的人，不是那些或许被误导，正当地展示他们内心愤恨的人，而是软弱、无能、缺乏热忱的权力机构，导致了一个弃案的不公。公正不仅需要得以执行，而且需要被昭示得以执行，这是英国历史遗产的一部分；而达到这一目的的场所，就是公开审理的法庭。

"让警察浪费时间准备一个他们预定要失败的案子，他认为这对谁有好处呢？"罗伯特问正在他肩后读信的纳维尔。

"这对我们大有好处，"纳维尔说，"他好像没有想到这一点。如果地方法官驳回案子，那将不可避免地暗示了他可怜的身带瘀伤的宝贝儿是在撒谎，对吧！你想到瘀伤了吗？"

"没有。"

瘀伤来到结尾部分。这个年轻无罪的女孩的"可怜的带伤的身体"，主教大人说，是对无力保护她，现在又无力证明她的无辜的法律的哭诉。这个案子的整个处理方式，正是要求最详尽的审查的那种。

"今天上午这东西肯定会让警察厅非常高兴。"罗伯特说。

"今天下午。"纳维尔修正道。

"为什么今天下午？"

"警察厅没人会读像《守护者》这样捏造事实的刊物。他们不会看到它，直到今天下午有人给他们送过去。"

但事实证明，他们看到了它。格兰特在火车上已经阅读了它。他从书摊上挑中了它和其他三本刊物：不是出于自我选择，而是因为在它和其他花花绿绿浴美人封面的刊物之间，它是一个选项。

罗伯特离开办公室，带了一份《守护者》，连同那天早上的《艾克－爱玛》一起，出门去弗朗才斯。《艾克－爱玛》不再对弗朗才斯事件感兴趣，是相当肯定的了，因为自星期三最后那封写得克制和缓的信件以来，它已经停止提及这事。天气很好，弗朗才斯庭院的草绿得不合情理，房子污白的前身被太阳美化成优雅的假象，从玫瑰色的砖墙反射过来的光弥漫在破旧的会客室，给它带来一种微笑的温暖。他们三个坐在那儿，心满意足。《艾克－爱玛》已经结束了当众暴露她们；主教的信毕竟不像可能的那么糟糕；阿列克·拉姆斯登正在拉伯勒为她们忙碌，无可置疑地迟早会发现拯救她们的线索；浅短的夜晚随着夏天到来了；史坦利证明了自己是个"大好人"；她们昨天第二次去了米尔福德，停留了一阵，实施变为风景的一部分的计划，在领受瞪眼、怒目而视、某些落入耳朵的议论之外，没有横生什么额外的枝节。总而言之，小聚的感觉是不幸中的万幸，整个事情可能更糟呢。

"这能产生多少影响？"夏普夫人问罗伯特，皮包骨的食指戳着《守护者》的通信页。

"不会太多，我想。我的理解是，即便在《守护者》的小圈子里，他们现在对主教也有点侧目而视了。他在玛哈尼事件中大获全胜，并没有给他带来什么好处。"

"谁是玛哈尼？"玛丽恩问。

"你已经忘了玛哈尼？他是爱尔兰'爱国者'，在英国一条繁忙的街道上，在一个妇女的自行车篮里，放了一颗炸弹，把四个人炸成碎片，包括后来通过其婚戒确定身份的那个妇女。主教认为玛哈尼纯粹是受到误导，不算杀人犯；他不过是代表受压迫的少数人而斗争——爱尔兰人，信不信由你——我们不该让他深受折磨。这即便对《守护者》的胃口的承受力来说，也有点过头了，我听说，自那以后，主教失去了往日的威望。"

"这是不是很令人震惊，人们多么容易忘记与己无关的事情。"玛丽恩说，"他们绞死玛哈尼了吗？"

"绞死了，我很高兴地说——他对这个结果感到非常痛苦和惊讶。他这么多的前辈已经受益于不该让人受难的呼吁，以至于他们的脑海中已经停止认知，谋杀是一种危险的交易。它很快变得和银行一样安全。"

"说到银行，"夏普夫人说，"我想如果让你明了我们的财务状况，那是最好的，因此你该和在伦敦的克罗尔老先生的律师联系，他们管理我们的事务。我会给他们写信解释你可获取全部细目，这样你就知道我们花了多少，还有多少可花。你可通过信件往来，安排钱的使用，以维护我们良好的名声。这完全不是我们原计划的花钱方式。"

"让我们心存感激吧，我们还有钱花，"玛丽恩说，"身陷像这样的案子，一个身无分文的人能做什么？"

坦率地说，罗伯特真不知道。

他要了克罗尔的律师的地址，回家和林婶共进午餐，感到比自上星期五在比尔的桌上第一次看到《艾克－爱玛》首页以来的任何时候都开心。他的感受，如同一个在雷电交加的暴风雨中的人的感受，雷声正当头的时候停止了。暴风雨仍将继续，可能仍然令人非常不快，但你可以通过它看到一个未来，而片刻之前，什么都没有，只有糟透了的"现在"。

甚至林婶似乎都暂时忘掉了弗朗才斯，达到了她糊涂和可爱的极点——满脑子全是为在萨斯喀彻温省的莉蒂思的双胞胎购买的生日礼物。她准备了他最喜欢的午餐——冷火腿、煮土豆，以及浓稠奶油的苹果布丁——随着时间一点点滑过，他发觉越来越难以意识到这是他曾经畏惧的星期五上午，因为它是《守护者》发起抵抗她们的运动的开端。他觉得拉伯勒主教似乎正是莉蒂思的丈夫过去常说的"一个虎头蛇尾的人"。现在他无法想象自己为何在他身上白费心思。

在这样的心境中他回到办公室。就是在这样的心境中，他拿起话筒，接听哈莱姆的电话。

"布莱尔先生？"哈莱姆说，"我在玫瑰与皇冠酒店。恐怕我要告诉你坏消息了。格兰特探长在这儿。"

"在玫瑰与皇冠酒店？"

"是的。他有一个令状。"

罗伯特的大脑停止了运转。"搜查令？"他蠢蠢地问道。

"不是，是逮捕令。"

"不！"

"恐怕是这样。"

"可他不能有的！"

"我料到你会有点震惊。我得承认我自己也没想到。"

"你的意思是他设法得到了一个证人——一个确凿的证人？"

"他有两个。这案子用彩带缝上并系好了。"

"难以置信。"

"你能过来吗，或者我们去你那儿？我猜你想和我们一块儿去。"

"但是去哪儿？哦，是的。好的，我当然会。我现在就去玫瑰与皇冠。你们在哪儿？大厅？"

"不是，在格兰特的卧室。五号。临街带平开窗的那间——在酒吧上面。"

"好的。我直接过去。我说！"

"什么事？"

"两人一起的逮捕令？"

"是的。两人一起。"

"好的。谢谢。我马上到。"

他坐了片刻，喘口气，定定神。纳维尔有事出门了，但纳维尔任何时候都不是强有力的精神支撑。他起身，取了帽子，走到"办公室"门口。

"赫舍尔苔因先生。"他以有年轻职员在场时一贯使用的礼貌客套的方式说道；老人家随他进入门厅，出到洒满阳光的门口。

"提米，"罗伯特说，"我们有麻烦了。格兰特探长带着令状从总部来这儿了，要逮捕弗朗才斯那些人。"即便说这些话的当儿，他都不能相信这事儿真的发生了。

显而易见，赫舍尔苔因老先生也不能。他无语地双目直瞪，浅色的老眼满是惊恐。

"这有点震惊，对吧，提米？"他不该指望从年迈体弱的职员这里得到支撑的。

然而尽管震惊、体弱，并且年迈，赫舍尔苔因先生不愧是个法律工作者，支撑随即到来了。一辈子在原则方案里摸爬滚打，他的思维自动地对该状况的法律字眼做出了反应。

"逮捕令，"他说，"为什么是逮捕令？"

"因为没有逮捕令，他们就不能逮捕任何人。"罗伯特有点不耐烦地说。老提米是不是老掉牙了？

"我不是那个意思。我的意思是，她们被控的是行为不端，不是重罪。他们肯定可以传讯出庭的，罗伯特先生？他们不需要逮捕她们，对不对？不该因行为不端而逮捕她们。"

罗伯特没想到这一点。"传讯出庭，"他说，"对啊，为什么不？当然，如果他们想逮捕她们，也没有什么东西可以阻拦。"

"可是为什么他们会想？像夏普们这样的人是不会逃走的。她们等待出庭的这段时间，也不会造成更进一步的祸害。谁签发的令状，他们说了吗？"

"没有，他们没说。太感谢了，提米，你一直像烈酒一样棒。我现在得去玫瑰与皇冠了——格兰特探长和哈莱姆在那儿——去面对不快的局面。没办法预告弗朗才斯了，因为她们没有电话。我只好去那儿，看格兰特和哈莱姆的表现，随机而动了。就在今早，我们开始看到曙光，我们是那么认为的。纳维尔回来时，你或许可以告诉他，好吧？别让他做任何傻事或冲动行事。"

"罗伯特先生，你很清楚，我向来阻拦不了纳维尔做他想做的事。不过在我看来，上星期他似乎一直令人惊讶地清醒。我的意思是，打个比喻。"

"愿它长久。"罗伯特说，走进铺满阳光的街道。

正是玫瑰与皇冠下午沉闷的时段，他穿过大厅，走上宽浅的楼梯，没遇到任何人，敲响了五号门。格兰特，一如既往地镇静和礼貌，让他进门。哈莱姆稍带不快之色，正斜靠在窗前的梳妆台上。

"我理解你没有料到这个，布莱尔先生。"格兰特说。

"是啊，没料到。坦率地说，我大感震惊。"

"请坐，"格兰特说，"我不想催促你。"

"哈莱姆巡警说，你有了新证据。"

"是的，我们认为是具有决定性的证据。"

"我能知道是什么吗？"

"当然。有个男人看到贝蒂·凯茵在巴士站被那辆车接走——"

"是一辆车。"罗伯特说。

"是的，可以说是一辆车——但其描述和夏普们的那辆相符。"

"和英国境内另外一万辆车也相符。还有呢？"

"那个曾一星期去一次弗朗才斯帮忙搞清洁的农场姑娘，将起誓她听到从阁楼那里传来尖叫。"

"曾一星期去一次？难道她不再去了吗？"

"自凯茵事件变为大家的谈资之后，就不再去了。"

"明白了。"

"就其本身来说，不算很有价值的证据，但作为女孩的故事的佐证，极具价值。比如，她确实错过了拉伯勒—伦敦的长途客车。我们的证人说车从他旁边经过，开到约半英里远的路上停下。很快，当他走到看得见巴士站的地方时，那女孩正等在那儿。那是一条长而直的道路，经过缅因絮尔去伦敦的主路——"

"我知道。我知道这条路。"

"好的。嗯，当他离女孩还有一些距离的时候，他看到车停在她旁边，看到她上车，还看到她被载走了。"

"但没看到谁开车？"

"没看到。太远了，看不见。"

"还有这个农场姑娘——她是自动提供有关尖叫的消息的吗？"

"对我们，没有。她对她的朋友说到这事，我们是闻风而动，发现她是相当乐意宣誓，重复同样的故事。"

"她对她的朋友们说到这事，是在贝蒂·凯茵的劫持消息传播开来之前吗？"

"是的。"

这出人意料，罗伯特的身子不由自主地向后仰。如果这确实是真的——那姑娘在夏普们因惹上麻烦而产生任何问题之前就提到尖叫——那么证据就是毁灭性的。罗伯特站起来，不安地走到窗边，又走回来。他嫉妒地想到本·卡利。本不会像他厌恶这种状况一样厌恶它，感觉无能和迷失。本会如鱼得水，以难题为乐，怀抱智胜既成权威的希望。罗伯特依稀地意识到，自己对既成权威深植的尊重，对他是一种障碍，而非优点；他需要一些本生来就拥有的信念，那就是，权威的存在就是用来规避的。

"嗯，谢谢你的坦率，"他终于说道，"现在，我不是要减轻你指控这些人犯下的罪行，但它是小罪，而非重罪，所以为何是逮捕令？而传讯出庭肯定非常符合这个案情？"

"传讯出庭当然合乎程序，"格兰特舒缓地说，"但对于罪行重大的案子——我的上司认为眼下这个很重大——可以签发逮捕令。"

罗伯特情不自禁地想，《艾克－爱玛》搅乱公众的视听，对警察厅的冷静判断造成了多大的影响。他看到格兰特的眼睛，知道格兰特已经明了他的想法。

"那女孩失踪了一整个月——全部的日子，除一两天外，"格兰特说，"还被非常故意地打得很厉害。这不是一个可以轻松对待的案子。"

"可是你逮捕她们有什么益处？"罗伯特问道，记起了赫舍尔苔因先生的讲法。"这些人不会不出庭回应指控,这是毫无疑问的。在这期间,她们不会犯类似的罪行,也是毫无疑问的。顺便问一句,你想要她们什么时候出庭?"

"我打算星期一将她们告上警察法庭。"

"那我建议你对她们采取传讯出庭的方式。"

"我的上司已经签发了逮捕令。"格兰特不带感情地说。

"可是你可以有自己的判断。比如,你的上司可能对当地的情况不了解。如果弗朗才斯没人居住,一个星期后它将成为废墟一堆。你的上司想到这一点了吗?而且如果你逮捕这些女人,你只能让她们在押候审到星期一,那时候我会要求保释。只是为了逮捕的姿态,冒着弗朗才斯被流氓行为毁坏的危险,似为憾事。我也知道哈莱姆巡警没有多余的人力来保护它。"

这左右夹击的一番话使他们两个都停顿下来。在英国人的灵魂深处,对房产的尊重有多么地根深蒂固,真是令人惊奇;提到房子可能被毁,格兰特的脸第一次发生了变化。罗伯特没想到自己竟会对那些粗蛮的破坏者投去善意的一念,他们给他提供了先例,因而使他的论点有据可依。至于哈莱姆,除了他有限的人力外,是相当不愿意展望自己管辖的地区发生新的流氓行为,需要追查新的肇事者的。

长长的停顿当中,哈莱姆试探性地说:"布莱尔先生的话有点道理。乡下的情绪是很强烈的,如果房子留空,他们不去动它,我表示怀疑,尤其是假如逮捕的消息传开的话。"

说服格兰特用了差不多半小时，然而，在这件事情上，格兰特因某种原因带有个人情绪，罗伯特想不出是什么，或者为何存在。

"嗯，"探长终于说道，"你不需要我来做传讯出庭的事。"说得好像一个外科医生被要求破开一个疖子般地充满鄙视，罗伯特感到好笑地想，大松口气。"我把这事留给哈莱姆处理，我要回城了。但星期一我会到庭。我知道地方法庭马上要开，所以如果我们免去取保候审，案子就能直接到地方法庭。你认为，到星期一的时候，你能准备好你的辩护吗？"

"探长，就我的客户现有的所有辩词来说，我们可以在下午茶之前就准备好。"罗伯特挖苦地说。

令他惊讶的是，格兰特转过身对着他，展开了一副比平常更为灿烂的笑容，而且是非常善意的。"布莱尔先生，"他说，"今天下午你已经让我放弃了逮捕，但我不因此而记恨你。相反，我认为你的客户在诉状律师方面，比她们配得到的要幸运。我祈望在律师方面，她们没有这么幸运！否则，我都觉得自己要被说动去投她们一张赞成票了。"

因而，罗伯特去弗朗才斯的时候，情况并不是"看格兰特和哈莱姆的表现，随机而动"；根本就没有逮捕令。他乘坐哈莱姆那辆熟悉的车出了门，一纸传讯出庭文书伸出车扶手盒。想到她们逃过一劫，他欣慰地想吐，想到刚才的困境，他犹带余悸。

"格兰特探长似乎对执行那张令状有种很私人化的兴趣，"当他们一起走的时候他对哈莱姆说，"你认为，是因为《艾克－爱玛》

一直刺痛着他吗？"

"噢，不是的，"哈莱姆说，"人类可以多么淡漠，格兰特对那类事就可以有多么淡漠。"

"那为什么？"

"嗯，我相信——仅限于我俩之间——他不能原谅她们糊弄他。我指的是夏普们。他在警察厅以对人的准确判断而出名，你知道的；再次仅限于我俩之间，他并没有多关心凯茵那个女孩或者她的故事；撇开所有的证据，当他亲自见到弗朗才斯那些人时，他更不喜欢她们了。现在他认为自己被蒙蔽了，就不可能处之平常。我可以想见，在她们的会客室拿出逮捕令，能给他带来极大的快乐。"

当他们在弗朗才斯大门停下，罗伯特拿出钥匙时，哈莱姆说："如果你把两边门都打开，我可以开进去，哪怕逗留的时间很短。没必要为我们在这儿打广告。"罗伯特推开两扇结实的铁门，想到电影里警察到访时，女演员们说"你们警察真厉害"，她们连这话的一半意思都没搞清楚。他回到车里，哈莱姆开上短直的车道，绕着环道到达门口。罗伯特下车时，玛丽恩正好从房角走来，戴着园艺手套，穿着一条很旧的裙子。她前额被风吹起的那些头发，从浓黑的东西变为一团轻烟。初夏的太阳晒黑了她的皮肤，她比任何时候更像一个吉卜赛人了。未料到罗伯特会来，她来不及掩饰表情，看到他，她的整张脸绽放出光彩，这让罗伯特的心都翻转了。

"真好！"她说。"母亲还在休息，但她很快就会下来，我们可以一起喝茶。我——"她的目光扫到哈莱姆，声音迟疑地打住了。

"下午好，巡警。"

"下午好，夏普小姐。对不起，打断你母亲的休息，但也许你该叫她下来。事关重大。"

她停顿片刻，然后领他们进屋。"好的，当然。有些什么——新的进展吗？进来，请坐。"她领他们进入现在他已经十分熟悉的会客室——可爱的镜子，可怕的壁炉，珠饰的椅子，优质的"物件"，褪色成脏污灰色的老旧的粉红色地毯——站在那儿，搜索他们的脸，揣测空气里新的威胁。

"是什么？"她问罗伯特。

但哈莱姆说："我想如果你去叫夏普夫人过来，我同时告诉你们两个，这样更容易点。""是的。好，当然。"她同意道，转身要走。然而没有必要去，夏普夫人走进屋子，很像上次哈莱姆和罗伯特一块儿在这里的情景：几缕被枕头推起的短银发竖立着，海鸥般的双眼目光炯炯，带着探寻的神气。

"只有两类人，"她说，"乘坐无声的汽车到达。百万富翁和警察。因为我们在前者中没有熟人——而后者中的熟人正在扩展——我推断我们的一些熟人来了。"

"我恐怕比往常还不受欢迎，夏普夫人。我来传达要求你和夏普小姐出庭的消息。"

"传讯出庭？"玛丽恩迷惑地说。

"一纸要求你们星期一上午出庭警察法庭的文书，回答一项劫持和人身攻击的指控。"很明显，哈莱姆不怎么高兴。

"我不信，"玛丽恩慢慢地说，"我不信。你的意思是，你们指控我们这件事？"

"是的，夏普小姐。"

"但如何指控？为什么是现在？"她转向罗伯特。

"警察认为他们有了他们需要的确凿的证据。"罗伯特说。

"什么证据？"夏普夫人问，第一次有了反应。

"我认为最好让哈莱姆巡警给你们两个传达出庭的文书，他走之后我们可以从容地讨论形势。"

"你的意思是，我们不得不接受？"玛丽恩说，"出席公众法庭——我母亲也要——去回答一个——去被指控像那样一件事？"

"恐怕没有选择。"

她似乎半是被他简短的回答吓着了，半是对他统领全局能力不足感到怨恨。而哈莱姆，当他把文书递交给她时，似乎感受到了这份恨意，轮到他来憎恶它了。

"我想我该告诉你，免得他不说，要不是布莱尔先生，这就不只是传讯出庭，而是逮捕令了。今晚你们就会睡在单人牢房里，而不是自己的床上。不用麻烦了，夏普小姐：我自己出门。"

罗伯特看着他离开，记起他第一次出现在这屋子里，夏普夫人是如何地冷落他，心想，现在得分扳平了。

"那是真的吗？"夏普夫人问。

"完全真实，"罗伯特说，然后告诉她们格兰特到来逮捕她们的事，"但不用谢我助你们逃脱：该感谢办公室的赫舍尔苔因老先生。"

他描述了一番老职员的头脑是如何自动对法律种类的刺激做出反应的。

"他们认为他们有了的新证据是什么？"

"他们的确有了，"罗伯特干巴巴地说，"没有什么可想的。"他告诉她们女孩在经过缅因絮尔的伦敦路上被人接走了。"这正好证实了我们一向怀疑的：当她离开切里尔街，貌似在回家的路上，其实她是在赴约。但另外一则消息严重得多。你告诉过我一次，你有一个女人——一个姑娘——从农场过来，一星期来一次，为你们做清洁。"

"罗斯·格林，是的。"

"我理解为自流言蜚语传开以后，她就不再来了。"

"自流言蜚语——？你的意思是，贝蒂·凯茵的故事？噢，在那曝光之前，她就被辞掉了。"

"辞掉？"罗伯特激烈地说。

"是的。你怎么这么惊讶？以我们的经历，辞掉家政工人不是难以预料的事。"

"是的，但在这个案子里，它可能说明很多。你们因什么事辞掉她？"

"偷窃。"夏普老夫人说。

"如果钱包随便放，她总是从里面拿走一两先令，"玛丽恩补充道，"可是因为我们太需要帮手了，我们装作没看见，把钱包收好。还有任何可拿走的小东西，像长筒袜之类。然后她顺走了我戴了二十年的手表。我脱掉手表，去洗些东西——肥皂泡会升到手臂上，你知道——当我回来找表的时候，它已经不见了。我问她表呢，但她当然'没见到它'。这太过分了。那表是我生命的一部分，和我的头发或指甲是我的一部分一样。表再也没有找到，因为我们根本没有证据表明她拿走了它。但她走以后，我们仔细讨论了这事，第二天早上我们走去农场，只是提到我们不再需要她了。那是一个星期二——她总是星期一过来——那天下午我母亲上去休息之后，格兰特探长来了，贝蒂·凯茵待在车里。"

"我知道了。你们在农场告诉那姑娘她被辞掉的时候，有其他人在场吗？"

"我不记得了。我想没有。她不属于农场——我指的是，斯特普尔斯农场；他们是令人愉快的一些人。她是一个劳工的女儿。就我所记得的，我们在他们的小屋外见到她，只是顺带提到那事。"

"她如何接受的？"

"她满脸通红，有点怒气冲冲。"

"她的脸变得像甜菜根一样通红，像雄火鸡一样愤怒，"夏普夫人说，"你为什么问这个？"

"因为她将起誓说当她在这儿工作的时候，她听到你们的阁楼传来尖叫声。"

"她真的会。"夏普夫人沉思地说。

"更糟糕的是，有证据表明她提到尖叫声，是在贝蒂·凯茵这事的任何谣传之前。"

这话引起一阵沉默。罗伯特再次意识到这房子有多么地安静，多么地死寂，甚至壁炉台上的法国时钟都是无声的。窗口的窗帘在一阵风的吹动下，朝内扬起，又静无声息地落回原处，好像是在电影里飘动一样。

"这，"玛丽恩终于说道，"就是所谓的飞来横祸。"

"是的。绝对是。"

"对你也是飞来横祸。"

"对我们来说，是的。"

"我的意思不是指职业上的。"

"不是? 那怎么讲? "

"你要面对我们一直在撒谎的可能性。"

"真是的，玛丽恩! "他不耐烦地说，第一次直呼其名，而且没注意到这一点。"如果我要面对什么，那就是在你们和罗斯·格林的朋友们的话之间做出选择。"

但她看起来没在听。"我希望，"她激动地说，"噢，我多么希望我们有一个小小的，只要一个小小的证据，有利于我们这边! 她逃脱了——那女孩侥幸逃脱了每一个惩罚，每一个。我们不断地说'这不是真的'，但我们毫无办法出示这不是真的。全是负面的。全是模棱两可的。全是无效的否认。事情联合起来支持她的谎言，却没发生什么事来帮助证明我们在讲真话。没有! "

"坐下来，玛丽恩，"她的母亲说，"耍性子于事无补。"

"我可以杀了那女孩，我可以杀了她。我的上帝，我可以连续一年每天折磨她两次，然后从元旦那天又重新开始。每当想到她对我们做过的事，我——"

"那就别想，"罗伯特插进来，"换过来想想她在公开法庭上名誉扫地的那一天。如果我对人性有所了解，那对凯茵小姐的伤害，将比某人打了她还要厉害得多。"

"你还相信那有可能？"玛丽恩怀疑地说。

"是的。我不太清楚如何使其发生，但我们要使其发生，我真的相信。"

"在我们没有一个微小的证据，一个也没有，而证据只是——只是为她百花齐放的情况下？"

"是的，即便那时。"

"这是与生俱来的乐观主义精神，布莱尔先生，"夏普夫人问，"还是你天然的善行必胜的信念，还是什么？"

"我不知道。我认为真相有它自己的有效性。"

"德莱福斯①没有发现它很有效，斯莱特②也没有，还有一些有记录的人也没有。"她干巴巴地说。

"他们最终得到了。"

"唔，坦率地说，我不期盼一辈子身陷囹圄，等待真相演示其有效性。"

"我不相信这事会走到那个地步。我指的是，监狱。你们星期一得出庭，因为我们没有充分的辩解证据，你们毫无疑问将被安排去

① 德莱福斯（1859—1935），法国炮兵军官，法国历史上著名冤案"德莱福斯案件"的受害者。
② 斯莱特（1872—1948），苏格兰审判不公的牺牲者。

审判。但我们将要求保释，这意味着你们可以继续待在这儿，直到在诺顿的地方法庭开庭。在那之前，我希望阿列克·拉姆斯登已经获得女孩的踪迹。记住，我们甚至不需要知道她那个月其余时间在做什么。我们所要出示的，是她所说你们搭载她的那个日子做的一些事。拿掉第一步的一小块，她的整个故事就轰然倒塌。而当众拿掉它，是我的追求。"

"去当众揭穿她，正如《艾克－爱玛》揭露我们一般？你认为她会在意吗？"玛丽恩说，"像我们在意一样在意？"

"已经成为报纸上轰动新闻里的女主角，更不用说是一个充满爱心和同情心的家庭宠爱的中心，然后在众目睽睽之下被发现是个撒谎者、骗子和恶意中伤的人？我想她会在意的。有件事她会尤其在意。她冒险行为的一个结果是重新获得了列斯里·韦恩的注意力，当他订婚的时候她失去的那份注意力。只要她是个委屈的女主角，她就能确保那份注意力；一旦我们让她丢脸，她就永远失去它了。"

"我从未想过会看见，人类善意的奶汁如此凝结于你纤弱的静脉，布莱尔先生。"夏普夫人评价道。

"如果她因为那男孩的订婚而一反常态——她很有这个可能——我只会对她感到同情。她处于一个不稳定的年纪，他的订婚对她肯定是个打击。但我不认为那和这事有太大关联。我认为她是她母亲的女儿，纯粹有点过早地在她母亲走过的道路上启程了。自私、放纵、贪婪、花言巧语，和她身上流淌的血液一样。现在我得走了。我说过如果拉姆斯登想打电话汇报的话，我会五点之后在家。我也想给凯文·麦克德莫特打电话，在律师和一些事情方面得到帮助。"

"恐怕我们——确切地说，我——对这事表现得相当无礼，"玛丽恩说，"你为我们已经，而且正在，做很多事情。不过它是这么惊人的消息，完全出乎意料，从天而降。你一定得原谅我，如果——"

"没什么需要原谅的。我认为你们两个都承受得很好。你们有人替换那个不诚实、准备做伪证的罗斯了吗？这么大的地方，你们无法完全由自己侍弄。"

"哦，本地没人会来，这是当然的。但史坦利——没有史坦利我们能做什么？——史坦利认识拉伯勒的一个女人，她可能有兴趣一星期坐巴士过来一次。你知道，当我受不了那女孩在脑子里不断萦回的时候，我便想到史坦利。"

"是啊，"罗伯特微笑着说，"社会中坚。"

"他甚至教我怎么做饭。我现在懂得如何在煎锅里翻鸡蛋而不弄破它们了。'你非得好像在指挥交响乐那样摆弄它们吗？'他以'D'音①问我。当我问他是如何做到如此手指灵巧的，他说就把它当成'在两英尺的临时营帐里做饭'好了。"

"你怎么回米尔福德？"夏普夫人问。

"从拉伯勒过来的下午的巴士会把我载走。我想，你们电话修理的事没消息吧？"

---

① 指 C 大调音阶中的第二音 D 音。英文一般疑问句过去式亦以 D 开头。这里指戏弄的口吻。

两个女人都把这个问题当作评论而非询问。夏普夫人在会客室和他道别，而玛丽恩送他到大门口。当他们穿过被分叉的车道围着的圆形草地时，他评论道："你没有一个大家庭，是件好事，否则穿过草地到大门就会有一条坑坑洼洼的小径了。"

"这是事实，"她看着不平的草地上一条颜色更深的线路说道，"绕着那不必要的曲线走，超乎人性。"

闲扯，他心想；闲扯。空洞的话语掩饰了严峻的形势。关于真相的有效性，他听起来很勇敢，挺不错，但有多少只是听起来而已？拉姆斯登为星期一的法庭及时发现证据的几率是多少？及时为地方法庭的呢？希望渺茫，对吧？他最好变得习惯这个想法。

五点半，拉姆斯登按承诺打来电话，向他汇报；报告是毫无结果。当然，他找的是这女孩；那个男人不是米尔福德的居民，因此根本没有他的信息。可他却无处可寻她的蛛丝马迹。他的手下人手一份照片复制件，拿着它问遍了机场、火车终点站、旅行社，更为重点的是旅馆。没人声称见过她。他自己梳理了拉伯勒地区，稍微值得庆贺的是，他拿到的照片至少容易辨认，因为在贝蒂·凯茵实际去过的地方，它立即被指认了。比如，在两个主要的影院——根据售票员的信息，她总是独自去那儿——还有巴士总站的女士衣帽间。他去大大小小的车行问过，但一无所获。

"是的，"罗伯特说，"他是在经过缅因絮尔的伦敦路巴士点接走她的。她通常去那儿搭乘回家的长途客车。"他告诉拉姆斯登新的情况，"所以现在事情真的很紧急了。她们星期一被传唤出庭。要是我们能证明她第一个晚上做的事就好了，那将会把她的整个故事一举击碎。"

"它是什么样的车？"拉姆斯登问。

罗伯特做了描述，电话里听到拉姆斯登叹了口气。

"是啊，"罗伯特同意道，"从伦敦到卡莱尔①大约有一万辆这样的车。嗯，我把这留给你了。我想给凯文·麦克德莫特打电话，告诉他我们的困境。"

凯文不在事务所，也不在圣保罗的公寓，罗伯特一路追踪，终于在他韦布里奇附近的家里找到他。他听起来轻松愉悦，当听到警察已经获得证据时，立刻专心起来。罗伯特把故事一股脑儿倒出来，他只言未发地听着。

"所以你看，凯文，"罗伯特收尾了，"我们陷入了可怕的困境。"

"在校男生的说法，"凯文说，"不过十分准确。我的建议是'出让'警察法庭，集中精力于地方法庭。"

"凯文，你不能来过周末，让我和你讨论这事吗？林婶昨天还说，自你上次来这过夜，已经六年了，不管怎么说，你都超期了。好吗？"

"我已经答应肖恩星期天带他去纽伯里挑选一匹小马了。"

"可你不能推后吗？我相信肖恩要是知道这是一件善事，他不会在意的。"

----

① 英格兰西北部城市。

"肖恩，"溺爱的父亲说，"对他自己眼前的利益没有好处的任何东西，他是从来没有一丁点儿兴趣的。有其父必有其子。如果我来的话，你会把我介绍给你的女巫们吗？"

"当然。"

"克里斯蒂娜会给我做黄油馅饼吗？"

"毫无疑问。"

"我能住在有羊毛文本的那间房吗？"

"凯文，你会来？"

"哦，真是该死无聊的乡下，米尔福德，除了冬天。"——这涉及打猎，凯文只从马背上看待乡下——"我盼望一个在丘陵地骑行的星期天。但女巫、黄油馅饼、有羊毛文本的卧室全部加起来，也是不小的奖品。"

他准备挂断的时候，凯文停顿了一下，说："喂，我说，罗伯？"

"什么事？"罗伯特说，等着。

"你想过警察是对的的可能性吗？"

"你的意思是，那女孩荒谬的故事可能是真的？"

"是的。你要不要在脑子里记住——作为一种可能性，我指的是？"

"如果是那样，我就不该——"罗伯特开始气急败坏，然后笑起来。"过来会会她们。"他说。

"我来，我来。"凯文向他保证，然后挂了。

罗伯特打电话去车行，比尔接的电话，问史坦利是不是还在那儿。

"真奇怪，你竟然在那边听不到他。"比尔说。

"怎么啦？"

"我们一直在设法把那匹马特·埃利斯的棕红色小马从检修洞里解救出来。你找史坦？"

"不用和他说话。你能不能叫他今晚路过这里时给夏普夫人带张便条？"

"好的，当然可以。我说，布莱尔先生，弗朗才斯事件有新麻烦了，是不是真的——或者我该不该多问呢？"

米尔福德！罗伯特想。他们怎么做到的？一种消息花粉随风扩散？

"是的，恐怕是有了，"他说，"他今晚过去时，我想她们会告诉史坦利的。让他别忘了便条，好吗？"

"不会的，没关系。"

他写给弗朗才斯，说凯文·麦克德莫特星期六晚上过来，他能不能在他回城之前，星期天下午带他去见她们？

第十六章

"凯文·麦克德莫特来乡下，非得看起来像个兜售东西的人吗？"第二天晚上，当他和罗伯特等着客人沐浴完毕，下来就餐的时候，纳维尔问。

凯文身着乡下的服装实际上看起来像什么，罗伯特思量着，是相当不伦不类的针织衫运动鞋，适合更小型的聚会，不过他忍着没对纳维尔说出来。想到纳维尔过去几年惊骇乡野的装束，他觉得纳维尔没有资格批评任何人的品味。纳维尔身穿一套样式简单，最无可挑剔的正统深灰色西装出席晚宴，似乎认为他新近的随大流态度，可以使他随便忘了他那刚刚过去的实验主义。

"我想克里斯蒂娜正沉浸于和平时一样的感情泡沫里？"

"我所能够判断出来的，是蛋清泡沫。"

克里斯蒂娜把凯文当成"撒旦本人"，并且崇拜他。他魔鬼般的气质不是来自长相——虽然凯文确实看起来有点像撒旦——而是来自他"仅以言辞之胜便捍卫了坏家伙们"。她崇拜他，因为他长相俊美，是个可被教化的罪人，还因为他称赞她的烘烤水平。

"那么，我希望是蛋奶酥，而不是糕饼那类东西。你认为麦克德莫特会被哄来在地方法庭为她们辩护吗？"

"我认为他太忙了，哪怕他有兴趣，也顾不上这个。但我希望他的一个打杂会来。"

"得到麦克德莫特的特别指导。"

"正是这个想法。"

"我真不明白为何烦劳玛丽恩招待麦克德莫特午餐。他意识到她得准备、清理、洗刷每一样东西，还不算一整天要进进出出那间陈旧的厨房，把这些东西搬来搬去吗？"

"他去和她们共进午餐，是玛丽恩自己的主意。我想她认为额外的麻烦是值得的。"

"噢，你总是对凯文着迷，你就是不懂如何开始欣赏像玛丽恩这样的女人。这是——这是令人憎恶的，像那样一个女人，把生命力浪费在无聊的家务杂事上。她该在丛林里开路，或者攀登峭壁，或者统治蛮族，或者测量行星。数以万计的无脑金发女郎穿着貂皮大衣，无所事事，只是懒洋洋地坐着，让人给她们掠夺成性的指甲改换指甲油，而玛丽恩却要费劲地拉煤。煤！玛丽恩！我想等这个案子完结，哪怕她们能找到一个女仆，也不会剩下一个子儿来付工钱了。"

"让我们希望等这个案子完结的时候，她们不用被命令去做苦工吧。"

"罗伯特，不可能到那个地步的！这是难以置信的。"

"是啊，是难以置信。我想人们认识的任何人要去坐牢，都是难以置信的。"

"她们要去站在被告席上已经够糟糕了。玛丽恩，一辈子没做过残忍，或者诡诈，或者不讲理的事情。就是因为一个——你知道吗，不久前一个晚上，我过得十分愉快。我发现一本关于酷刑的书，直到凌晨两点都没睡觉，忙着挑选哪种我想用于凯茵身上。"

"你该和玛丽恩一起看。这也是她的追求。"

"那你的是什么呢？"语调含着淡淡的轻蔑意味，好像温和的罗伯特不会对这个主题怀有强烈的情感，"或者你没考虑过这个？"

"我不需要考虑，"罗伯特慢慢地说，"我要当众揭下她的外衣。"

"什么？"

"不是你想的那样。我要把她的伪装一片片剥下来，在公开法庭，这样每个人都会看到真实的她。"

纳维尔好奇地看了他一会儿。"阿门，"他轻轻地说，"我不知道你对这事的感受是这样的，罗伯特。"他还想说些什么，然而门开了，麦克德莫特走进来，夜晚开始了。

不停歇地享用林婶丰盛的晚餐，罗伯特暗自希望，带凯文去弗朗才斯吃星期天午餐不是一个错误。他焦灼地盼望夏普们赢得凯文的好感；无可否认，凯文是个率性的人，而夏普们并不是人见人爱。弗朗才斯的午餐可能为他们的事业添砖加瓦吗？一顿玛丽恩煮的午餐？为美食家凯文？起先读到邀请函时——今早史坦利递交的——

他为她们做出了姿态感到高兴，但疑虑渐渐地在他内心里滋长。当一道胜过一道的菜从容不迫地从林婶发亮的红木桌上传递过来，还有克里斯蒂娜殷勤仁爱的宽脸庞在烛光之后悬浮摇曳，疑虑涌升，直至把他全部淹没。"立不起来的形"，可能让他的胸中充满温暖和保护的情感，但不能指望对凯文有同样的效果。

至少凯文在这儿似乎很高兴，他想，一边听着麦克德莫特对林婶的公开称颂，并时不时地抛给克里斯蒂娜一两句赞美，让她既高兴又忠诚。老天爷，爱尔兰人！纳维尔的举止达到了最佳状态，充满真挚热忱的关注，久不久谨慎周到地称呼一句"先生"，频率之高足以让凯文感到优越，又高不到让他觉得年老。微妙的英语奉承方式，事实上是。林婶像个女孩子，双颊红润，容光焕发，像海绵一般吸收恭维的话，将它们经过一番化学处理，变为魅力重又倒出来。听着她的谈话，罗伯特好笑地发现，夏普们在她的脑海里已经痛苦地经受了翻天覆地的变化。仅仅因为她们濒临坐牢的危险这个事实，她们已经从"这些人"升级为"可怜的东西"。这和凯文的出现没有关系，它是一种天生的善良和思维不清的混合体。

好奇怪啊，环视着桌子四周，罗伯特心想，这个家庭聚会——如此快乐，如此温馨，如此安心——却是由住在无边田野间那座黑暗幽静的房子里的两个无助女人的迫切需求而发起。

上床睡觉的时候，聚会的温馨氛围仍笼罩着他，但在内心深处，却有一种冰凉的不安和疼痛。弗朗才斯那边的她们睡了吗？最近她们享受了多少睡眠？

　　他睁着眼躺了很久，而且很早就醒了，倾听着星期天早上的安宁。希望这是个好天气——弗朗才斯在雨中看上去最糟，脏污的白色几乎变为了灰色——还有，不管玛丽恩做什么当午餐，都能够"立起来"。就在八点之前，一辆来自乡野的车开了过来，停在窗下，有人轻轻地吹了声号角似的口哨。这是一声军队连队的召唤。B连队。史坦利，大概是。他起身探头出窗口。

　　史坦利，和往常一样没戴帽子——他从未见史坦利头上戴过任何东西——正坐在车里，带着容忍的宽厚注视着他。

　　"你这星期天的睡虫。"史坦利说。

　　"你把我叫起来就是为了嗤之以鼻吗？"

　　"不是。我有夏普小姐的口信。她说你们过去的时候，你带上贝蒂·凯茵的证词一起，绝对不能忘了，因为这是第一要事。我说，这很重要！她正到处看，好像发现了百万英镑。"

　　"看起来兴高采烈？"罗伯特不相信地说。

　　"像个新娘。自我堂妹比尤拉嫁给她的波兰人，我再没见过哪个女人像那样。比尤拉的脸，像块司康饼；相信我，那一天她看上去像维纳斯、克里奥佩特拉①和特洛伊城的海伦三位一体。"

　　"你知道夏普小姐为什么这么高兴吗？"

　　"不知道。我确实打探了，但她似乎想留待以后再说。不管怎样，别忘了证词复制件，否则得不到该有的反响，或者其他什么。

───────────────

① 埃及艳后。

密码在证词里。"

史坦利继续朝罪孽街行进了，罗伯特拿了毛巾去浴室，大为困惑。等待早餐的当儿，他从旅行箱里的文件中找出证词，带着新的注意力再次读了一遍。玛丽恩记起或者发现了什么，让她如此高兴？很明显，贝蒂·凯茵在某处出现了失误。玛丽恩容光焕发，并且想要他过去的时候带上凯茵的证词。这只能意味着证词里的某处证明了贝蒂·凯茵在说谎。

他读到结尾，没有发现任何可能的句子，又从头仔细搜索了一遍。可能是什么呢？她说天在下雨，而那天——也许——并没有一直在下雨？可这对其故事的可信度无关紧要，或者甚至根本不重要。那么，是米尔福德的巴士？当她在夏普们的车里时，那辆她迎面驶过的巴士。是时间不对？可他们很久以前就查过时间表，基本对应。巴士上的"照明标志"？是不是时间还太早，用不着照明标志？但那可以是纯属记忆有误，不是削弱她的故事可信度的因素。

他衷心地希望，处于焦虑中的玛丽恩获取了有利于她们这边的"一小块证据"，而不是把一些小出入夸大为不诚实的证明。希望的派生物比根本没有希望还要糟糕。

这个真实的担心把他脑海里午餐的社交担心排挤掉了，他不再那么关心凯文是否能在弗朗才斯愉快地享用午餐。当林婶准备去教堂，偷偷地对他说："亲爱的，你想她们会给你们做什么样的午餐？我很肯定她们靠包装袋里的烤面包片生活，可怜的东西。"他简短地说："她们懂得品尝好酒，这该让凯文高兴。"

"年轻的伯尼特怎么啦？"他们开车去弗朗才斯的路上，凯文问道。

"他没被邀请去吃午餐。"罗伯特说。

"我不是这个意思。刺眼的西服和高人一等的优越感以及《守护者》的咄咄逼人怎么啦？"

"噢，因为这个案子，他和《守护者》闹掰了。"

"啊！"

"平生第一次，对《守护者》自以为是瞎指点的案子，他处于个人实际体验认知的位置，我想，他有点被惊到了。"

"这个改变会持续吗？"

"哦，你知道吗，如果持续的话，我一点也不惊讶。除了他已经达到这样一个年纪，通常会放弃孩子气的东西，需要蜕变之外，我想他一直在重新思考并想知道，《守护者》其他那些白发男孩有哪个是否比贝蒂·凯茵更值得拥护。比如说，科塔韦奇。"

"哈！爱国者！"凯文表情夸张地说。

"是的。就在上个星期，他还在就我们对科塔韦奇的责任侃侃而谈：我们保护并珍惜他的责任——实际上就是给他提供一本英国护照，我想。我怀疑今天他是否还这么单纯。近几天他迅速地成长了。我不知道他竟然有套昨晚穿的那种西装。肯定是他去参加学校颁奖仪式时穿的一套，因为自那以后，他绝对没再穿过那么素净的衣服。"

"我希望因为你的缘故，这份改变能保持下去。这孩子有脑子，一旦他摆脱那些闹哄哄的人群中的鬼把戏，那对公司将是一笔财富。"

"林婶因为他和罗斯玛丽因弗朗才斯事件分手而感到烦恼，她担心他根本就不会娶一个主教的女儿。"

"好哇！希望他更有力量。我开始喜欢这小子了。你挑拨一下这个分手，罗伯——不经意的样子——然后看他娶个傻乎乎的英国好姑娘，给他生五个孩子，在星期六下午阵雨的间隙给邻居们举办网球聚会。这种傻乎乎比站在月台上，就你从一开始就不懂的主题高谈阔论强多了。就是这个地方吗？"

"是的，这就是弗朗才斯。"

"完美的'谜之屋'。"

"建好的时候，它并不是谜之屋。大门，你看看，是涡卷形装饰，做工——也是相当精细的——所以从马路上是可以看到整个地方的。只是将铁皮加在门后这个举动，把房子从很普通的东西转化成了相当秘密的所在。"

"不管怎样，对贝蒂·凯茵的目的来说，一座完美的房子。她能想起它，多么幸运。"

过后，罗伯特感到内疚，在贝蒂·凯茵的证词和午餐这两件事情上，没有给予玛丽恩更多的信任。他该记得她是多么头脑冷静，多么善于分析；他该记得夏普毫无偏见地接纳别人的天赋，以及这种天赋对相关人士的安神抚慰效果。夏普们毫不费劲地达到了林婶招待客人的高标准，毫不费劲地提供了一顿正式的饭厅午餐。她们在会客室的橱窗里布置了一张四人桌，在那儿，阳光可以落在桌面。这是一张樱桃木桌子，纹理漂亮，可惜需要抛光。另一方面，酒杯，却被擦得绽放出钻石般的光彩。（这多像玛丽恩，他心想，集中注意力于紧要的事，无视纯粹外表的东西。）

"饭厅是个极为阴暗的地方，"夏普夫人说，"过来看看，麦克德莫特先生。"

这也很典型。没有围坐喝雪利酒，稍事寒暄。过来看看我们可怕的饭厅。客人在了解这个家庭之前，就已经成了其中一分子。

"告诉我，"当他俩被单独留下时，罗伯特对玛丽恩说，"那是怎么回事——"

"不，我不打算谈论它，直到午餐过后。它是你的饭后甜酒。麦克德莫特先生今天来吃午餐，我昨晚想到它，这真是最惊人的运气。它使每件事都变得有所不同。这不会使案子停顿下来，我想，但它使每件事都变得有利于我们。它正是那个'小东西'，能够成为我所祈祷的对我们有利的证据。你告诉麦克德莫特先生了吗？"

"关于你的口信？没有，我什么都没说。我想最好——不要说。"

"罗伯特！"她带着诧异的好笑看着他，说道，"你不信任我。你担心我睁着眼睛说瞎话。"

"我担心你可能在一小块地基上修建过多的东西，超乎——超乎它的承载力。我——"

"别担心，"她令人放心地说，"它能承载的。你愿意去厨房帮我端汤盘吗？"

她们甚至安排了整套服务，没有忙乱或者慌张。罗伯特端着有四个平底碗汤的盘子，玛丽恩跟在后面，端着有谢菲尔德银铜合金盖子的一大盘菜，似乎这就是全部了。当他们喝汤的时候，玛丽恩把那一大盘菜放在她母亲前面，把一瓶酒放在凯文前面。菜是砂锅炖鸡，所有的蔬菜环绕着它；酒则是蒙塔榭[①]。

"蒙塔榭！"凯文说，"你们真是了不起的女人。"

"罗伯特告诉我们，你是个红酒爱好者，"玛丽恩说，"可克罗尔老先生的酒窖里剩下的红酒早就过了最佳饮用期。所以，只好在这酒和一瓶非常黏重的勃艮第红酒之间做出选择，勃艮第红酒在冬天的夜晚喝很绝妙，不过在夏日伴着斯特普尔斯的家禽喝，就没那么绝妙了。"

凯文说了些话，是关于女人对不冒泡，或者不发出响声的东西感兴趣，十分罕见。

"老实说，"夏普夫人说，"如果这批东西适于销售，我们可能已经卖掉它们了，但我们十分高兴它们太散乱了，因而各有差异。我是为赏酒而培养大的。我丈夫曾有个相当不错的酒窖，虽然他的鉴赏力不如我的好。但我在列斯维斯的哥哥有个更好的酒窖，而且他有与之匹配的品赏力。"

"列斯维斯？"凯文盯着她说，好像在搜索一点相似之处，"你不是查尔斯·梅雷迪思的妹妹吧，对吗？"

"我是。你认识查尔斯吗？但你不可能的。你太年轻了。"

---

① 世界上最高级的白葡萄酒之一。

"我平生第一次拥有自己的小马，就是查尔斯·梅雷迪思喂养的，"凯文说，"我和它相伴了七年，它从未迈错过一步。"

那之后，当然地，他们不再对其他人感兴趣，对食物也不太关心了。

罗伯特注意到玛丽恩对他投来顽皮和表示祝贺的一瞥，他说："你说你不会做饭，对自己太不公正了。"

"如果你是个女人，就会留意到我什么也没煮。汤是我从罐头里倒出来的，加热，然后加些雪利酒和调料；放进砂锅的家禽，和它从斯特普尔斯买回来时一样，在上面浇些沸水，添上我能想起的任何东西，外加一声祈祷，然后把它留在厨灶上；奶油干酪也是来自农场。"

"和奶油干酪搭配来吃的面包卷呢？"

"史坦利的女房东做的。"

他俩一块儿轻轻地笑了。

明天她就要站在被告席。明天她就要为了米尔福德的愉悦，成为公众的景观。但是今天，她的生活仍然属于她自己，她可以和他一起分享有趣的东西，能够对当下感到满足。或者似乎如此，如果她闪亮的双眼能够作为依据的话。

他们从另外两个甚至没有停下谈话、留意到他俩行为的人的鼻子下拿掉奶酪碟，端走装满脏碟子的盘子，去到厨房泡咖啡。这是一个宽敞阴暗的地方，石板地板，老式的水槽让他看到就情绪低落。

"擦掉污渍后，我们只在每周一才用炉灶，"玛丽恩看到他对这地方感兴趣，说道，"其他时候我们在小油炉上做饭。"

他想到今早他打开水龙头，马上流进光洁的浴缸里的热水，感到难为情。在长年的温软生活之后，他几乎无法想见，世上还有这样的存在，一个人的洗浴，是用炉头加热的水完成的。

"你的朋友讨人喜欢，对吧，"她说，把热咖啡倒进壶里，"有点凶险狡猾——对方律师会很怕他——但有魅力。"

"这是爱尔兰人的特点，"罗伯特闷闷不乐地说，"对他们来说就像呼吸一般来得自然。我们可怜的撒克逊人在荒蛮的路上步履蹒跚，好奇他们是如何做到的。"

她转身给他盘子端着，因此是面对着他，他们的手差不多碰到了。"在这个世界上，我最看重撒克逊人的两种品质。两种解释了为何他们承继了陆地的品质。善良和可靠——或者说宽容和责任，如果你更喜欢这种说法的话。两种凯尔特人[①]从不具备的品质，这就是为何爱尔兰人除了为小事大声争吵之外，什么都没继承到的原因。噢该死，我忘记奶油了。等一会儿。它在洗衣房里冷藏着呢。"她带着奶油回来，嘲笑乡巴佬似的说："我听说现在有些人家里有种叫冰箱的东西，但我们一台也不需要。"

当他端着咖啡回到会客室的阳光里，他可以想见冬天没有熊熊燃烧的炉灶的厨房里刺骨的寒冷，而在这房子的全盛时期，那时是

---

① 印欧名族的一支，指来自苏格兰、威尔士、爱尔兰，以及其他一些地区的种族群体。

有的，那时一个厨子在这儿指使着半打的仆人，你可以订购四轮马车运送来的煤炭。他渴望把玛丽恩带离这个地方。把她带往何处，他不很清楚——他自己的家里充满了林婶的气息。必须是个没什么东西需要抛光，没什么东西需要端来端去，几乎所有事情只需按下按钮就可以完成的地方。年老的玛丽恩还得侍候几块红木，他看不下去。

他们喝咖啡的时候，他把谈话悄悄引导到在某个合适的时间，她们卖掉弗朗才斯，在某处买个小房子的可能性。

"没人会买这个地方，"玛丽恩说，"这是个白色巨象。作为学校它太小了，改造为公寓它太远了，现今对一个家庭来说，它太大了。它可能适合成为一个挺不错的疯人院。"她深思熟虑地补充道，眼光越过窗户，投在高高的粉红色墙上；罗伯特看见凯文飞快地扫了她一眼，又移开了。"至少这里很安静。没有树沙沙作响，或者常青藤在窗玻璃上轻打，或者鸟儿们不停啾啾，直到弄得你想尖叫。对疲惫的神经来说，这是个平和安宁的地方。或许有人会考虑到这一点。"

这么说，她喜欢安静，那种对他而言似乎是死一般的静止。这或许是她在嘈杂、推挤以及充满需求的伦敦生活里向往的东西，她过去烦躁不安、住处狭小的生活。巨大、安静、丑陋的房子成了天堂。

而现在，它不再是天堂了。

有一天——噢，老天爷，请让这发生吧——有一天，他将永远地剥夺掉贝蒂·凯茵的信用和享有的爱。

"现在，"玛丽恩说，"你们受邀去视察'致命的阁楼'吧。"

"好的，"凯文说，"我很想看看那女孩伪称证实的东西。我感觉她的所有证词都是逻辑上推测的结果。像第二节楼梯上更硬的地毯。或者木头的便桶——你几乎可以肯定在乡下房子里会看到的东西。或者平顶的大旅行箱。"

"是啊，那时候是相当吓人，她不停地说中我们的东西的样子——我还来不及全力思考——是到后来，我才意识到她的证词里真正证实的东西非常少。有件事她真的完全搞砸了，直到昨晚，没人想到这一点。你带着证词吗，罗伯特？"

"带着。"他从口袋里把它拿出来。

她和罗伯特还有麦克德莫特已经爬上最后那节裸露的楼梯，她带他们进入阁楼。"我昨晚上来这里，和每个星期六一样，拿着拖把，绕着房子巡查。这是我们料理家务的方法，要是你们感兴趣的话。一星期一次，用一个很大的拖把，饱饱地浸满了抛光作用的液体，清理每层楼。每个房间五分钟，防止灰尘。"

凯文探头环视房间，从窗口视察风景。"那么，这就是她描述的景观了。"

"是的，"玛丽恩说，"那就是她描述的景观。如果我准确地记得她证词里的话，和我昨晚记得的一样的话，她说到有些东西她不能——罗伯特，你读一下描述她从窗口看到的风景那小部分好吗？"

罗伯特找到相关段落，开始念了起来。凯文稍微向前躬身，从小圆窗朝外张望，而玛丽恩站在他后面，如预言家般淡淡地微笑。

"'从阁楼的窗口，'"罗伯特念道，"'我能看到一堵高高的砖墙，中间有扇大铁门。墙角外有条路，因为我能看见电线杆。不，我看不到路上的车辆，因为墙太高了。有时只能看到货车的顶部。透过大门看不到什么，因为门上装有铸铁板。门内有短短一截直行车道，然后一分为二，形成圆圈，通达房门。不，它不是花园，只有——'"

"什么？"凯文喊起来，身子突然挺直了。

"什么什么？"罗伯特吓了一大跳，问道。

"再读一遍后面那点，关于车道那一点。"

"'门内有短短一截直行车道，然后一分为二，形成圆圈，通达——'"

凯文的大笑打断了他。这是带着胜利的喜悦的急促的笑声。

"你明白啦？"玛丽恩打破突然的静默，说。

"是的，"凯文轻声说，浅色明亮的双眼洋洋得意地看着风景，"那是她没有估计到的东西。"

罗伯特移身过去，玛丽恩把位置让给他，因而看到了他俩谈论的东西。带有短小护墙的屋顶边缘在车道分岔之前，就已经把院子的风景遮挡了。被禁锢在这屋里，没人能够得知通达门口的两个半圆。

"你明白了吧，"玛丽恩说，"探长读这些描述的时候，我们都在会客室里。我们都知道那个描述是准确的。我的意思是，院子的样貌的准确勾画，因此我们无意识地把它当作一件完成了的事情，甚至包括探长。我记得他从窗口看着风景，但那是相当下意识的一个姿态。我们没有一个人想到这会和描述不一致。确实是的，除了一个微小的细节，其他都和描述相符。"

"除了一个微小的细节，"凯文说，"她在黑暗中到达，在黑暗中逃离，她说她一直被关在这个房间，因此她该对分岔的车道一无所知。罗伯，再看看，关于她的到达，她说了什么？"

罗伯特找到它，念道：

"'车终于停下来了，黑头发的年轻女人下车，推开一扇车道上的双开门。然后她回到车里，把车开到一座房子前。不，天太黑了，看不清是哪种房子，除了有阶梯通到门口。不，我不记得有多少阶；四五阶吧，我想。是的，绝对有一小节。'然后她继续谈到被带到厨房喝咖啡。"

"这样，"凯文说，"那她逃离的叙述呢？那是夜间什么时候？"

"如果我记得正确的话，晚餐后的某个时间，"罗伯特翻动着纸页说，"无论如何，是天黑以后。在这里——"他又念道：

"'当我到达第一个楼梯口，就是厅堂上面那个，我能听见她们在厨房里的说话声。厅堂里没有亮灯。我下了最后一节，时刻盼着她们没人出来抓到我，然后冲向门口。门没上锁，我径直跑出去，下了阶梯，跑到大门，出到马路上。我沿着马路跑——是的，路面很硬，像是公路——直到我跑不动为止，我躺在草地上，一直到感觉能够接着跑。'"

"'路面很硬，像是公路，'"凯文引用道，"推断结果是天太黑了，看不清楚她正奔逃其上的路面。"

短暂的沉默。

"我母亲认为这足以证实她的虚假。"玛丽恩说。她不抱太大希望地看看罗伯特，再看看凯文，又转回看罗伯特。"不过你们不这样认为，对吧。"这几乎不是一个疑问句。

"是啊，"凯文说。"是的。单单这个不行。她可以依靠一个聪明的律师的帮助，摆脱出来。她也许可以说，当她到达时，从车的急转弯推断出有个圆圈。她一般会推断出来的，当然，就是普通的马车弯道。没人会自然而然地想到那个圆形车道有何别扭。它形成一个漂亮的图案，就是这样——这可能就是她能记起它的原因。我认为，这小块珍品可以作为筹码留到地方法庭。"

"是啊，我料到你会这么说，"玛丽恩说，"我并不真的感到失望。我对这个发现很高兴，不是因为我认为它能够让我们免于指控，而是因为它使我们免除了遭受怀疑，这肯定曾——肯定曾——"她意想不到地结巴了，避开罗伯特的眼睛。

"肯定曾迷乱过我们明晰的头脑，"凯文活泼地帮忙说完，向罗伯特投去愉快的恶作剧的一瞥，"昨晚你来做清洁的时候，如何想到这一点的？"

"我不知道。我站着望向窗外，看着她所描述的风景，希望我们能够得到有利于我们这边的一点点微小的证据。就在那时，想都没想，我听到格兰特探长在会客室读那小部分的声音。你们知道，大部分的故事，他是用他自己的话来告诉我们的。但引领他来到弗朗才斯的那些小节，他是用女孩的语言念出来的。我听到他的声音——非常动听的声音——说到关于圆形马车道的那小部分，从我当时的位置，看不到圆形马车道。也许这是对默默祷告的一个回应。"

"这样，你还是认为我们明天最好'让着'他们，把每样证据存起来，留到地方法庭？"罗伯特说。

"是的。实际上这对夏普小姐和她母亲没什么区别。在一个地方出庭和在另一个地方出庭极其相似——除了在诺顿的地方法庭可能比在自己家乡的警察法庭更少些不自在以外。在他们看来，她们明天的出庭越短越好。明天在法庭面前你没有什么证据展示，因此它该是非常简短和正式的。一长列他们的证据，一通你保留辩护的宣告，一份保释的申请，那就是了！"

这非常适合罗伯特。他不想延长她们明天要承受的折磨；在米尔福德范围之外，他对任何案子的审判都拥有更多的信心；最重要的是，既然它已经变为一个诉案了，他不想要一个似是而非的裁定，一个法庭拒绝受理的结果。这就他关于贝蒂·凯茵的目标是不够的。他要在公开法庭上，说出那个月的完整的故事，当着贝蒂·凯茵的面。到在诺顿的地方法庭开庭的时候，上帝啊，求求你，他能够准备好述说这个故事。

"我们能让谁来为她们辩护呢？"他们开车回家喝茶的路上，他问。

凯文手伸进口袋，罗伯特想当然地以为他要找的是地址名录，然而他拿出来的，显而易见是一本记事本。

"诺顿地方法庭的日期是哪天，你知道吗？"他问。

罗伯特告诉了他，屏住呼吸。

"可能我自己可以过来。让我看看，让我看看。"

罗伯特让他在绝对的静默中查看。一个字，他感到，都可能把魔法奇迹破坏掉。

"是的，"凯文说，"我看不出为何不行——除了不可预见的。我喜欢你的女巫们。为她们辩护，应对那个十分可恶的人，会带给我极大的快乐。多奇怪啊，她竟是老查尔斯·梅雷迪思的妹妹。那老顽童是最好的马贩之一，差不多是历史上唯一诚实的马贩了。因为那匹小马，我从未停止对他的感激。一个男孩子的第一匹马非常重要。它为他之后的整个人生增添了色彩，不仅仅是他对待活生生的马匹的态度，还有其他每样东西。在一个男孩和一匹好马之间，存在着一种信任和友谊——"

罗伯特听着，感到既放松又好笑。他意识到，稍具反讽意味的是，凯文早在窗口风景的证据被呈示之前，就已经放弃了夏普们有罪的想法，并不是替她们感到不平，而是查尔斯·梅雷迪思的妹妹，是不可能绑架任何人的。

第十七章

"这对我来说，是永恒的不解之谜，"本·卡利说，眼睛看着狭小的法庭里坐满了人的长椅，"这么多的小民在一个星期一的上午无事可做，虽然我必须得说，如此色调混杂的聚合已经间隔好一阵子了。你注意到运动服店店主了吗？后排那个，戴着和她淡紫色染发粉或者她的头发不相称的黄帽子。如果她让那个小戈弗雷女孩看店，她今晚就要少零钱。那女孩十五岁的时候，我曾帮她逃脱了惩罚。从能走路开始，她就一直在偷窃，现在还在偷。相信我，女人不能单独和收款机待在一起。还有那个安·波琳。我第一次见她来法庭。虽然她如何能够这么长久地避免法庭，我不知道。她姐姐永远都是用支票付款，以掩盖她的税单。没人发现她在钱上做了什么手脚。有人在敲诈勒索她，也许。我想知道是谁。我不会放过阿瑟·沃利斯，白鹿旅店那个。每周支付三个不同的订单，还有一个马上要到，一个杂役的工钱不可能负担得起。"

罗伯特让卡利喋喋不休地说下去，没在听。他只是太在意了，法庭里的观众，不是平常星期一上午那群游手好闲者，推延无所事事的时间，直到开庭。消息已经通过神秘的米尔福德渠道，传开来了，他们都来看夏普们遭受指控。

往常乏味的法庭充斥着女人们的衣衫，气氛欢快；往日令人昏昏欲睡的沉闷，因她们的窃窃私语而嗞嗞作响。

他看到一张本该布满敌意却异常友好的脸：韦恩夫人，他最后一次在艾尔斯伯里梅多塞德街看到她，她正站在那可爱的小花园里。他无法把韦恩夫人视为敌人。他喜欢她，钦佩她，并提前为她感到难过。他很想过去对她说声您好，然而现在游戏的方阵已经摆开，他们是不同颜色的方格图案。

格兰特至今还未露面，但哈莱姆已到，正和那帮无赖砸坏窗户那晚来到弗朗才斯的那个巡佐讲话。

"你的侦探工作进展如何？"在滔滔不绝的现场评论暂停的当儿，卡利问道。

"进展得还行，不过困难巨大，"罗伯特说，"相形之下，常言说的那根针只好认输。"①

"一个女孩对阵整个世界，"本嘲弄地说，"我很想见见这个活生生的蛮女子。我想在收到那么多追随者的信件之后，还有联姻的提议，还有与圣伯纳黛特的相似，她该认为一个乡下警察法庭对她来说，活动范围太小了吧。她收到舞台表演的出价了吗？"

---

① 指常言说的落进草垛里的一根针，比喻太微不足道，很难找到的东西。

"我不知道。"

"总之，我想妈妈会把它们压下来。她在那边，穿褐色西装，我感觉她看起来像个很明理的人。我想不出来她怎么会有一个女儿像——噢，她是收养的，对吧？一个可怕的警告。我常想，人们对和他们一起生活的人了解得有多么地少。汉姆格林那边有个女人，她有个女儿，就她所知，从未离开过她的视线范围，但有天女儿生气地离家出走了，再没回来，发狂的母亲哀号着报了警，最后警察发现，明明从没离开过母亲一个晚上的女孩，其实是个已婚妇人，还有个孩子，她只是去接孩子，去和丈夫一起生活了。如果不相信本·卡利，去看看警察的记录。啊，哦，如果你对你那个代理侦探变得不满意，告诉我一声，我会给你一个很棒的侦探的地址。来了。"

他站起来，以示对法官的尊重，同时就法官的气色、心情，还有昨天可能进行过的活动，继续发表长篇独白。

三个普通的案子被处理掉了，惯犯们显然对这套流程驾轻就熟，以至于他们预先就练习好了应答，罗伯特半心半意地希望有人说："等一下，好吗？"

这时他看到格兰特悄悄地进来了，坐在留给媒体的后排长椅观察者的位置上，他知道，时间到了。

当喊到她们的名字时，她俩一起进来了，落座于可怕的小木长椅上，好像只是在教堂里就座一般。相当像那样，他心想：平静，敏锐观察的双眼，等待一场表演开始的神色。但他突然想到，如果是林婶处于夏普夫人的位置，他的感受会是怎样，同时平生第一次完全体会到玛丽恩代表她的母亲，经受了什么样的痛苦。即便地方法庭判她们免于指控，用什么才能赔偿她们忍受过的一切？什么样的惩罚才适于贝蒂·凯茵的罪行？

作为老派的罗伯特，他相信报应。他可能不会一路追随摩西①——以牙还牙，并不总是还得对等——但他肯定同意吉尔伯特②：惩罚应和罪行相当。他绝对不相信，和牧师静静地谈几次话，承诺改过自新，就能使一个罪犯变为值得尊敬的公民。"任何真正的罪犯，"他记得有个晚上，在关于刑罚改革的长时间的讨论之后，凯文说到，"有两个不变的特征，正是这两个特征使他变为罪犯：畸形的虚荣和异常的自私。它们两个像皮肤的质地一样基本，一样不能根除，正如你可能也会谈论'改造'一个人眼睛的颜色。"

"但是，"有人反对道，"有些虚荣和自私的恶魔并不是罪犯。"

"那只是因为他们让他们的妻子代替银行受过了，"凯文指出，"为了试图定义罪犯，人们写就了不少长篇巨著，但归根结底，它的定义非常简单。罪犯，就是把自我个人眼前需要得到满足作为其一切行为主要动机的人。你无法治愈他以自我为中心，但可以使他的放纵自我变为不值得，或者几乎不值得。"

罗伯特记得，凯文监狱改革的想法，就是把罪犯们驱逐到一个流放地。一个岛上的社区，在那儿，每个人都得辛勤工作。这不是

---

① 《圣经》故事里犹太人古代领袖。
② 指英国剧作家及诗人威廉·施文克·吉尔伯特。

一个为犯人利益着想的改革。凯文说，这将提升监狱看守的生活；这个拥挤的岛屿，还会给遵纪守法的好公民的房子和花园，留下更多的空间；因为大多数罪犯仇视辛勤的工作，比仇视世上的任何东西都厉害，因而它将比现行的计划更具威慑力，而以凯文的估算，现行的做法，并不比一所三流公立学校更具处罚性。

看着被告席上的两个形象，罗伯特心想，在"万恶的旧社会"，只有罪人才被戴上颈手枷。如今，是未曾涉案的人戴着颈手枷，而有罪之人却立刻进入安全的模糊境界。某些事在某个地方出了错。

夏普老夫人戴着平扁的黑缎帽子，就是《艾克－爱玛》入侵她们生活领地那个早上，她出现在他的办公室里戴的那顶，看起来有学究气，令人尊敬，但又怪怪的。玛丽恩也戴了顶帽子——他猜想，更少地是出于对法庭的尊重，而是作为避过公众注目的一点防护。它带有乡下的味道，短帽檐；它的正统在某种程度上减轻了她平日我行我素的神气。因为她黑色的头发掩藏起来，她明亮的双眼遮蔽在阴影里的缘故，她看起来并不比一个普通的户外妇女更黝黑。虽然罗伯特留恋那黑色的头发和明亮的双眼，但他认为她应该看上去尽量"普通"，这是有好处的。这可能减轻对她心怀敌意的同类想啄死她的本能。

然后，他看到了贝蒂·凯茵。

是媒体长椅上的骚动告诉他她来到了法庭。通常，媒体长椅是被两个在做报道，感觉厌倦的实习生所占据：一个是《米尔福德广告报》（周报，每星期五），另一个是《诺顿快报》（一周两期，每星期二和星期五）和《拉伯勒时报》的结合体，以及其他任何欲取其需的人。但今天媒体长椅座无虚席，面孔既不年轻，也不厌倦。他们是受邀前来享用美食，摩拳擦掌的人们的面孔。

他们前来的目的，三分之二是为贝蒂·凯茵。

自她身着深蓝色校服，站在弗朗才斯的会客室以来，罗伯特一直没再见过她，他再次被她的年轻和天真无邪震惊到了。他第一次见到她以来的几个星期里，她已经在他的脑海里变成一个魔鬼；想到她，只会想到变态的动物，用谎言把两个人类推上了被告席。现在，再次看到切实肉身的贝蒂·凯茵，他困惑了。他知道这个女孩和他的魔鬼是一体的，但他感觉意识到这一点很困难。如果他，现在他觉得对贝蒂·凯茵非常了解了，对她的在场尚且如此反应，那么，她那孩子气的文雅对善良的人们将造成什么样的效果，当真相大白的时刻到来，会真实吗？

她穿着"周末"的衣服，不是校园风格那类。一件迷蒙淡蓝的外衣，使人想到勿忘我、袅袅青烟、蓝铃花以及远方的夏天，更进一步地意欲困扰正常人的判断。她的帽子样式年轻简单，显得很有教养，与脸孔分开，靠后立着，露出迷人的眉毛和间距很宽的双眼。甚至撇开该事，罗伯特就已经原谅了韦恩夫人为了该场合，对女孩进行任何有意的装扮，但又恨恨地意识到，如果她夜里为了设计这件外衣而睡不着，那目的已经圆满达成了。

当叫到她的名字时，她走到证人席，他偷偷看了一眼那些能清楚看见她的人的脸。唯独除了本·卡利——他正饶有兴趣地盯着她看，和观看博物馆展览差不多——男人们的脸上只有一种表情：一种深切的同情。他观察到，女人们，就没那么容易被俘获。更母亲型的那些，明显地向往她的年轻和脆弱，但更年轻的那些，则纯粹是热衷，除了好奇，没有感情色彩。

"我——不——相——信——它！"她宣誓时，本轻轻地说，"你的意思是这孩子放浪了一个月？我不相信除了书本，她曾吻过任何东西。"

"我会带证人来证明。"罗伯特咕哝道，感到气恼，连老于世故又愤世嫉俗的卡利都屈服了。

"你可以带上十个无可挑剔的证人来，还是不会让一个陪审团员相信它；是陪审团说了算，我的朋友。"

是啊，陪审团怎么会相信她有什么不好！

看着她被引导着完成叙述，他想起阿尔伯特对她的描述，"教养很好的女孩"，根本没人会想到把她当成一个女人，以及她用来粘住她挑中的男人的冷静的专业性。

她的声音很悦耳，年轻、轻柔又清晰，不带口音或者矫情。她像证人模特似的讲述她的故事，自愿又不多余，所说明确清晰。媒体工作者的眼睛都快跟不上他们的速记了。法官明显地显露溺爱之情。（上帝啊，请派个更强硬的到地方法庭！）警察们沉浸在同情之中，微微流汗了。法庭里大家屏声敛气，一动不动。

没有哪个女演员曾获得比这更好的反响。

就任何人所能看到的，她相当镇静，而且明显没有意识到自己造成的影响。她毫不费力地表达观点，或者戏剧性地使用信息。罗伯特发觉自己很疑惑，这根本不充分如实的陈述是否蓄意的，还有她是否很清楚地意识到它的影响力。

"事实上你修补床单了吗？"

"我被打得太僵硬了，那个晚上。但我过后修补了一些。"

就好像她在说："我太忙着打桥牌了。"这给她所说的东西带来一种非同寻常的真实感觉。

在她辩护的陈述中，也没有任何胜利的迹象。关于她被监禁的地方，她说了这个和那个，而且这个和那个已经被证明正是那样的，但她对这一事实并未显出公开的快乐。当她被问到是否能认出被告席上的女人，她们是否就是事实上扣押和狠打她的女人，她静静地、严肃地看了她们一阵子，然后说她能认出，正是她们。

"你要审问吗，布莱尔先生？"

"不，先生。我没有问题。"

这在法庭公众里引起了一阵惊讶与失望的轻微骚动，他们本是来看热闹的，但被诉讼人却无异议地接受了，这案子理所当然地要前往另外的法庭。

哈莱姆已经给了他的陈述，现在女孩的确证证人出场了。

那个看到女孩被车接走的人原来是邮局分拣员派珀。他为皇家邮政在拉伯勒和伦敦之间流动的邮政货车上工作，回程的路上在缅因絮尔站下车，因为他家就在附近。当他注意到一个年轻女孩正在车站等待伦敦的客车时，他正走在经过缅因絮尔的笔直的伦敦路上。他离她还有一长段距离，但他注意到了她，因为在他能看到巴士站之前大约半分钟，伦敦的客车已经从他旁边驶过；当他看到她等在那儿，他意识到她肯定刚刚误了车。他朝她的方向走，但仍有一些距离时，一辆车从他旁边急速驶过。他甚至没有看它一眼，因为他的心思集中在女孩身上，想着等他走近时，是否该停下来告诉她伦敦的客车已经开走了。然后他看到车在女孩旁边慢下来。她弯身前倾和车里的人说话，然后上了车，开走了。

到这个时候，他近得可以描述车貌，但还看不清车牌号。总之，他也想不到要看车牌号。他只是为女孩这么快就搭上车感到高兴。

他不愿意起誓说那个看不清楚的女孩，就是他已看到的给出证据的女孩，但在他自己的脑海里是肯定的。她穿着稍微苍白的大衣，还有——灰色，他认为——还有黑色的拖鞋。

拖鞋？

唔，那种脚背上没有带子的鞋子。

脚面裸露的半高跟皮鞋。

嗯，露脚背皮鞋，但他管它们叫拖鞋。（他的腔调清楚地表明，他将有意继续称它们为拖鞋。）

"你要审问吗，布莱尔先生？"

"不，谢谢，先生。"

然后罗斯·格林来了。

罗伯特的第一印象是，她牙齿完美到了俗气的地步。它们使他想起一个不怎么样的牙医做的一副假牙。肯定从来没有，从来不可能有，任何天然的牙齿，会像罗斯·格林替换乳牙长出的新牙那么扎眼地完美。

似乎是，法官也不喜欢她的牙齿，于是罗斯很快停止了微笑，但她的描述却足以致命。每个星期一，她通常去弗朗才斯打扫房子。4月的一个星期一，她和往常一样去了那里，晚上正准备离开时，听到楼上什么地方传来尖叫声。她以为夏普夫人或小姐发生了什么事，跑到楼梯脚去看。尖叫声似乎很远，好像是从阁楼传来的。她正打算上楼，但夏普夫人从会客室出来，问她干什么。她说有人在楼上尖叫。夏普夫人说胡说，她不过是想象而已，现在不是她该回家的时间了吗？那时候尖叫声停止了，而夏普夫人还在说话的时候，夏普小姐下楼了。夏普小姐和夏普夫人一起走进会客室，夏普夫人说了些"该更小心点"的话。她很害怕，她不很清楚是为什么，去到厨房拿了总是留在厨房壁炉上的工钱，飞快地离开了房子。日期是4月15号。她记得日期，是因为她决定下次回来，即下个星期一，她打算给夏普们一星期后辞工的通知，事实上她也这样做了，自4月29号星期一，她不再为夏普们工作。

她明显给每个人留下了不好的印象，罗伯特对此感到一丝高兴。她公然的幸灾乐祸，她圣诞节补充说明的虚饰，她明显的敌意，还有她可怕的着装，和证人席上她的前任的克制、明智和雅致，形成了令人不快的对比。从观众脸上的表情来看，她被归结为一个荡妇，没人会相信她一丝一毫。

但这完全不会让她刚刚起誓给出的证据打折扣。

罗伯特让她去了，思量着是否有什么办法把那块表归咎于她，可以这么说吧。作为一个乡下女子，对当铺的道道毫无经验，她不太可能偷了表去卖；她拿走它自己留着，是那样的话，或许有办法判她偷窃罪，因而在那种程度上证明她的证据有假？

她的朋友格拉迪斯·里斯随她之后出场。格拉迪斯小个、苍白、骨瘦如柴，和她的朋友的堂皇恰成反比。她惊恐不安、犹犹豫豫地发了誓。她的口音太浓重了，以至于全体审判人员觉得很难跟上她，控方律师好几次把她天马行空的英语转译成更为普通的发言。然而她的证词的主旨是清晰的。4月15号星期一晚上，她和朋友罗斯·格林去散步。不，不是什么特别的地方，只是饭后散步，走去高林再走回来。罗斯·格林告诉她，她害怕弗朗才斯，因为她听到楼上一间屋子里有人尖叫，尽管那里不该有人。她，格拉迪斯，知道罗斯告诉她这些是在15号星期一，因为罗斯说她下周过去时，就要辞工。她给了通知，自29号星期一后，没再为夏普们工作。

"我想知道亲爱的罗斯在她身上施展了什么法术。"她离开证人席时，卡利说。

"你凭什么认为她有影响？"

"人们不会为了友谊前来做伪证，即便像格拉迪斯·里斯这样的乡下傻瓜，也不会。可怜的傻小老鼠吓得全身僵直。她绝不会自愿前来的。不，那个石印油画①抓着某种把柄。如果你被卡住，进行

---

① 指石印油画利用油在水上扩散形成图案的原理，类比罗斯对其朋友造成的影响。

不下去了，或许这个地方值得深入调查。"

"你知道你的手表的编号吗？"当他开车送她们回弗朗才斯时，他问玛丽恩，"罗斯·格林偷走的那块。"

"我甚至都不知道表有编号。"玛丽恩说。

"好表是有的。"

"噢，我的是块好表，但我对编号一无所知，虽然，它很独特。淡蓝色的珐琅表面，金色的数字。"

"罗马数字？"

"是的。你为什么问？即便我能把它要回来，在那女孩之后，我再也无法忍受佩戴它了。"

"我没有过多地想把它要回来，我想的是认定她拿走了它。"

"那最好不过了。"

"顺便说一句，本·卡利叫她'石印油画'。"

"好贴切啊，她正是那个样子的。那就是你想把我们推给他的小个子男人，第一天的时候？"

"正是。"

"我很高兴我拒绝了被推走。"

"我希望这个案子结束的时候，你还是同样的高兴。"罗伯特说，突然严肃起来。

"我们还没有感谢你作为我们保释的担保人呢。"夏普夫人在车后排说。

"如果我们开始为欠他的人情感谢他，"玛丽恩说，"那就没有尽头了。"

除了，他心想，把凯文·麦克德莫特拉进他们这边的名单——那是友谊的巧合——他能够为她们做什么呢？两星期多一点之后，她们就要在诺顿受审，而她们什么辩护都没有。

第十八章

星期二，报纸玩得很畅快。

现在弗朗才斯事件成了庭案，无论对《艾克－爱玛》还是《守护者》来说，都不再需要艰苦卓绝的奋斗了——尽管《艾克－爱玛》不负众望地提醒它满意的读者，在这样这样的一天，他们说了这样这样的话，简单的陈述，表面上清白无辜和无懈可击，却明白无误地充满了禁忌的评语，罗伯特毫不怀疑，到星期五，《守护者》会以相似的审慎，把相似的功劳归于自己。而其余到目前为止对警察不想触碰的案子还没有表现出兴趣的媒体，突然大声喝彩着苏醒了，争相报道了这一作为新闻的诉案。甚至更为清醒严肃的日报，都对夏普们的出庭做了报道，用上了这样的标题：非同寻常的案子。还有：罕见的指控。更少忌口的那些，则对案子里的主要演员进行了全面的描述，包括夏普夫人的帽子和贝蒂·凯茵的蓝色外套，弗朗才斯的照片，米尔福德的商业街，贝蒂·凯茵的一个校友，还有其他任何甚至只是沾一点边的东西。

罗伯特的心直往下沉。《艾克－爱玛》和《守护者》，以其不同的方式，都把弗朗才斯事件当作了噱头。这只有一时的价值，第二天就会被扔弃。但现在它却变为全国感兴趣的事，从康沃尔①到凯思内斯②，各类报纸竞相报道，并大有闹得满城风雨之势。

他第一次产生绝望之感。各种事件纠缠着他，他无处可逃。这件事开始层层堆高，在诺顿变为巨大的高潮，而他对这个高潮却没有什么可以贡献的，完全没有。如果一个人看见一堆高高的板条箱向自己倾斜，自己既无路可退，又没有支撑物顶住坍塌，那么这个人的感受，正和他的一样。

拉姆斯登在电话里变得越来越沉默寡言，越来越沮丧。拉姆斯登是恼火的。"大惑不解"是用在男孩子看的侦探故事里的词汇，直到现在，它和阿列克·拉姆斯登毫无关联。所以拉姆斯登是恼火的，寡言的，冷冰冰的。

米尔福德法庭之后的日子里，只有史坦利带来一个亮点，星期二上午，他轻轻敲门，探头进来，看到罗伯特是一个人，便走进来，一只手推开门，另一只手在他的工装裤口袋里摸索。

"早上好，"他说，"我想你应该看管这些。弗朗才斯那些女人根本没有理性。她们把英镑钞票放在空茶壶里、书里还有其他东西里。如果你找一个电话号码，就和找到一张没有记着肉铺地址的十

---

① 英格兰西南部郡名。
② 苏格兰草原郡名。

先令票子一样难。"他拖出一沓钱，庄重地数出十二张十镑的钞票，放在罗伯特鼻下的桌子上。

"一百二十镑，"他说，"挺不错，对吧？"

"但这是什么？"罗伯特不解地问。

"科明斯基。"

"科明斯基？"

"别跟我说你没下注！在那个老夫人本人给我们赛马预测之后。说你忘了太小气了！"

"史坦，我最近甚至都不记得还有基尼斯这样的东西了。这么说你押它了？"

"在它六十开外的时候。这是我跟她说的算她十分之一，为了那个预测。"

"但是——十分之一？你一定下血本了，史坦。"

"二十镑。我平常上限的两倍。比尔也小有收获。打算给他老婆买件毛皮大衣。"

"这么说科明斯基赢了。"

"一马当先，赢了一个半马身，大出人们的预料！"

"哦，"罗伯特说，把票子码整齐，箍好，"如果一件坏事接着一件坏事来，她们会破产的，老夫人总是可以做赛马情报贩子的公平交易。"

史坦利默默地盯着他的脸看了一会儿，语调里带着明显的对某件事感到不开心。"事情很糟，嗯？"他说。

"高强度。"罗伯特说，使用了史坦利描述事物的用语。

"比尔的老婆去了法庭，"停顿一下后，史坦说，"她说哪怕那女孩告诉她一先令值十二便士①，她也不信她。"

"噢？"罗伯特惊讶地说，"为什么？"

"她说，她好得太不真实。她说从没有一个十五岁的女孩能够表现得那么好。"

"她现在十六了。"

"好吧，十六。她说她也有过十五岁，还有她的女朋友们，那个宽眼尤物一分半秒都糊弄不了她。"

"恐怕那很可以糊弄陪审团。"

"如果陪审团全是女人的话，就不行。我猜想蒙骗那样的陪审团，就没门了？"

"希律王的测量方法多着呢②。顺便说一句，难道你不想自己把这钱交给夏普夫人吗？"

"不了。你今天要过去，可以把钱给她，如果你愿意的话。但务必把钱拿回来，存到银行里，否则多年以后她们从花瓶里把钱捡出来，搞不懂是什么时候把它放那儿的。"

伴着史坦利离去的脚步声，罗伯特微笑着把钱放进口袋里。无穷无尽的出乎意料，人啊。他想当然地以为史坦会当着老夫人的

---

① 1971 年 2 月 15 日之前，英国旧币制 1 先令值 12 便士。
② 希律王在位时大兴土木，意指女孩骗人的诡计多端。

面，欢天喜地地数出这些钞票。然而相反，他变得害羞起来。茶壶里藏钱的故事，只是一个故事罢了。

罗伯特下午带着钱去到弗朗才斯，第一次看见玛丽恩眼里的闪闪泪花。他用史坦利的语言转述了那个故事——茶壶及其他——最后说道：“所以他让我代表他转交。”就是这个时候，玛丽恩的眼睛充盈了泪水。

“他为什么要介意把钱直接给我们？”她说，抚摸着钞票，“他平常不是这么——这么——”

“我想可能是他认为你现在需要钱。这就使事情变得微妙了，而不是就事论事。当你给他赛马预测时，你们只是生活在弗朗才斯的幸运的夏普们，他会带着成功感把收益交给你们。但现在你们是两个保释在外的妇人，一人200镑的保证金，还有担保人代表你们每人缴纳的相近的数额，更别提马上就要到来的律师费，因此，我猜在史坦的想法里，你们就变成不是那么容易把钱交付的人了。”

“唔，”夏普夫人说，“并不是所有我的预测都赢得到一个半马身。但我不可否认，很高兴看到这个分成。这孩子太好了。”

“我们该拿十分之一那么多吗？”玛丽恩有所疑虑地问。

“这是事先说好的，”夏普夫人平和地说，“如果不是我，他此刻就该输掉押在巴里·布吉身上的钱了。顺便问一句，巴里·布吉是什么？”

“我很高兴你来了，”玛丽恩说，没有理会她母亲好学的提问，“发生了些意料不到的事。我的表回来了。”

"你是说你找到它了？"

"不，噢，不是的。她把它邮寄回来了。看！"

她拿出一个很脏的小纸箱，里面有她淡蓝色珐琅表面的表和用来包扎表的包装材料。包装材料是一张桃红色方块的薄绵纸，圆形的戳记是太阳谷，德兰士瓦①，明显以前是用来包橘子的。在一张破纸上，用印刷体写着：我压根儿不想要它。大写的我（I）字上面还有小写的我（i）上面的小圆点，像文盲写的字。

"你认为她为何变得担惊受怕了？"玛丽恩说。

"我才不认为是她的所为，"罗伯特说，"我想象不出那女子会放弃任何她已经到手的东西。"

"但她确实做了。她把它寄回来了。"

"不，是有人把它寄回来了。是个受到惊吓的人，也是个具备起码良知的人。如果罗斯·格林想摆脱它，她会想也不想就把它扔进池塘里了。但这个 X 想摆脱它，同时还想做出赔偿。X 既良心不安，又灵魂惊恐。现在谁会对你们感到愧疚不安呢？格拉迪斯·里斯？"

"是啊，你对罗斯的看法肯定是对的。我该想到这点的。她绝不会把它送回，她宁愿把它踩在脚下。你认为可能是她把它给了格拉迪斯·里斯？"

"那或许能解释很多东西。它也许解释了罗斯是如何让她上法庭

---

① 南非的一个省名。

证实'尖叫'的故事的。我的意思是，如果她是赃物的收受者的话。当你这么想，罗斯基本不可能戴这块表，斯特普尔斯那些人肯定会经常看见你手腕上的东西。更可能的情形是，她个头'巨大'，这表较为适合她的朋友。'我捡到的小东西。'里斯那女孩属于哪个地区？"

"我不知道她属于哪个地区；本郡另一边的哪个地方，我想。但她在那个远过斯特普尔斯的孤零零的农场上班。"

"很久了吗？"

"我不清楚。我想不是。"

"这样，她可以戴新表而无人过问。是的，我认为是格拉迪斯把你的表送了回来。如果有不情愿的证人的话，那就是星期一的格拉迪斯。而如果格拉迪斯动摇到了把你的东西送回的地步，那就有一丝曙光初现了。"

"但她已经做了伪证，"夏普夫人说，"即便像格拉迪斯·里斯这样的傻瓜，肯定也隐约知道这在英国法庭是不容许的。"

"她可以申辩她是被胁迫的。如果有人对她建议那种处理方式的话。"

夏普夫人看着他。"英国法律里没有关于干预证人的条文吗？"她问。

"多的是。但我不建议做任何干预的事。"

"你建议做什么呢？"

"得认真想想。这是一个微妙的局面。"

"布莱尔先生，法律的错综复杂总是超出我的理解，可能永远总是超出我的理解，但你不会做因藐视法庭而被撂到一边，或者诸如此类的事，对吧？我无法想象没有你的支持，目前的状况会是怎样。"

罗伯特说他没有为任何事而致使自己被撂到一边的打算。他是一个清白的律师，有完美无瑕的名声和高尚的道德准则，她不必为她自己或者为他担心。

"如果我们能击倒罗斯谎言之下格拉迪斯·里斯的支撑，就会动摇他们的整个诉讼，"他说，"这是他们最具价值的证据：罗斯提到尖叫声的时候，还没有任何征兆表明你们将受到指控。我猜当罗斯给出证据时，你们看不到格兰特的脸色？在 C.I.D.①，一丝不苟的头脑，肯定是一大阻碍。让你的整个诉讼，依赖于连你都讨厌与之扯上关系的人，这肯定很难受。现在我得回去了。我能把小纸箱和有字的小纸片带走吗？"

"你真聪明，能看穿罗斯不会把它送回来，"玛丽恩说，把小纸片放进箱子里交给他，"你从前该是个侦探。"

"既不是侦探，也不是算命的，每样事都是从马甲上的蛋渍推导出来的。再会。"

罗伯特开车回到米尔福德，脑子里满是这个新的可能性。它不能解除他们的困境，但可能是一条生命线。

他发现拉姆斯登先生正在办公室里等他，修长、灰色、清瘦，还有冷冰冰。

---

① 指英国犯罪调查部门，便衣警察所属的机构。

"布莱尔先生，我来见你，因为这不是件在电话里可以说得很清楚的事。"

"哦？"

"布莱尔先生，我们在浪费你的钱。你知道世界上白人人口是多少吗？"

"不。不知道。"

"我也不知道。可你让我去做的事，却是从全世界的白人里把这个女孩挑出来。五千个人工作一年可能也做不到，一个人明天可能就能做到，这完全是个机遇问题。"

"但事情总是那样的呀。"

"不是的。刚开始的时候机遇是公平的。我们覆盖了明显的地方、码头、机场、旅游点、最知名的'蜜月'地。我没有在出差旅行上浪费你的时间或金钱。我在所有的大地方都有关系，在小地方也有很多，我只要对他们发出指令说：'找到是否有这样以及这样的一个人在你们当地的旅馆待过。'几个小时后就有反馈了，从整个不列颠各地传来的反馈。唔，完成了，我们剩下的小任务就是叫作世界上的其他地方。而我不愿意浪费你的钱，布莱尔先生，因为它就是意味着这个。"

"我理解为你想放弃了？"

"我没有那么说，准确地讲。"

"你认为因为你失败了，我该给你事先说明的。"

听到"失败"这个词，拉姆斯登先生的身子明显地绷紧了。

"那是花大钱去冒高风险。它不是一个商业提案，布莱尔先生。它甚至不是一场值得的赌博。"

"唔，依你的想法，我现在有个肯定足以使你高兴的东西，我想。"他掏出口袋里的小纸盒，"星期一的证人之一，有个叫格拉迪斯·里斯的女孩。她的角色是给她的朋友罗斯·格林提供佐证，说她早在警察对那个地方感兴趣之前，就已经告诉了她关于弗朗才斯的尖叫声。嗯，大家可能会这样说，她给证据的表现还行，但不热心。她紧张不安，不情不愿，明显地讨厌做证——两相对照，她的朋友罗斯却正享受着毕生难忘的经验。我当地的一位同事认为，罗斯施压于她，才使她站在那儿，但在那时看来，这似乎不大可能。可是，今天上午，罗斯从夏普小姐那儿偷去的表，在这个箱子里，附带着印刷体手写的字条，通过邮局寄回来了。由于罗斯绝不会操心把表归还，她根本就没良心，她也不会写字条，没有意愿否认其任何所为，结论必然是格拉迪斯收受了表——无论如何，罗斯不可能佩戴它而不受到注意——这就是罗斯如何使里斯支持她的谎言的。"

他停顿下来，让拉姆斯登发表看法。拉姆斯登先生点点头，不过是感兴趣的点头。

"现在，我们不能以任何理由接近格拉迪斯，否则会被指为恐吓证人。我的意思是，在地方法庭之前让她回归本真的描述，是不可能的。我们能做的，就是在地方法庭上破解她。凯文·麦克德莫特可能以他个性的威力和连珠炮式的提问做到这一点，但我表示怀疑：不管怎样，法庭可以在他达到任何目的之前就打断他。当他开始不停地质问证人的时候，他们倾向对他侧目而视。"

"是吗？"

"我想做的事，是能够把这张手写纸片带到法庭作为证据，指证这是格拉迪斯·里斯的手迹。这一证据表明她是被窃手表的拥有人，我们会建议说罗斯迫使她证实不真实的东西，麦克德莫特向她保证如果她是被迫无奈而做假证，她可能不会因此受罚，这样她就会失去控制而承认了。"

"这么说，你想要格拉迪斯·里斯手写体的另外一份标本？"

"是的。刚刚回来的路上我在想这事。我感觉她目前的工作是她的第一份工作，因此她离开学校的时间并不长，或许她的学校可以提供一份。或者不管怎么说，作为一个起始点吧。如果我们能弄到一份标本，而不采用追问煽动的办法，对我们将是大为有利。你认为你能做这事吗？"

"我能给你一份标本，是的。"拉姆斯登说，口气好像有人在说：给我任何合乎情理的任务，就可以办到。"里斯那女孩是在这儿上学的吗？"

"不，我想她来自本郡的另外一边。"

"好吧，我会找到的。她现在在哪儿工作？"

"在一个叫作布拉特农场的孤零零的地方，和弗朗才斯后面的斯特普尔斯隔着几块地。"

"那查找凯茵那个女孩的事——"

"仅在拉伯勒这个地方，你还有什么可以做的吗？我不能在你的专长方面教你任何东西，我清楚这点，但她曾待在拉伯勒。"

"是的，她待过的地方我们都查过了。在公共的地方。但 X 可能就住在拉伯勒，从我们所知的一切看来。她可能就是隐居在那儿了。毕竟，一个月——或者差不多一个月——对那类失踪来说，是个奇怪的时间，布莱尔先生。那种事情通常持续一个周末到十天的时间，不会更长。她可能只是和他一起回家了。"

"你认为那就是发生过的事？"

"不，"拉姆斯登迟疑地说，"如果你要我说实话，布莱尔先生，我们在某一个出口漏掉了她。"

"出口？"

"她离开本国，乔装改扮，看起来大不相同，以至于那张'黄油都不会融化'的照片根本无法反映她。"

"为何大不相同？"

"唔，我猜她没有假护照，因此她大概是以他的妻子的身份去旅行的。"

"是啊，当然。这是理所当然的。"

"像平时的她，就做不到那样。但把头发盘起，化化妆，她会看起来相当不同。你想象不出来，把头发盘起的造型，对女人的面貌会造成多大的差异。我第一次看到我老婆盘头，我都没认出她来。这使她面目大变，要是你想知道的话，以至于和她一起，我感到十分害羞，而我们已经结婚二十年了。"

"所以这是你认为发生过的事。我希望你是对的。"罗伯特悲哀地说。

"这就是我为何不想多浪费你的钱的原因，布莱尔先生。寻找照片中的女孩没多大用处，因为我们要找的人看起来一点儿也不像那个样子。她看起来像那样的时候，人们一眼就能认出来，电影院和其他地方。在拉伯勒她独自一人期间，我们很容易追查到她，但自那以后，就完全变为空白。在她离开拉伯勒之后，对凡是见过她的人，她的照片都是失灵无效的。"

罗伯特坐着，心不在焉地在达芙小姐可爱清新的吸墨纸上乱写乱画。吸墨纸上有一个人字形图案，非常简洁和富于装饰性。"你明白这意味着什么，对吧？我们完了。"

"但你有这个。"拉姆斯登抗议道，意指和表一起到来的手写纸片。

"那只能破解警察的诉讼，不能证明贝蒂·凯茵的叙述有假。夏普们要想摆脱这事，就得摆出证据，证明女孩的说法荒诞不经。做到这一点，我们唯一的机会，就是找到那些星期里她在哪儿。"

"是的。我明白了。"

"我想你已经查过私人物主了？"

"飞机？噢，是的。在这方面，发生了相同的情况。我们没有那个男子的照片，因此他可能是在特定时间携带女伴前往国外的几百个私人物主中的任意一个。"

"是啊。彻底没救了。本·卡利感到好笑，没什么好奇怪的。"

"你累了，布莱尔先生。你一直忧心忡忡。"

"是的。把像这样的东西倾倒在一个乡下律师的肩膀上，这事不常发生。"罗伯特自嘲地说。

拉姆斯登凝视着他，渐渐地，这凝视在拉姆斯登的面孔上化为了微笑。"对一位乡下律师来说，"他说，"我觉得你做得不差，布莱尔先生。一点儿也不差。"

"谢谢。"罗伯特说，发自内心地笑起来。这话出自阿列克·拉姆斯登之口，几乎就是一枚勋章。

"我不会让你失望。对付最坏的情况发生，你已经有了保障——或者说将有，当我得到那手写的证据时。"

罗伯特扔下他一直用来乱写乱画的笔。"我对基本保障没有兴趣，"他一阵发热地说，"我对正义感兴趣。此刻我生命里只有一个抱负，那就是在公开法庭上证明贝蒂·凯茵的故事是一派谎言。当着她的面，将那几个星期里她做了什么的全面描述公之于众，并有无可挑剔的证人恰如要求地做证。我们那样的机会是多少，你认为？还有什么——告诉我——还有什么可助我们一臂之力而我们还没试过的？"

"我不知道，"拉姆斯登严肃地说，"祈祷，或许。"

第十九章

这，够奇怪的，也是林婶的反应。

当弗朗才斯事件从地方丑闻变为响震全国的大事，林婶逐渐地接受了罗伯特与它的关系。毕竟，与连《泰晤士报》都报道了的案子有关联，不是件丢脸的事。当然，林婶是不读《泰晤士报》的，但她的朋友们读啊，教区教堂主持惠特克老上校、博姿①那个女孩，还有来自韦茅斯（斯沃尼奇）的沃伦老夫人；想到罗伯特将作为有名的庭审会辩方律师，即便辩方遭受鞭打无助女孩的指控，一种隐隐的自豪油然而生。毋庸置疑，罗伯特赢不了这案子，在她脑海里甚至从未投下一丁半点阴影。她已经心平气和地视胜利为当然了。第一，罗伯特本人这么聪明；第二，布莱尔/赫伍德/伯尼特律师事务所怎么可能与失败联系起来。顺便提一下，她甚至私底下遗憾，他的胜利将在诺顿发生，而不在每个人都可能会去观看的米

---

① 英国高街著名的化妆品、保健药品等连锁零售商。

尔福德。

因此，疑虑担忧初显端倪，她吃了一惊。不是震惊，因为她还不能具体化失败的前景。但这绝对是一个新的视角。

"可是罗伯特，"她说，脚在桌下扫动，试图安放她的脚凳，"你一点儿也没想过会输掉这个案子，对吧？"

"恰恰相反，"罗伯特说，"我一点儿也没想过我们会赢。"

"罗伯特！"

"在陪审团的审判中，给陪审团提供恰当的例证是个惯例。到目前为止，我们还没有恰当的例证。我想陪审团根本不喜欢这样。"

"你听起来很小题大做，亲爱的。我想你让这事搅得心烦意乱。为什么不抽出明天下午，来个高尔夫四人赛？最近你根本不打高尔夫了，对你的肝脏不好。我指的是，不打高尔夫。"

"不敢相信，"罗伯特惊讶地说，"我曾对高尔夫球场上'一块古塔波胶'的命运感兴趣。那肯定是在前生。"

"那正是我要说的，亲爱的。你失去主次观念了，让这事毫无必要地困扰你。毕竟，你有凯文。"

"我对此表示怀疑。"

"你什么意思，亲爱的？"

"我想象不出凯文抽出时间，赶到诺顿，来为一个他注定要输掉的案子做辩护。他有不切实际的时刻，但那不能完全把他的常识抹杀掉。"

"可凯文承诺会来的。"

"他做出那个承诺的时候，辩方还有时间使事态具体成形。现在离地方法庭开庭指日可数，我们还没有证据——没有任何希望。"

伯尼特小姐从她的汤匙上方盯着他。"我认为，你知道，亲爱的，"她说，"你没有足够的信念。"

罗伯特克制着，没有说出他根本就没有信念。没有，无论如何，在有关弗朗才斯事件上，对上天的参与抱以信念。

"要有信念，亲爱的，"她欢快地说，"一切都会好起来的。你会看到。"接下来极度的静默明显地使她稍微不安，因为她又附加说道："如果我早知你对这案子忧虑或不快，亲爱的，我就会很久以前做些额外的祷告了。我还以为你和凯文会在你们之间把它解决掉呢。'这是英国的司法制度。'但现在我知道你正为它担忧，我肯定会呈上特殊的请求。"

请老天帮忙的话带着一本正经的腔调说出来，恢复了罗伯特的幽默感。

"谢谢你，宝贝儿。"他以平常好脾气的声音说。

她把汤匙放到空碟子上，向后仰，粉红色的圆脸上浅浅地浮现出逗趣的微笑。"我懂得这口吻，你是在迎合我，但这没有必要，你知道。这事是我对，而你错。它说得很清楚，信念可以移动大山。困难之处总是在于，需要巨大的信念，才能移动大山，而事实上聚积这么巨量的信念是不可能的，因此大山实际上是无法移动的。但在更小的事情上——像目前这个——为了那个场合，攒足信念是有可能的。所以，与其一味绝望，亲爱的，千万试着在事情发生的过程中，怀抱一些信心。同时今晚我会去圣马修教堂，花一点时间祈祷明早你将得到一件证据，那会让你感觉更好。"

第二天上午，当阿列克·拉姆斯登带着一件证据走进他的房间时，罗伯特的第一想法是，没有什么东西可以阻止林婶将此归功于她。不提这事也不行，因为午餐时她用明快自信的口吻问他的第一件事，就是："哦，亲爱的，你得到我祈求的证据了吗？"

拉姆斯登既自得，又开心；把拉姆斯登的惯用语翻译为普通常识，可以在任何层面上，产生多种诠释。

"我最好坦率地承认，布莱尔先生，当你让我去那所学校时，我不抱很大希望。我之所以去了，是因为它和其他地方一样，似乎是个不错的起始点，我可能从员工那儿找到和里斯结识的好办法。或者，让我的一个马仔去结识她。我甚至都想好了，一旦我的马仔开始和她约会，如何不打草惊蛇地弄到她的手写信件。但你是个奇迹，布莱尔先生，归根结底你的想法是正确的。"

"你的意思是你得到我们想要的了！"

"我见了她的班主任老师，开门见山地说明来意和原因。唔，根据需要地开门见山吧。我说格拉迪斯被疑做伪证——一种刑事上要被罚做苦工的事——但我们认为她是被迫的，为了证明这一点，我们需要她曾用印刷体写过的任何东西的一份标本。嗯，当你让我去那儿，我想当然地认为自离开幼儿园，她就没用印刷体写过一个字母，但班主任——巴格利小姐——说让她想想。'当然可以，'她说，'她画画很好，如果我没有，也许家访艺术老师有。我们喜欢保留学生创作的好作品。'不得不容忍所有问题学生，这算作一点安慰吧，我想，可怜的。唔，我不必去见艺术老师，因为巴格利小姐翻找了一些东西，找到了这个。"

他把一张纸放到罗伯特前面的桌上。它是一张加拿大的手绘地图，显示出主要的行政区划、市镇和河流。不准确，但非常整洁。底部用印刷体写着"加拿大自治领"。右边角落签名：格拉迪斯·里斯。

"似乎是每个夏天，毕业的时候，他们都举办作品展览，他们通常保留展品，直到第二年举行的下个展览。我想第二天就把它们扔掉，似乎太冷酷无情了。或许他们保留它们，是为了展示给来访的大人物和视察员看。不管怎样，很多抽屉装满了东西。这个——"他意指地图，"是一次比赛的产物——'二十分钟内凭记忆画一张任意国家的地图'——三位获胜者的作品被展出。这一个是'并列第三'。"

"我几乎无法相信它。"罗伯特说，目不转睛地盯着格拉迪斯·里斯的手工作品。

"巴格利小姐认为她手很灵巧的看法是对的。有意思，她的读写那么差。你可以看到他们纠正她有圆点的大写'我'字。"

确实是的。罗伯特对这一缺点感到心花怒放。

"她没有脑子，这个女孩，但有敏锐的眼，"他说，想着格拉迪斯对加拿大的印象，"她记得东西的形状，但记不住名字。拼写完全是她自己的风格。我猜'并列第三'，是奖励作品的整洁。"

"不管怎样，对我们是份好作品，"拉姆斯登说，把随手表一块儿邮寄来的小纸片放下，"我们得感谢她没有选择阿拉斯加①。"

"是啊，"罗伯特说，"一个奇迹。"（林婶的奇迹，他的脑袋说。）

"这类事情谁最好？"

拉姆斯登告诉了他。

"现在我就把它带到镇上去，今晚，明天早上之前，得到一份报告，然后早餐时间我把报告交给麦克德莫特先生，如果你觉得可以的话。"

"可以？"罗伯特说，"简直太完美了。"

"我认为对它们也做指纹图谱，是个好主意——还有小纸箱。有些法官不喜欢字迹鉴定专家，但两样加在一起，哪怕是法官，都会信服。"

"唔，"罗伯特说，把它们递交过去，"至少我的客户不会被判做苦工了。"

"什么也比不上看到事物的光明面。"拉姆斯登干巴巴地评论道，罗伯特大笑起来。

"你认为我对这样一个特免没有感恩之情。不是的，它卸掉了压在我脑子里的重负。然而真正的重负还在那儿。证明罗斯·格林是个贼、骗子，还有敲诈者——兼做伪证——还是没有触及贝蒂·凯茵的故事。我们启程的目的，是证明贝蒂·凯茵的故事是瞎编的。"

---

① 因为加拿大曾是英国的殖民地，故有 DOMINION OF CANADA(加拿大自治领)一说，其中 DOMINION 包含字母 I，格拉迪斯·里斯在上面加了圆点，从而暴露了她拼写的弱点。而 ALASKA（阿拉斯加）不是自治领，本身也不包含字母 I，也就无法提供证据。

"还有时间。"拉姆斯登说,不过是半心半意的敷衍。

"所有剩下的时间是等待奇迹的发生。"

"哦?为什么不?奇迹时有发生。为什么不能发生在我们身上?我明天该什么时候给你电话?"

次日却是凯文打来电话,充满了祝贺和欣喜。"你真不可思议,罗伯。我会把他们驳得体无完肤。"

是啊,对凯文来说,这是猫和老鼠游戏的一次可爱的小实践,而夏普们将"自由地"走出法庭,自由地回到她们闹鬼的房子,还有她们闹鬼的人生:两个曾经威胁并鞭打一个女孩的半疯女巫。

"你听起来并不是很开心,罗伯。这事让你沮丧吗?"

罗伯特说出他的想法,夏普们虽然免却了牢狱之灾,但仍将活在贝蒂·凯茵营造的牢狱里。

"也许不会,也许不会,"凯文说,"我会就凯茵那个分岔的小路的愚蠢错误,尽自己最大的力量。真的,要是迈尔斯·埃里森不是控方律师的话,我或许就能用这个来破解她了,但迈尔斯可能很快就能挽回局面。高兴起来,罗伯,至少她的信用会被大大地动摇。"

可动摇贝蒂·凯茵的信用还不够。他清楚这对普罗大众造成的影响多么有限。最近他有大量"那女人就在街上"的经历,他被人们普遍没有能力分析最简单的陈述而震惊了。即便报纸报道了从窗口看到的风景那一小块——它们很可能太过忙碌地报道更具轰动效应的罗斯·格林做假证的事——即便他们报道了这个,对一般读者也不会有什么影响。"他们试图将她置于错方,但他们很快徒劳无功地回归原位。"这就是它所能传递给他们的一切。

凯文在全体审判人员、记者、官员，以及任何恰好在场的具有批判意识的观众身上，有可能成功地动摇贝蒂·凯茵的信用，但以目前的证据，他对贝蒂·凯茵一案在全国激起的强烈的偏袒情绪，无能为力，无法变更。夏普们依旧被谴责。

而贝蒂·凯茵将逃脱此事的责任。

对罗伯特来说，这个想法，比夏普们闹鬼的人生前景还要糟糕。贝蒂·凯茵将继续是一个爱意盈盈的家庭的中心：安全，深受喜爱，享有英雄般的崇拜。想到这一点，曾经温厚随和的罗伯特变得嗜杀成性了。

他不得不向林婶承认，在她祈祷所求的时间内，一份证据出现了，但优柔寡断地忍住没告诉她，所说的证据足以摧毁警察的起诉。她会把那叫作胜诉，而"胜利"对罗伯特却是另外一番含义。

对纳维尔，似乎也是如此。自年轻的伯尼特入驻曾是他的后屋以来，罗伯特第一次把他当成拥有共同意志的盟友。对纳维尔来说，贝蒂·凯茵将"逃脱此事的责任"，也是不堪设想的。当他们的愤怒被激发起来，和平主义者脑海里装满的残忍的怒火，再一次使罗伯特惊讶无比。纳维尔有一种特别的方式说"贝蒂·凯茵"：音节好像是不小心放进嘴里的一些毒药，他把它们吐出来。"有毒的"，也是他最爱用以形容她的词语。"那个有毒的生物。"罗伯特发现他很令人欣慰。

然而局势却不令人欣慰。夏普们以高贵的尊严接受了她们可能避过牢狱之灾的消息，从贝蒂·凯茵的第一次指控，到接受传讯出庭，出现在被告席上，这已是她们特有的接受事物的一贯态度。但她们同样意识到，这事将未经证实地逃脱过去。警察的起诉可以破解，她们会得到裁决。能得到这个裁决，是因为在英国的法律体系中，没有折中政策。在苏格兰的法庭，裁决的结果将是"未经证实"。而这，事实上，将和下个星期地方法庭裁定的结果如出一辙。仅仅是警察还没有获得强有力的证据来支持他们的诉讼，并不说明诉讼一定很糟糕。

离地方法庭开庭只有四天的时候，他才向林婶承认掌握的证据已足以粉碎指控。他实在受不了那张粉红色圆脸上逐渐增长的忧虑。他本来只是想慰藉慰藉她，息事宁人，未承想却把所有一切全向她倒了出来，如同当年那个小男孩把自个儿的烦恼一股脑儿倾泻出来，那时候林婶是个全知全能的天使，而不只是善良、傻傻的林婶。她倾听着这出乎意料的言辞的洪流——和他们饭间交谈的平常用词大相径庭——惊讶得说不出话来，宝蓝色的眼睛专注又体贴。

"你看不出来吗，林婶，这不是胜利，这是失败，"他说完了，"这是对正义的嘲弄。我们奋斗的目标不是一纸裁决，是正义。而想得到它，我们却毫无希望。一点希望也没有。"

"但你为什么不告诉我所有这一切，亲爱的？你认为我不会明白，或者同意，或者什么的？"

"哦，你我感受不一样，关于——"

"只因为我不很喜欢弗朗才斯那些人的样子——我必须承认，亲

爱的，甚至现在，她们也不是我天生喜欢的那类人——只因为我不很
喜欢她们，并不意味着我对正义的伸张漠不关心，总不会是这样吧？"

"不，当然不；但你相当坦率地说过，你觉得贝蒂·凯茵的描述
是可信的，所以——"

"那个，"林婶平静地说，"是在警察法庭之前。"

"法庭？但你没去法庭啊。"

"没去，亲爱的，但惠特克上校去了，他压根儿也不喜欢那女孩。"

"是吗，真的？"

"是的。他对这事很有说服力。他说在他的军团，或者军营还是
什么的，曾有个——你怎么称呼它呢——一个一等兵，和贝蒂·凯
茵一模一样。他说他是个清白无辜的伤员，引得整个军营争吵不
休，比一打疑难案件还麻烦。多好的表述：疑难案件，是吧。结果
他被放到温室（greenhouse）里，惠特克上校说。"

"是玻璃温室（glasshouse）①。"

"嗯，像那样之类的东西吧。至于斯特普尔斯那个格林，他说只
要看她一眼，就会自动知道她每句话里包含多少谎言。他也不喜欢
格林那女子。所以你看，亲爱的，你不要以为我对你的忧虑无动于
衷。我对抽象的正义和你一样感兴趣，我向你保证。我会加倍为你
的成功祈祷。今天下午我本打算去格利森的花园聚会的，但我要改
去圣马修教堂了，在那儿待上一个小时。不管怎么说，我想天要下

———

① 军队俚语，指周围有玻璃的轰炸员舱。

雨了。格利森的花园聚会总是碰上下雨，可怜的东西。”

"哦，林婶，我不否认我们需要你的祈祷。现在只有奇迹才能拯救我们了。"

"唔，我会祈求奇迹。"

"解开套在英雄脖子上的绳索的最后一刻缓刑令？那只发生在侦探故事和美国西部片里的最后几分钟。"

"根本就不是。奇迹每天都发生，在世界的某个地方。要是有办法发现并累加它发生的次数，你无疑会大吃一惊。当其他办法都失败了，你知道，上天确实会伸手相助。你没有足够的信念，我亲爱的，我之前就指出过了。"

"我不信主的使者会出现在我的办公室，带着贝蒂·凯茵那个月做了什么的描述，如果这是你的意思的话。"罗伯特说。

"你的问题，亲爱的，在于把主的使者想成一个带翅膀的生物，而他可能是个戴黑色圆顶硬呢帽的邋里邋遢的小个子男人。无论如何，今天下午我会使劲祈祷，当然，还有今晚；到了明天，救兵或许就会被遣送过来。"

第二十章

结果是，主的使者不是一个邋里邋遢的小个子男人，而他的帽子是令人遗憾的欧洲大陆风，紧紧卷着的帽檐整个朝上翻起。他在第二天大约十一点半时到达布莱尔 / 赫伍德 / 伯尼特律师事务所。

"罗伯特先生，"赫舍尔苔因老先生头伸进罗伯特的门口说，"有个兰格先生在办公室里想见你。他——"

并未期待着主的使者，非常习惯于陌生人出现在办公室里，等着见他，忙碌的罗伯特说道："他想要什么？我正忙着。"

"他没说。他只说要是你不太忙的话，他想见你。"

"嗯，我忙得不可开交。巧妙地探听他的来意，好吗？如果不是重要的事，纳维尔可以处理。"

"好的，我会探听到的，但他的英语很不清楚，而且他似乎不愿意——"

"英语？你是说，他说话咬舌？"

"不，我是说他的英语发音不是很好。他——"

"那人是个外国人，你的意思是？"

"是的。他从哥本哈根来。"

"哥本哈根！为什么你不早点告诉我？！"

"你没给我机会，罗伯特先生。"

"带他进来，提米，带他进来。噢，仁慈的上帝，神话故事变真了吗？"

兰格先生很像巴黎圣母院的一根诺曼柱子。一样的圆，一样的高，一样的坚固和一样的样貌可靠。在这根挺立坚固的大圆柱顶部，一张友好正直的脸在远处散发着光彩。

"布莱尔先生？"他说，"我叫兰格。很抱歉打搅你——"他发不出 th 的音①——"但事关重大。对你重大，我的意思是。至少，我是这样认为的。"

"请坐，兰格先生。"

"谢谢，谢谢。天气暖和，是吧？也许这就是你们的夏日？"他对罗伯特微笑，"英语里有条习语，是关于一日成夏的玩笑。我对英语习语非常感兴趣。正是出于我对英语习语的兴趣，我来见你。"

罗伯特的心直沉脚底，跟电梯快速俯冲似的。童话故事，真的。不，故事只是故事。

"是吗？"他鼓励地说。

"我在哥本哈根有家旅馆，布莱尔先生，叫红鞋旅馆。当然，不

_____

① 指打搅（bothering）里的 th。

是因为那儿每个人都穿红鞋子，而是因为安徒生的一个童话故事，你或许可能——"

"是的，是的，"罗伯特说，"它也变成了我们的童话故事。"

"啊，这样啊！是啊。一个伟人，安徒生。如此单纯的一个人，现在是国际人物了，这是令人称奇的事。但我浪费你的时间了，布莱尔先生，我浪费你的时间了。我说什么来着？"

"英语习语。"

"啊，是的。学习英语是我的丈夫。"

"嗜好①。"罗伯特不由自主地更正道。

"嗜好。谢谢。为了生活，我经营一家旅馆——因为在我之前，我父亲以及他的父亲，都经营这家旅馆——但因为一个丈……嗜好？是的，谢谢——因为一个嗜好，我学习英语习语。因此每天他们留下来的报纸，都拿来给我。"

"他们？"

"英国旅客。"

"啊，是的。"

"晚上，等他们已经安息时，小打杂把英文报纸收集起来，留在我的办公室。我经常很忙，没有时间看，所以它们堆在一起，等我空闲时，我拿起一份，好好学习。我说清楚了吗，布莱尔先生？"

"非常清楚，非常清楚，兰格先生。"一丝渺茫的希望又升起

---

① 英语中"丈夫"（hubby）和"嗜好"（hobby）形音均十分相近。

来。报纸？

"事情就这样继续下去。片刻休闲，读一点英文报纸，学一条新习语——或许两条——全都没有激动。你们怎么表述这个？"

"平静的。"

"这样啊。平静的。然后有一天我从报堆里拿出这份，和拿出其他任何一份一样，我把学习习语全忘了。"他从大大的口袋里拿出一份曾折过的《艾克－爱玛》，铺在罗伯特面前的桌上。是5月10号星期五那期，贝蒂·凯茵的照片占了三分之二的版面。"我盯着这张照片。然后我看内页，读了整个故事。然后我对自己说这太不寻常了。太不寻常了，这真是。报纸说这是贝蒂·康恩的照片？"

"凯茵。"

"啊，这样啊。贝蒂·凯茵。但它也是查德威克夫人的照片，她和她丈夫待在我的旅馆。"

"什么！"

兰格先生看起来很高兴。"你感兴趣啦？我多么希望你会。我确实希望如此。"

"讲下去。告诉我。"

"他们在我这里待了两个星期。这太不寻常了，布莱尔先生，当那个可怜的女孩在一间英国阁楼里挨打受饿的时候，查德威克夫人却在我的旅馆里狼吞虎咽——那女孩能吃多少奶油，布莱尔先生，甚至我，一个丹麦人，都不得不服——过得十分开心。"

"是吗？"

"嗯，我对自己说：这毕竟只是张照片。虽然这正是她看上去的样子，当她把头发放下来，去参加舞会——"

"把头发放下来？"

"是啊。她把头发往上梳好扎起，你知道。但我们有个化装舞会——"

"化装？"

"是啊。穿着化装舞会服装。啊，就是这样。穿着化装舞会服装。为了和她的化装舞会服装搭配，她把头发放下来，就像这个这样。"他轻叩照片，"于是我对自己说：毕竟，这只是张照片。一个人照片里的样子和真人根本不像有多么常见。报纸上的这个女孩，和那段时间和她丈夫待在这儿的查德威克夫人，可能会有多少关系呢！所以我说服了自己。但我没有把报纸扔掉。没有。我保留着。我时不时地看看它。每次看它我就想：可这就是查德威克夫人。所以我还是迷惑，去睡觉的时候我想着这事，而我该想的是第二天的生意营销。我暗自寻找答案。双胞胎，也许？可不对啊，贝蒂那个女孩是独生子。表姐妹。巧合。长相酷似。我想了个遍。夜晚，这些解释令我满意，我转身睡了，但早上我看着照片，所有的又变成了散片。我想：但绝对没有疑问，那是查德威克夫人。你明白我的困境吗？"

"完全明白。"

"所以当我来英格兰出差时，我把带阿拉伯名字的报纸①放在——"

"阿拉伯的？噢，是的，我明白。我不是有意打断你。"

"我把它放进袋子里，晚餐后的一个夜晚，我把它拿出来，给我投宿处的朋友看。我投宿在伦敦贝斯沃特我的一个同乡家里。我的朋友马上变得很激动，说：但它现在是一件警察的事了，这些女人声称她们从来没见过这女孩。她们由于被认为对女孩做了那些事，而遭到逮捕了。然后他叫他的妻子：'丽塔！丽塔！上上个星期二的报纸在哪儿？'我朋友家，是那类家庭，总是保存着上上个星期二的一份报纸。然后他的妻子拿着报纸过来了，他给我看了审判的描述——不，那个——那个——"

"出庭。"

"是的。两个女人出庭受审。我那时读到再过两个星期多一点，审判就要在这个国家的某个地方举行。唔，到现在，只有短短几天了。因此我的朋友说：你有多肯定，艾纳，那个女孩和你的查德威克夫人是同一个人？我说：说真的，非常肯定。于是他说：报纸这里有代表这些女人的律师的名字，没有地址，但这个米尔福德是个非常小的地方，很容易找到他。明天我们早点喝咖啡——是指早餐——你去这个米尔福德，告诉这个布莱尔先生你的想法。所以我就在这儿啦，布莱尔先生。你对我说的东西感兴趣吗？"

---

① 指《艾克－爱玛》，在兰格先生听起来，它像个阿拉伯名字。

罗伯特朝后仰坐，拿出手帕，擦擦前额。"你相信奇迹吗，兰格先生？"

"当然了。我是个基督徒。真的，虽然我还不是很老，但我自己已经看到过两个奇迹了。"

"哦，你刚刚亲身经历了第三个。"

"是这样吗？"兰格先生眉开眼笑，"这使我非常开心。"

"你拯救了我们的熏肉。①"

"熏肉？"

"一条英语习语。你不仅拯救了我们的熏肉，你简直就是救了我们的命。"

"你认为，那么，和我想的一样，她们是同一个人，那个女孩和在红鞋旅馆的我的客人？"

"我毫不怀疑。告诉我，你有她待在你那里的日期吗？"

"噢，有啊，确实有。在这儿。她和她丈夫3月29号星期五乘飞机到达，他们离开——也是乘飞机，我认为，虽然这一点我不是这么肯定——4月15号，一个星期一。"

"谢谢。她的'丈夫'，他长什么样？"

"年轻，深肤色，英俊。有点——嗯，该用什么词呢？太过聪明了。华而不实？不。"

"浮华招摇。"

---

① 指化解困境，解危救难。

"啊，正是这个词，浮华招摇。有点浮华招摇，我认为。我注意到他并不很受其他来来往往的英国人的待见。"

"他只是度假吗？"

"不，噢，不。他来哥本哈根出差。"

"什么样的差事？"

"那个我就不知道了，很遗憾。"

"你甚至不能猜一猜？在哥本哈根他很可能对什么感兴趣？"

"那就看他，布莱尔先生，对买或者卖有没有兴趣了。"

"他英国的地址是什么？"

"伦敦。"

"说得太清晰明确了。能不能给我一点时间打个电话？你抽烟吗？"他打开烟盒，朝兰格先生推过去。

"请接米尔福德 195 号。请赏光和我吃个午餐，兰格先生，好吗？林婶？午餐后我要直接去伦敦……是的，过夜。能做做好事，帮我打个小包吗？……谢谢，亲爱的。我今天带个人回去，随便吃点午餐，行不行？……噢，好……是，我问问他。"他遮住话筒，说，"我婶婶，其实是我堂姐，想知道你吃油酥饼吗？"

"布莱尔先生！"兰格先生说，笑容满面，嘴咧得比他的腰围还宽，"你问一个丹麦人这个？"

"他喜欢油酥饼，"罗伯特对着话筒说，"还有我说，林婶，今天下午你要做什么重要的事吗？因为我想你应该去圣马修教堂，还愿谢主……你的主的使者降临了。"

甚至兰格先生都能听到林婶兴奋的声音:"罗伯特!不,不是真的!"

"活生生的……不,一点儿都不邋遢……很高大,相貌堂堂,是这个角色的完美化身……你会给他一顿丰盛的午餐,对吧?……是,这就是要来吃午餐的人。主的使者。"

他放下电话,仰望被逗笑了的兰格先生。

"现在,兰格先生,我们去玫瑰与皇冠酒店,痛喝伤身的啤酒。"

第二十一章

　　三天后，当罗伯特去弗朗才斯，开车送夏普们去诺顿准备翌日的地方法庭开庭时，他发觉那里洋溢着几乎是新婚的气息。两盆奇怪的黄色桂竹香立在台阶上方，幽暗的厅堂因花儿而焕发光彩，好似为婚礼而装饰一新的教堂。

　　"纳维尔！"玛丽恩说，她的手对着喜气洋洋的庞然大物做出解释性的一挥，"他说这房子该有种庆祝的样子。"

　　"我希望我能想到这点。"罗伯特说。

　　"最近这几天之后，要是你还能思想，我会很惊讶。要不是你，我们今天就不是沉浸在喜悦中了！"

　　"如果不是一个叫贝尔的人，你指的是。"

　　"贝尔？"

　　"亚历山大·贝尔。他发明了电话。如果没有这项发明，我们应该还在黑暗中摸索。现在看到一部电话而不畏缩，我要好几个月才能恢复。"

"你们轮流来吗？"

"噢，不。我们每人都有自己的电话。凯文和他的职员在事务所，我在他圣保罗教堂墓地的小地方，阿列克·拉姆斯登和他的三个帮手在他的办公室，以及任何他们能找到可以不间断使用电话的地方。"

"你们有六个人。"

"我们七个人六部电话。我们需要电话！"

"可怜的罗伯特！"

"刚开始还很有意思。我们充满了追踪的兴奋，知道我们是在正确的轨道上，成功几乎唾手可及。等我们肯定伦敦电话簿上的查德威克，没有一个人和 3 月 29 号飞去哥本哈根的查德威克有任何关系，还有所有航空公司对他所知，仅是 27 号从拉伯勒订了两个座位，这时候，我们失去了开始的兴奋感觉。当然，拉伯勒订票这条信息使我们高兴。但那之后，完全是费尽周折。我们找到我们卖了什么东西给丹麦，还有他们买了我们什么东西，然后在我们之间摊分。"

"货物？"

"不，买家和卖家。丹麦游客咨询处是上天的恩赐，他们把所有的信息都倒给了我们。凯文、他的职员，还有我，负责出口，拉姆斯登和他的人手，负责进口。从那时起，就是枯燥乏味的事情，接通经理们，问：'有个叫伯纳德·查德威克的人在贵处工作吗？'没有一个叫伯纳德·查德威克的人在那儿工作的公司数目多得令人难以置信。但我对我们向丹麦出口方面的了解，比以前大有长进。"

"我丝毫也不怀疑。"

"我受够了电话，以至于我这端电话响起时，都不想接了。我几乎忘了，电话是双向的。它只是一种我可以把插头插入全国各地的办公室里，用于询问的仪器。我盯着它看了好一会儿，才意识到它毕竟是个相互的东西，有人反过来了，正在找我呢。"

"是拉姆斯登。"

"是的，是阿列克·拉姆斯登。他说：'我们找到他了。他为布雷恩／哈弗德公司购买瓷器及物品。'"

"我很高兴是拉姆斯登发现了他。这将弥补他没能追踪到女孩下落的遗憾，使他感到安慰。"

"是啊，他现在感觉好多了。那之后，是赶紧去和我们需要的人面谈，获得法院传票，还有其他的事情。不过整个美妙的结果，将在明天诺顿的法庭上呈现。凯文都等不及了。他对将要发生的事情跃跃欲试，垂涎不已。"

"如果我能够替那女孩感到难过，"夏普夫人说道，她拿着一个短途旅行袋进来，把它扔到一张红木壁台上，那随便的样子要是被林婶看到了，林婶会昏过去的，"那就是站在证人席上，面对一个恶狠狠的凯文·麦克德莫特。"罗伯特留意到那个袋子，原先曾是非常雅致昂贵的——或许，是她富足的早期婚姻的遗物——已是不堪入目地破旧了。他暗自决定，等他娶了玛丽恩，送给新娘母亲的礼物，将是一个衣柜，小巧、轻便、雅致和昂贵。

"我从来不曾，"玛丽恩说，"对那女孩产生哪怕稍纵即逝的难过之情。我会把她拍打到地球表面，就像拍打橱柜里的一只蛾子一样——除了我总是对蛾子感到抱歉之外。"

"那女孩原本是什么打算？"夏普夫人问，"她到底有没有打算回到她的家人身边？"

"我不认为如此，"罗伯特说，"我想她还在为不再是梅多塞德街39号的兴趣中心而愤愤不平，怨恨不已。凯文早就说了，犯罪始于以自我为中心，以及极度的虚荣。一个普通的女孩，哪怕是个感情用事的少女，当她的收养哥哥不再视她为生命里最重要的人物，可能都会伤心欲绝；但她会在啜泣里，或者闷闷不乐中，要不变得难以相处，要不决定抛弃世界，进入修道院，要不就会采取青少年在调整过程中的其他半打方式，找到解决问题的办法。但像贝蒂·凯茵如此以自我为中心的人，就没有调整。她指望世界做出调整来适应她。顺便说一句，罪犯总是如此。罪犯总是怪生活对他们不公，无一例外。"

"一个迷人的生物。"夏普夫人说。

"是啊，甚至拉伯勒主教都发现很难为她想出个缘由来。他的杀手锏'环境论'这次用不上了。贝蒂·凯茵拥有他推荐治愈罪犯的一切：爱，天赋的自由发展，教育，安全。你想想，这对主教大人是相当大的一个难题，因为他不相信遗传。他认为罪犯是被制造出来的，因此可以被拆卸解除掉。依主教的看法，'罪恶的血液'只是一种古老的迷信。"

"托比·伯恩，"夏普夫人嗤之以鼻地说，"你该听听查尔斯马厩里那些伙计是怎么说他的。"

"我已经听纳维尔是怎么说她的了，"罗伯特说，"我怀疑还有谁能把纳维尔的版本更提升一级的。"

"那么，订婚是肯定解除了？"玛丽恩问。

"肯定了。林婶看好惠特克的大女儿。她是毛特列文夫人的侄女，卡尔氏族克利斯普的孙女。"

玛丽恩和他一起笑起来。"她人好吗，惠特克那个女孩？"她问。

"好。公正，秀丽，教养良好，有音乐天赋但不唱歌。"

"我希望纳维尔娶到一个好妻子。他所需要的，是他自己的一些持久的兴趣，一个可以投入他的精力和情感的焦点。"

"眼下，他精力和情感的焦点是弗朗才斯。"

"我知道。对我们来说，他一直都很宝贵。哦，我想是时候我们该走了。如果上星期哪个人对我说，我离开弗朗才斯去诺顿迎接胜利，我是不会相信的。可怜的史坦利从现在开始可以睡在他自己的床上了，而不需要在一座孤零零的房子里保护两个老妖婆。"

"他今晚不睡这儿吗？"罗伯特说。

"不睡这儿。为什么要？"

"我不知道。我不喜欢房子完全留空的想法。"

"警察会在执勤时像往常一样过来看看。不管怎么说，自那些人打碎我们的窗子那晚起，甚至再没有人试图做什么事。只是今晚。明天我们又回家了。"

"我知道。但我就是不怎么喜欢这样。史坦利不能多住一晚吗？直到案子结束。"

"如果他们又想弄坏我们的窗户，"夏普夫人说，"我认为史坦利待在这儿也挡不住。"

"是啊，挡不住。无论如何，我会提醒哈莱姆，房子今晚是空的。"罗伯特说，不再继续这个话题。

玛丽恩在他们身后锁上门，大家一起走去大门口，罗伯特的车在那儿等着。在大门口，玛丽恩停下来回望房子。"这是个丑陋破旧的地方，"她说，"但它有个优点。一年到头，它都是一个样子。仲夏时分，草被晒得有点焦，看起来发蔫，否则它是一成不变。大多数房子有个'最好的'时期，随着杜鹃花，或者草本植物的边缘，或者爬山虎，或者杏花，或者其他一些东西开花兴盛的时节而变得漂亮。但弗朗才斯始终如一，它没有装饰的褶边。你笑什么，母亲？"

"我在想，有那几盆黄色桂竹香，这可怜的东西看起来好俗气啊。"

他们在那儿站了一会儿，嘲笑严峻、污白的房子，被格格不入的轻飘飘的东西装饰起来，然后笑着关上了大门。

然而罗伯特并没有忘记这事，在诺顿逸羽酒店和凯文共进晚餐之前，他给米尔福德的警察局打了电话，提醒他们夏普家的房子那个晚上没人在家。

"好的，布莱尔先生，"巡佐说，"我会告诉值班人员打开大门四处看看。是的，我们还有钥匙。那好的。"

罗伯特觉得这没什么作用，但他那时也看不出又还能如何防范。夏普夫人说过，如果有人有意打碎窗玻璃，那窗玻璃就无可避免地要破碎。他认为自己大惊小怪了，便放心地去参加凯文及他法律界的朋友的聚会了。

聚会讨论热烈，罗伯特在光线幽暗，独具逸羽酒店特色的有护墙板的房间里上床睡觉时，已是深夜。逸羽酒店——美国访客来英国"必选"之一——不仅声名远播，而且设施现代。管道穿过亚麻褶皱效果的橡木，电线通过木梁天花板，一条电话线被引过橡木条地板。自1480年以来，逸羽酒店一直为出门旅行的大众提供舒适，而且没有任何停顿下来的理由。

罗伯特的头一碰到枕头，就睡过去了，耳边的电话响了好一阵子，他才听到。

"嗯？"他说，还在半睡半醒。然后猛地惊醒了。

是史坦利。他能不能回米尔福德？弗朗才斯着火了。

"很大？"

"不小，但他们认为能保住房子。"

"我尽快赶过去。"

二十英里的路程，他只花了从这个门到那个门的时间，这在一个月前的罗伯特·布莱尔看来，别人做到这一点，该受呵斥，他做到这一点，不可思议。当他风驰电掣地经过米尔福德商业街下端他自己的家，朝远处郊外驶去时，他看到地平线上的白光，好像满月在冉冉升起。然而月亮正悬在天空，夏天淡淡夜色里一弯银色的上弦月。燃烧的弗朗才斯的火光在阵阵令人作呕的大风里轻轻摇曳，使罗伯特的心带着未曾忘却的恐惧阵阵缩紧。

好在房子里没人。他疑惑是否有人及时赶到那儿抢救出有价值的东西。那儿有人能从一堆不值钱的物什里辨认出有价值的东西吗？

大门洞开，庭院——在烈焰映照下亮如白昼——挤满了消防人员和设施。他看到的第一样东西，是从会客室救出的珠饰椅子，极不协调地放在草地上；他一阵情难自抑，不管怎样，有人救出了它。

几乎让人认不出来的史坦利抓住他的袖子，说："你来啦。不知怎的，我认为你应该知道。"汗水淌下他变黑的脸庞，留下清晰的小河痕迹，因而他年轻的脸庞看起来沟沟坎坎，苍老了许多。"水不够。我们救出了很多东西。会客室里她们每天都用的所有东西。如果非得选择的话，我想那是她们想要的。我们抛出了一些楼上的物件，但所有沉重的东西都被烧掉了。"

床垫和床上用品堆在草地上，避开救火队员的行走路线。家具则四散在救出时被放置下来的地方，看起来惊恐不安。

"我们把家具搬远一点，"史坦利说，"放这里不安全。要不着火的小东西会落在上面，要不有个混蛋会用它来踩在上面。"混蛋是指消防队员，他们正在竭尽全力、汗流浃背地高效运作。

于是，罗伯特发觉自己穿过一幅壮观的场景，一遍遍重复着费劲拉送家具的活儿，满怀悲伤地辨认出他知道原来待在正常位置的物件。夏普夫人曾认为格兰特探长太重了，不适合坐于其上的椅子；招待凯文午餐用的樱桃木桌子；就在几个小时前，夏普夫人把她的袋子扔在上面的壁台。火焰的汹涌燃烧和噼啪作响声、消防队员的喊叫声、怪异的月光混合、顶灯、摇曳的火光，反差巨大又错乱并列，还有东一点西一点毫不相关的家具，使他想起了全身麻醉后刚刚恢复知觉时的感觉。

然后，两件事同时发生了。一声巨响，二楼坍塌了。新的火苗喷涌而出，照亮了周围人的脸，他看到两个并排的青年，满脸幸灾乐祸，洋洋得意。同时，他意识到史坦利也看到了他们。他看见史坦利的拳头照着远点的那个的下巴猛地一击，响声甚至盖过了熊熊大火的杂音，幸灾乐祸的脸随即消失在被践踏的小草的黑暗里。

罗伯特离开学校时便停止了拳击，自那以后没再打过任何人，现在也没有打人的意图。他的左臂似乎不借外力，自动地做了该做的事。第二张不怀好意的脸跌落于朦胧之中。

"漂亮。"史坦利评价道，吮吸着他受伤的指关节。然后，"看！"他说。

房顶像一张准备大哭的小孩的脸，变得皱巴巴的；像一张正在融化的摄影底片。那扇恶名远播的小圆窗，有点朝外倾斜，然后缓缓地朝内沉下去。一条火舌跳跃起来，又落下去。然后整个房顶倒塌进下面沸腾的一大团，直落两层楼，与房子内部其余的红色残余汇合。熔炉般的热气逼得大家朝后退去。大火以忘形的胜利呼呼作响，直入夏天的夜色。

当大火最终停息，罗伯特有点惊讶地注意到，黎明已经来临。一个平静、灰色的黎明，充满了希望。安宁也来了，咆哮和喊叫已经消退，让位于还在冒烟的房屋框架上轻柔的嘶嘶水声。只有四面墙还立着，形状模糊，满是污垢，站在被踩得一片狼藉的草地中央。四堵墙和带变形铁栏杆的阶梯。门道两边，纳维尔快乐的小花盆还在，透湿焦黑的花朵已变为面目全非的碎条，悬吊在盆子边缘。两个盆子之间，方形的空地豁开为黑色的空洞。

"唔，"史坦利站在他身边说，"看来就是这样了。"

"怎么开始的？"比尔问，他来得太晚了，除了剩余的残骸，什么也没看到。

"没人知道。纽塞姆警官当班过来时，还挺正常，"罗伯特说，"顺便问一下，那两个家伙怎样了？"

"我们教训的那两个？"史坦利说，"回家了。"

"可惜表情不能作为证据。"

"是啊，"史坦利说，"他们找不到打碎窗子的阿飞，也不会找得到纵火的肇事者。我还欠某人头上的一记重拳。"

"你今晚差点打断了那个禽兽的脖子。对你来说，那该是某种补偿了。"

"你打算怎么跟她们说？"史坦利问。明显地是指夏普们。

"天知道，"罗伯特说，"我是先跟她们说，让这消息破坏她们法庭上的胜利气氛；还是让她们领略胜利，然后再面对之后的急转直下？"

"让她们先领略胜利吧，"史坦利说，"后面发生的事，没有哪样可以剥夺她们的这一快乐。别搞砸了。"

"也许你是对的，史坦。我希望我早点明白。我最好在玫瑰与皇冠酒店给她们订好房间。"

"她们不会喜欢那样的。"史坦说。

"也许不,"罗伯特略微不耐烦地说,"但她们无可选择。不管她们决定做什么,她们都要待在这儿一两晚,安排事情,我想。玫瑰与皇冠是最佳可行的选择。"

"唔,"史坦利说,"我一直在想,我敢肯定我的女房东会很高兴接待她们。她一直都站在她们这边,而且她有一间空房,她们可以住在她从来不用的前客厅,那里非常安静,是最后一排廉租房,面对着一大片草地。我敢说她们宁愿住那儿,也不愿住在被人盯着看的旅店里。"

"她们确实会那样,史坦。我没有考虑到这一点。你认为你的女房东会乐意?"

"我不是认为,我是肯定。此刻,她们是她生活中最大的兴趣。会像皇室下榻一般。"

"唔,一定要探听清楚,好吗,往诺顿给我打个电话,告知消息。诺顿逸羽酒店。"

第二十二章

　　罗伯特感觉好像至少一半米尔福德人设法挤进了诺顿的法庭。自然，有许多诺顿居民在门外乱转，发声抗议，灰心丧气，感到十分愤怒：一个举国关注的案子要在"他们的"地方法庭判决，他们应该有权目睹该过程，而不该被从米尔福德涌进的外人占去。而且是诡计多端、存心欺诈的外人，他们用钱收买诺顿的年轻人，帮他们排队抢位置。如此深谋远虑，诺顿的成年人可没想到这一点。

　　天气很热，整个预备阶段和大部分迈尔斯·埃里森对罪行的描述过程，拥挤的法庭一直不舒服地骚动。埃里森正好和凯文·麦克德莫特相反，他白皙、精致的面孔与其说像一个人，还不如说更像一种类型。他的声音轻而淡，毫无感情色彩，恰如其分地表现出就事论事的策略。因为他说的故事是大家都已经读过并讨论过，已经烂熟于心的，因此人们不怎么关注他，而以在法庭上发现朋友熟人为乐。

　　罗伯特坐在那儿，在口袋里把一个矩形小纸板翻过来，又翻过去，预演着后面要说的话。纸板是他昨天离开时，克里斯蒂娜塞进他手里的，亮钻蓝色，上面有烫金字母写着：没有一只麻雀应该掉落①。右上角是一只红色巨胸的知更鸟图片。指尖不断翻转着这条短句，罗伯特疑惑地想，你如何告诉别人，她们不再有家了？

成百的身子突然移动，以及随之而来的安静，把他带回了法庭，他意识到贝蒂·凯茵正在宣誓，准备举证。"除了书本，从未吻过任何东西。"本·卡利在类似的场合评说过她的外表。那正是她今天看上去的样子。蓝色的外衣仍然令人联想到年轻和单纯，想到虎尾草、野营青烟、草地上的蓝铃花。朝后倾斜的帽檐仍然展露出带漂亮发际线的孩子气的前额。罗伯特，现在已经知道她在失踪的几个星期里所过的生活，发觉自己看到她，还是被震动了。貌似可信是罪犯的第一天赋，但目前为止，他打过交道的貌似可信只是"老兵十先令钞票"这类，很容易被识破，属于业余人士的劣作。他头一次觉得看到了骗人伎俩的真品。

她再次如模特般列出证据，法庭里的每个人都能听到她清晰年轻的声音。再一次，她使她的观众屏声敛气，纹丝不动。唯一的区别是，这次的法官没有溺爱之情。确实，如果有人要从塞伊法官的面部表情来判断的话，那绝不是溺爱。罗伯特搞不清法官挑剔的眼光有多少是源于对案件主题的反感，又有多少是源于推论：要是凯文·麦克德莫特没有响当当的辩护材料，他是不会气定神闲地坐在

---

① 意指上帝的爱无处不在，即便微小的东西也受到特别的关注。

那儿，为被告席上那两个女人辩护的。

女孩对自己所遭受的折磨的描述，取得了她的律师没能取得的效果：激起了观众情感的涟漪。不止一次，他们共同发出轻叹，还有愤慨的低语；其程度没有公开到声明的地步，以至于受到法庭的制止，但又足够听得清楚，表明了他们的同情所向。就是在这样高度紧张的气氛中，凯文站起来盘问了。

"凯茵小姐，"凯文以他最轻柔的拖腔开始了，"你说你到达弗朗才斯时天是黑的。真的是那么黑吗？"

这个问题，带着诱哄的口气，使她以为他希望天不黑，于是她如他指望的那样应对了。

"是的。相当黑。"她说。

"太黑了，都看不清房子外面？"

"是的，太黑了。"

他显出放弃这个办法的样子，而改用新的策略。

"那么你逃走的那个晚上，也许不是那么黑？"

"噢，很黑。如果还有可能的话，甚至更黑。"

"这样，在这些情形下，你不可能看清房子外面的状况？"

"从来没有。"

"从来没有。唔，这一点就确定了，让我们考虑一下你说的从被监禁的阁楼窗户所能看到的东西。当你描述你被关起来的这个未知地方，你在给警察的证词里说，从大门到房门的车道'直行了短短一截，然后一分为二，形成圆圈，通达房门'。"

"是的。"

"你怎么知道它是那样的？"

"我怎么知道的？我可以看见。"

"从哪儿？"

"从阁楼的窗户。往外可以看到房子前面的庭院。"

"但从阁楼的窗户只可能看到车道直行的部分，屋顶边缘把其余的挡住了。你如何知道车道一分为二，形成圆圈，通达房门？"

"我看见了！"

"怎么看见的？"

"从窗户。"

"你让我们理解为，你看东西不同于普通人的视角原理？爱尔兰人的枪弹可以绕过角落射击的原理？或者是用镜子？"

"它就是我描述的样子！"

"它当然是你描述的样子，但你描述的庭院景观，让我们这么说吧，是有人越过高墙看到的样子，而不是从阁楼窗口看到的样子。你已经向我们确认，你只从那儿见过它。"

"我想，"法官说，"从窗口外望的视野范围，你有一个证人。"

"两个，大人。"

"一个有正常视觉的就足够了。"法官不动声色地说。

"因此你无法解释，在艾尔斯伯里向警察交代那天，你如何能够描述一个你不可能知道的特点，假如你的故事是真实的话。你曾出国吗，凯茵小姐？"

"出国？"她被话题的转移惊到了，"没有。"

"从来没有？"

"是的，从来没有。"

"你最近没有，比如，去过丹麦？举个例子，哥本哈根。"

"没有。"她的表情照旧，但罗伯特认为她的声音里有一丝犹豫。

"你认识一个叫伯纳德·查德威克的人吗？"

她突然变得警惕起来，令罗伯特想到一个一直处于放松状态的动物变专注时，身上所起的那种微妙变化。姿态没有改变，没有实际的身体变动。相反，只有更深的静止，一种警觉。

"不认识。"语气毫无色彩，漠不关心。

"他不是你的朋友。"

"不是。"

"你没有，比如说，在哥本哈根的一家旅馆，和他待在一起？"

"没有。"

"你有没有在哥本哈根和哪个人待在一起？"

"没有，我从来就没有出过国。"

"这样，如果我要说你失踪那些星期是在哥本哈根的一家旅馆里，而不是在弗朗才斯的阁楼上，我是弄错了？"

"大错特错。"

"谢谢。"

迈尔斯·埃里森，如凯文预料的那样，站起来挽回局面。

"凯茵小姐，"他说，"你是坐车到达弗朗才斯的。"

"是的。"

"那部车，你在证词里说，是开到房门的。喏，像你说的，如果天很黑，要是车前灯没开的话，那侧灯肯定是开着的，这样照亮的不仅是车道，还有前院的一大部分。"

"是的，"她在他提出建议之前，就插进来说，"是的，我那时当然应该看见了圆圈。我知道我看见了。我早就知道。"她朝凯文瞟了一眼，使罗伯特想起了在弗朗才斯的第一天，她看到她猜中了橱柜里的箱子时的神色。要是她知道凯文有什么东西正等着她，就不会为短暂的胜利而想多了。

她证人席的位置由卡利的"石印油画"接替，她为诺顿的出庭买了新的裙子和帽子——一条番茄红的裙子，一顶有钴蓝色缎带和一朵粉红玫瑰的紫褐色帽子——比以往更为妖冶和令人反胃。罗伯特再次饶有兴趣地注意到，即便拥有更加感情脆弱的观众，她这部分提供的风味，她说话的效果，还是被打了折扣。他们不喜欢她，撇开先入为主的态度，他们英国式的对恶意的不信任，使他们对她保持了头脑冷静。当凯文盘问的时候，提出她实际上是被炒掉的，而根本不是"她给通知"，法庭上每张脸都呈现出"原来是这样啊"的表情。除了试图动摇她的信用，凯文对她能做的不多，于是放过了她。他等着她的傀儡上台。

那个傀儡，站好位置时，看起来甚至比在米尔福德的警察法庭还要难受。更可观的法衣和假发阵容，明显地使她打战。警察的制服已经够糟了，但回想起来，和这种庄严的气氛、这种仪式相比，似乎挺有家的感觉。如果说在米尔福德是水过深了，那么在这儿，她显然被淹没了。罗伯特看到凯文用思考的眼神看着她，分析并体会着，决定采取什么方式。她被迈尔斯·埃里森吓得全身僵硬，毫无疑问，她把戴假发穿长袍的任何东西都想成心怀敌意，当作一个潜在的刑罚分配者。这样，凯文倒变成她的追求者和保护人了。

听到他对她说的第一句话，罗伯特想，凯文声音里的爱抚，的确有失体统。温柔缓慢的音节，使她放心。她听了一会儿，然后开始放松了。罗伯特看到，在证人席栏杆上紧紧抓在一起的瘦小双手松开了，慢慢地舒展成俯卧的姿态。他正在问她的学校。惊恐已经从她的眼里消退，她回答得相当镇定。这里，她明显感觉到的，是一个朋友。

"现在，格拉迪斯，我想对你说，你今天并不想来这儿做证，对阵弗朗才斯这两个人。"

"是的，我不想。我确实不想！"

"但你来了。"他说，口吻不是谴责，只是陈述。

"是的。"她满脸羞愧地说。

"为什么？因为你认为这是你的责任？"

"不，噢不。"

"是因为有人逼迫你来？"

罗伯特看到了法官对这个问题的即刻反应，凯文用眼角余光也看到了。"有人在你头顶上抓着什么东西吗？"凯文平和地结束了，法官大人欲加制止的样子停顿下来，"有人说'我让你说什么你就说什么，否则我就告发你'？"

她看起来半是带着希望，半是迷惑不解。"我不知道。"她说，内在的无知重又散发出来，主控了她。

"因为要是有人通过恐吓说如果你不听从，就会对你如何如何，从而使你撒谎的话，他们会因此受到惩罚。"

这对她显然是个新概念。

"这个法庭，你在这儿看到的所有人，今天来到这里，是为了发现关于某事的真相。在上的法官大人，会严厉地处置任何使用恐吓，迫使你来这儿，说些不真实的话的人。而且，对起誓说真话却说了假话的人的处罚，是非常重的；但如果是被人威胁而害怕得说假话这种情况的话，那么受到最严重处罚的，将是威胁恐吓的人。你明白这个吗？"

"是的。"她耳语般地说。

"现在我要对你说说真实发生的事，你告诉我我说得对不对。"他等着她的同意，然而她什么也没说，于是他继续下去，"有人——也许，你的一位朋友——从弗朗才斯拿走了某物——这么说吧，一块表。或许，她自己不想要这块表，因此把它给了你。你可能并不想要它，但你的朋友也许是个专横跋扈的人，你不想拒绝她的礼物，于是你收下了。好，我想说，很快你的朋友就要你证实她将要在法庭说的事，而你，不同意说谎，拒绝了。然后她就对你说：'如果你不为我做证，我就说有天你来看我时，你从弗朗才斯拿走了那块表。'——或者诸如此类的其他一些威吓。"

他停顿了一会儿，然而她只是不知所措的样子。

"喏，我要说因为这些威吓，你确实去了警察法庭，确实证实了你朋友虚假的故事，但当你回到家里时，却感到难过和羞愧。如此难过和羞愧，以至于想到还留着那块表，你实在难以承受。于是你把表包起来，把它邮寄回弗朗才斯，附上一张字条说：'我压根儿不想要它。'"他停顿下来，"我要对你说，格拉迪斯，这就是真实发生的事情。"

但她已经获得时间承受住恐慌。"不，"她说，"不，我从来没有那块表。"

他没有理会这一告白，平和地说："我搞错了吗？"

"是的。不是我把表寄回去的。"

他捡起一张纸，仍然很温和地说："当你就读于我们前面谈到的学校时，你很擅长画画。画得相当好，你有作品在学校展览会上展出。"

"是的。"

"我这里有张加拿大地图——一张非常整洁的手绘地图——是你们展览会上的一幅作品，实际上还为你获得了奖励。在右手边的角落这儿，你署了名，我丝毫也不怀疑，在这样一幅整洁的作品上署上名字，你很骄傲。我想你还记得它。"

这张纸穿过法庭传到她手上的当儿，凯文补充道：

"陪审团的先生女士们，这是一张加拿大地图，是格拉迪斯·里斯在校最后一年绘制的。当法官大人审视过它，他肯定会把它传给你们。"然后转向格拉迪斯说，"你自己绘制的地图？"

"是的。"

"在角落写上你的名字？"

"是的。"

"在底部用印刷体写上'加拿大自治领'？"

"是的。"

"你用印刷体在底部写上的字是：加拿大版图。好的。现在我这儿有张纸片，有人在上面写着：我压根儿不想要它。这张上面有印刷字体的纸片，随邮寄到弗朗才斯的表一起送回。罗斯·格林在那儿上班的时候，表不见了。我要说'我压根儿不想要它'的字迹和'加拿大自治领'的字迹是一样的，出自同一只手，而那只手是你的。"

"不，"她说，接过递给她的纸片，急忙把它放到平台上，好像它会叮咬她似的，"我从来没有。我从来没有寄回过什么表。"

"你没有写下那些字，读为：我压根儿不想要它？"

"没有。"

"但你确实写下了那些字，读为：加拿大自治领？"

"是的。"

"唔，稍后我会呈上证据，说明这两份印刷体出自同一只手。同时，陪审团可以在闲暇时审视它们，得出自己的结论。谢谢。"

"我学识渊博的朋友已经建议你，"迈尔斯·埃里森说，"压力把你带到这儿。这个建议有真实性吗？"

"没有。"

"你不是因为害怕要是不来的后果而来到这儿的吧？"

她对这个问题想了好一阵子，显而易见是在脑子里理顺它。"不。"她最后壮着胆子说。

"你在警察法庭证人席上说的话，还有你今天说的话，是真实的？"

"是的。"

"没有人事先建议你要说的话？"

"没有。"

但是留给陪审团的印象只有这个：她是个不情愿的证人，重复着别人发明的故事。

结果是需要向控方举证，凯文在格拉迪斯·里斯这件事上扬帆直航；在开始当天的主要大事之前，秉承着家庭主妇"先把脚弄干净"的办事原则。

一位笔迹鉴定专家做证，呈上法庭的两份字迹样本是出自同一只手。不仅他对此毫无疑问，而且他极少接受如此简单容易的任务。在两份样本里，不仅字母是一模一样的，而且字母的组合也极为相似，比如 DO 和 AN 和 ON 的组合。太过明显了，陪审团在这一点上已经得出结论——凡是看过这两份样本的人，没有人怀疑它们出自同一只手——埃里森说专家也可能弄错，只是自发性反击和敷衍罢了。凯文亮出了指纹证人予以反驳，证人起誓做证两张纸上发现了相同的指纹。埃里森说指纹可能不是格拉迪斯·里斯的，这已是最后的抵抗了，他并不希望法庭查证这一点。

既然他已经证实了格拉迪斯·里斯在第一次声明时，占有着从弗朗才斯偷来的表，在声明后立即归还了它，并附带一张受到良心拷问的字条，凯文现在可以自如地处理贝蒂·凯茵的故事了。罗斯·格林和她的描述的可信度已经被大打折扣，因为警察们的头已经凑在一起，商讨后事了。他尽可以放心地把罗斯交给警察。

当传唤伯纳德·威廉·查德威克时，大家的身子都往前伸，发出低声的疑问。这是一个报纸读者没听说过的名字。他能在这案子里起什么作用？他来这儿要说什么？

他来这儿说他是伦敦一家批发公司的采购员，购买细瓷瓷器和各类装饰品。已婚，和他妻子住在伊令①的房子里。

"你为公司出差？"凯文说。

"是的。"

"今年3月你到了拉伯勒？"

"是的。"

"在拉伯勒的时候，你遇到了贝蒂·凯茵？"

"是的。"

"你怎么遇到她的？"

"她和我搭讪。"

法庭的主体随即发出一阵协调一致的抗议。不管罗斯·格林

---

① 英格兰东南部一城市。

和她的盟友遭受了怎样的怀疑，贝蒂·凯茵还是不容指责的。贝蒂·凯茵，看起来那么像伯纳黛特，不是可以轻言的。

法官制止了他们的公开表露，不过是不由自主的。他也指责了证人。他暗示，证人说得不够清楚，"搭讪"包括什么，如果证人能在回答时管好自己的英文水准，大家将不胜感激。

"你能不能只是告诉法庭你究竟是怎么遇到她的？"凯文说。

"我有一天顺便去米德兰宾馆大厅喝茶，她——呃——开始同我说话。她也在那儿喝茶。"

"一个人？"

"独自一人。"

"你没有先和她说话？"

"我都没有注意到她。"

"那么，她是如何引起注意的？"

"她微笑，我也微笑回敬，然后继续看报纸。我正忙着。然后她同我说话，问是什么报纸，等等。"

"就这样相识起来了。"

"是的。她说她要去看电影——去电影院——我愿不愿一块儿去？嗯，我已经完成了当天的事情，而且她是个可爱的孩子，所以我就说好啊，如果她愿意的话。结果是第二天她和我碰面，和我一起开车到郊外。"

"你的意思是，在你做商务旅行时。"

"是的。她来兜风，在她回她姑妈家之前，我们在郊外的某处吃饭喝茶。"

"她跟你谈起家人吗？"

"是的，她说在家里很不开心，没人在意她。她对她家抱怨不已，但我没太放在心上。对我来说，她看起来像一套漂亮时髦的服装。"

"一套什么？"法官问。

"一个被照顾得很好的年轻女孩，法官大人。"

"是吗？"凯文说，"拉伯勒这段美好的田园生活持续了多久？"

"最终发现我们要在同一天离开拉伯勒。她要回到家人身边，因为假期结束了——她已经延长了假期，这样她就可以和我一块儿东游西逛——而我该飞去哥本哈根出差。那时她说她不想回家，请我带她一块儿去。我说不行。我认为她并不是那么天真的孩子，像在米德兰宾馆大厅表现的那样——那时我对她的了解比较多了——但我仍然认为她没有经验。毕竟，她只有十六岁。"

"她告诉你她十六岁？"

"她在拉伯勒过了十六岁生日，"查德威克说，小黑八字胡下面的嘴揶揄地瘪了瘪，"花了我一支金口红。"

罗伯特望过去，看到韦恩夫人用手挡着脸。列斯里·韦恩坐在她旁边，显得不敢相信、茫然无绪的样子。

"你一点儿也不知道，她实际上仍是十五岁。"

"不知道。直到有一天。"

"这么说，当她提议想和你一块儿去的时候，你认为她是一个十六岁没有经验的孩子。"

"是的。"

"你为何改变了对她的看法？"

"她——说服我她不是的。"

"不是什么？"

"没有经验。"

"这样，在那之后，对带她和你一起出国你就没有任何良心不安了？"

"我很不安，但那时候我已经知道——她可以让人如此开心，我对她欲罢不能。"

"所以你带她和你出国了。"

"是的。"

"作为你的妻子？"

"是的，作为我的妻子。"

"你对她家人可能经受的焦虑没有不安吗？"

"没有。她说她还有两个星期的假，她的家人肯定认为她还在拉伯勒她姑妈家。她已经告诉她姑妈她要回家了，但又告诉家人她还要待下去。因为他们从不相互联络，她的家人不太可能知道她人不在拉伯勒。"

"你记得你们离开拉伯勒的日期吗？"

"记得，我 3 月 28 号下午在缅因絮尔长途车站接的她。她通常在那儿乘坐客车回家。"

在这一信息之后凯文有意停顿了一下，以便其全部意味得以充分扩散。罗伯特，倾听这瞬间的安静，心想，要是法庭空无一人的话，那寂静也不会比这更彻底。

"这么说你带她去了哥本哈根。你们待在哪里？"

"红鞋旅馆。"

"多久？"

"两星期。"

对此，可以听到微弱的低语或者惊奇。

"然后呢？"

"我们4月16号一块儿回到英格兰。她曾告诉我16号是她归家的日期。但在路上她告诉我实际上她该在11号回家，现在已经错过四天①了。"

"她故意误导你？"

"是的。"

"她说了为何误导你吗？"

"是的。这样她就不可能回家了。她说她打算给家人写信，说她找到了一份工作，感到很高兴，他们不必找她或者替她担心。"

"这会害得一心一意爱护她的父母痛苦不堪，她没有丝毫内疚吗？"

"没有。她说她家太让她厌烦了，她都快要受不了喊起来了。"

不由自主地，罗伯特朝韦恩夫人看过去，又马上移开目光。简

---

① 原文如此，16号距11号照理应为5天，或是原作者的小错。

直像耶稣受难，太痛苦了。

"对这新情况你是怎样反应的？"

"开始我很生气。这使我很难办。"

"你替那女孩担心吗？"

"没有，不见得。"

"为什么？"

"那时候我已经知道，对于照顾好自己，她游刃有余。"

"这么说的具体意思是什么？"

"我的意思是：不管是谁因她造成的状况而受罪，都不可能是贝蒂·凯茵。"

提到她的名字，观众们突然想起他们刚才一直在听的女孩是"那个"贝蒂·凯茵。"他们的"贝蒂·凯茵。像伯纳黛特的那个。人群里有点小骚动，像集体吸了一口气。

"于是？"

"一大堆嚼烂布之后——"

"什么？"法官大人说。

"大量讨论，大人。"

"请继续，"法官大人说，"但务必把你的用语控制在标准的或基本的水准之内。"

"谈了很多之后，我决定最好的处理办法，就是把她带到我靠近伯恩区河边的平房里。夏天我们用这房子度周末和假期，其他时候极少用。"

"当你说'我们'的时候，你是指你妻子和你？"

"是的。她欣然同意了，我开车带她去了那里。"

"那晚你和她待在那儿？"

"是的。"

"还有接下来的晚上？"

"第二天晚上我在家里。"

"在伊令？"

"是的。"

"后面呢？"

"后面那个星期，大多数晚上我在平房。"

"你不在家睡，你妻子不觉得奇怪吗？"

"还没有达到忍无可忍的地步。"

"伯恩区的情况是如何完结的？"

"我有天晚上过去，发现她已经走了。"

"你认为她发生了什么事？"

"哦，后面一两天她变得很无聊——她觉得家务活有意思，不过新鲜感没超过三天，而且那儿没多少事可做的——所以我发现她已经走了的时候，我以为她厌烦了我，找到了更刺激的某人或者某事。"

"后来你得知她去哪儿了，还有离开的原因？"

"是的。"

"你听说了贝蒂·凯茵这个女孩今天举证的事？"

"听说了。"

"她被强制扣押在米尔福德附近一座房子里的证据？"

"是的。"

"那是和你去哥本哈根，和你在那儿待了两个星期，随后和你住在靠近伯恩区的平房里的女孩？"

"是的，正是她。"

"你肯定？"

"肯定。"

"谢谢。"

凯文坐下来，伯纳德·查德威克等着迈尔斯·埃里森问话的时候，人群发出一声重重的叹息。罗伯特好奇贝蒂·凯茵的脸除了恐惧和胜利，还能有什么其他感情色彩。两次，他看到它因胜利而激动，一次——第一天夏普夫人朝她走过会客室的时候——他看到它呈现恐惧。现在这张脸显示的所有情感，好似她一直在听食用家畜价格的报价。罗伯特得出结论，它内向镇静的效果，肯定是生理结构造成的。是间距很宽的双眼、平和的眉毛、总是孩子气噘着的平易近人的小嘴产生的效果。这些年来，正是这种生理结构，掩藏了真实的贝蒂·凯茵，甚至蒙蔽了和她同住的人。它一直是，完美的伪装。在这假象之后，她可以为所欲为。此时，这个面具，和他第一次在弗朗才斯会客室看到的浮于校服之上的那张，一样孩子气，一样镇定，虽然在它后面，其主人肯定正带着难以名状的情绪内火正旺。

"查德威克先生，"迈尔斯·埃里森说，"这是非常迟来的故事，对吧？"

"迟来？"

"是的。这个案子最近被媒体大肆报道，公众议论纷纷，有三个星期了，或者大致这么长时间了。你肯定知道有两个女人被错误地指控——如果你的故事是真实的话。如果，像你说的，贝蒂·凯茵那些星期是和你在一起，而不是像她说的，在这两个女人的房子里，为何你没有直接去警察局告诉他们？"

"因为我对此一无所知。"

"对什么？"

"对这两个女人的起诉，或者说对贝蒂·凯茵所述说的故事。"

"这怎么说？"

"因为我又因公出国了。直到几天前，我还对这个案子一无所知。"

"明白了。你已经听了这个女孩举证，也听了医生证明她回到家时的状况，你的描述里有什么能解释这一点吗？"

"没有。"

"不是你打了这女孩？"

"不是。"

"你说你有一晚过去，发现她已经走了。"

"是的。"

"她收拾东西，离开了？"

"是的，那时候似乎是那样。"

"也就是说，所有她的随身物品和装这些物品的行李都随她消失了。"

"是的。"

"可她回到家里时，没有任何随身物，仅仅穿着一条裙子和一双鞋。"

"直到很晚，我才知道这一点。"

"你让我们理解为，当你去到平房的时候，你发现那里干净整洁，空无一人，没有急急忙忙离开的迹象。"

"是的。我看到的就是那个样子。"

当玛丽·弗朗西丝·查德威克被传唤出庭做证时，甚至在她露面之前，就已在法庭内引起了一阵轰动。这显然就是"妻子"了；这是法庭外即便最乐观的排队者也不曾期望的一道菜。

弗朗西丝·查德威克是个高个子的俊俏女人，一头天然的金发，服装和形象都像个"展示时装"的女孩子，不过现在有点发福了，从那张好脾气的脸来判断，有点满不在乎的样子。

她说她确实是嫁给了上一个证人，和他生活在伊令。他俩没有孩子。她时不时地还从事服装贸易的工作。不是因为必须，而是为了挣点零花钱，因为她喜欢这一行。是的，她记得她丈夫去了拉伯勒，还有随后的哥本哈根之行。他从哥本哈根回来，比他允诺的晚了一天，当晚和她在一起。接下来的那个星期，她开始怀疑丈夫在别处发生了兴趣。当一个朋友告诉她，她丈夫在河边的平房里有个客人的时候，怀疑得到了证实。

"你和你丈夫提到这事吗？"凯文问。

"没有。那不是解决问题的办法。他吸引她们，就和吸引苍蝇一样。"

"那么，你做了什么？或者打算做什么？"

"采取平时对付苍蝇的办法。"

"那是什么？"

"我猛拍它们。"

"这么说你去到平房，不管三七二十一，打算猛拍那里的苍蝇。"

"正是。"

"你在平房发现了什么？"

"我在夜里比较晚才去，希望在那儿也逮着巴尼——"

"巴尼是你丈夫？"

"该怎么说呢。我的意思是，是的。"她急忙补充道，捕捉到法官的眼神。

"接着呢？"

"门没有锁，于是我直接走进去，进了客厅。一个女人的声音从卧室传来：'是你吗，巴尼？我一直为你忍受寂寞。'我进去，看到她躺在床上，穿着那种十年前在荡妇电影里常看到的轻薄晨衣。她看起来不修边幅，我对巴尼的口味有点惊讶。她正在吃巧克力，一个硕大的盒子放在她身边的床上。整个场景，简直就是糟糕的三十年代的电影。"

"请拣必要的来说，查德威克夫人。"

"好的。对不起。嗯，我们进行了通常的交谈——"

"通常的？"

"是的。'你在这儿干什么'之类的东西。受气的妻子和爱情的光芒，你知道的。但不知何故，她让我非常恼怒。我不知道为什么。在其他场合，我从来没有非常在乎。我是说，我们只是吵得很凶，其实任何一方都没有真正的厌恶之情。但这个小淫娃的哪一点实在让我反胃，所以——"

"请注意，查德威克夫人！"

"好吧。对不起，但你确实说了用我自己的话来说。唔，事态发展到某个程度，我再不能忍受这个绒毛小东西——我是说，她把我激怒到了忍无可忍的阶段。我把她拉下床，在她头边狠狠地掴了一掌。她看起来那么吃惊，太好笑了，好似她一辈子都没挨人家打过。她说：'你打我！'就像那样；我说：'从现在开始，很多人都要打你，我的小乖乖。'又打了她一下。嗯，从那时起，就是互斗交火了。老实说我这边的胜算高多了。一个原因是我个子更大，而且怒火中烧。我把那件愚蠢的晨衣从她身上扯下，你来我往打得不可开交，一直打到她被地板上的一只拖鞋绊倒，偃旗息鼓地躺着装死。我等着她起来，但她没有，我想她已经昏过去了。我去浴室拿了块冷湿布擦她的脸，然后我就去厨房泡些咖啡。那时我已经冷静下来了，以为她冷静下来时，会很高兴喝点东西。我冲了咖啡，留着冷却。但当我回到卧室的时候，发现昏死全是装的，那个小——那个女孩已经闪电离去了。她还有时间穿好衣服，所以我想当然地以为她匆忙穿上衣服走了。"

"你也离开了吗？"

"我等了一个小时，想巴尼可能会来。我丈夫。那女孩的东西到处都是，于是我把它们全都扔进她的箱子里，把它放在通往阁楼的楼梯下面的橱柜里，然后我把所有的窗户都打开了。她肯定用长柄勺往身上倒了很多香水。然后没见巴尼来，我就离开了。我肯定是刚好错过了他，因为那晚他确实去了。几天过后我才告诉他我做了什么。"

"他的反应是什么？"

"他说十年前她妈妈没做同样的事，实在可惜了。"

"他不担心她变成怎样了吗？"

"没有。倒是我有点担心，直到他告诉我她家就在艾尔斯伯里那边。那点距离，她可以轻易地求别人搭她一程。"

"这么说他想当然地认为她已经回家了？"

"是的。我说，他最好搞清楚了。毕竟，她是个孩子。"

"他是怎么回答的？"

"他说：'弗兰姬①，我的小丫头，那"孩子"比变色龙还更懂自我保护。'"

"所以你把这事置于脑后了。"

"是的。"

"但是，当你读到弗朗才斯事件的描述时，它肯定又勾起了你的记忆？"

———

① 对弗朗西丝的昵称。

“没有。它没有。”

“怎么说？”

“一个原因是，我从不知道这女孩的名字。巴尼叫她丽兹。我就是没有把一个在米德兰某处被绑架和挨打的十五岁在校女生和巴尼的这小段联系起来。我是说，和那个在我床上吃巧克力的女孩。”

“如果你意识到这两个女孩是同一个人，你会不会告诉警察你所知道的她？”

“当然。”

“你不会因为是你施以拳脚而有所顾忌吧？”

“不会。如果有机会，明天我还会再揍她一顿。”

“我帮我见多识广的朋友问你个问题：你打算和你丈夫离婚吗？”

“不。当然不。”

“你和你丈夫的证据不是串通设计好的吧？”

“不是。我不需要串通。但我根本没打算和巴尼离婚，他人风趣，养家糊口的本领不赖。在丈夫那里你还想得到什么？”

“我不知道。”罗伯特听到凯文的嘀咕。然后他以正常的声音让她声明，她一直在谈论的女孩，就是已经举证的女孩，就是那个现在正坐在法庭里的女孩。于是谢过了她，坐了下来。

然而迈尔斯·埃里森根本无意盘问。凯文正准备叫下一个证人，不过陪审团主席抢先了一步。

主席说，陪审团想让法官大人知道，他们已经有了全部所需的证据。

"你准备叫的这个证人是什么人，麦克德莫特先生？"法官问。

"他是哥本哈根旅馆的业主，大人，来说明在相关时段他们曾待在那儿。"

法官询问地转向陪审团。

陪审团主席咨询了其他团员。

"不，大人，我们服从大人的处罚决定，认为不必听这个证人了。"

"如果你们满意于已听到的，足以达成一个真实的裁决——我本人看不出还有什么更进一步的证据，会使主题更加明晰——那就这样吧。你们想听辩方律师的陈词吗？"

"不需要了，大人，谢谢。我们已经达成了裁决。"

"那样的话，我的总结就明显多余了。你们要退庭商议吗？"

"不需要了，大人。我们全体意见一致，没有异议。"

第二十三章

"我们最好等到人少些，"罗伯特说，"那时他们会让我们从后面出去。"

他奇怪为何玛丽恩看起来如此凝重，如此不乐，几乎像是受到打击一样。还有与所发生过的一切同样恶劣的精神压力吗？

似乎感觉到了他的不解，她说："那个女人，那个可怜的女人。我想不起别的来。"

"谁？"罗伯特傻傻地问。

"女孩的母亲。你能想象更可怕的事吗？失去头顶上的瓦片是挺糟的——噢，对啊，罗伯特亲爱的，你不必告诉我们——"她递过来一份最近的《拉伯勒时报》，临时插登的最新消息写着:弗朗才斯，因米尔福德绑架案而众所周知，昨晚被烧为平地。"昨天这对我似乎是巨大的悲剧，但和那个女人的磨难相比，它好似一个事故。有什么能比发现和你共同生活的、这么些年你所爱的人不仅不存在了，而且从未存在过，更为撕心裂肺的？那个你深爱的人不仅不爱你，而且根本不关心你，从来没有关心过？对遭受如此对待的人来说，还剩下什么？她再也不能踏入绿草一步，而不担心它是不是一块湿地。"

"是啊，"凯文说，"我都不忍看她。她受的罪，太不合情理了。"

"她有个可爱的儿子，"夏普夫人说，"我希望他对她是个安慰。"

"可你看不到吗，"玛丽恩说，"她并不拥有她儿子。她现在什么都没有了。她以为她拥有贝蒂。她爱她，和爱她儿子一样。现在她生命的基石垮掉了。如果外表可以如此具有欺骗性，她以后将如何做出判断？不，她什么也没有了，只有凄凉绝望。我的内心在为她流血。"

凯文伸出胳膊挽起她，说："不要为别人承担责任，你最近的麻烦已经够多了。别这样。我想，他们现在会让我们走了。看到警察以他们那种礼貌随意的方式聚拢在做假证者的身边，你开心吗？"

"不，除了那个女人的苦难，我什么都没想。"

这么说来，她对这事也是那样感受的。

凯文没有理会她。"还有，法官大人的红尾巴刚过门，媒体就肆意争抢电话的不雅场面？不列颠的所有报纸将长篇大论地证实你们的无辜，我向你保证。这将是自德莱福斯案以来最公开的澄清。等我一下，我要甩掉这些人。我马上就来。"

"我想我们最好去旅馆待一两晚？"夏普夫人说，"我们还有没有一点财物？"

"我很高兴地说，还有，挺多的，"罗伯特告诉她，并描述了抢救出来的东西，"不过去旅馆之外，还有一个选择。"然后他告诉她们史坦利的建议。

这样，玛丽恩和她母亲回到的是"新"城外围那座小房子；他们是在西姆小姐的前屋坐下来庆祝的；成员是一小群冷静清醒的人：玛丽恩，她母亲，罗伯特，还有史坦利。凯文已经回城了。桌上有一大束园林鲜花，附带着一张林婶最美好的便条。林婶温暖和蔼的小字条和她的"亲爱的，今天忙吗"一样少有真实含义，但对生活具有同样的舒缓作用。史坦利带来了一份《拉伯勒晚报》，头版头条第一个报道了审判情况。报道的标题是：亚拿尼亚^①做陪衬。

"明天下午你和我去打高尔夫吗？"罗伯特问玛丽恩，"你禁闭得太久了。我们可以早点开始，赶在打第二轮的人吃完午餐之前，这样整个球场都属于我们。"

"好的，我喜欢那样，"她说，"我想，明天生活又会重新开始，正如平常那样好坏混杂。但今晚，生活中仍有很多坏事可以发生在一个人身上。"

然而，次日他去接她的时候，生活似乎一切顺心遂意。"你想象不出这是什么样的巨大幸福，"她说，"我是说，住在这座房子里。你只要扭一下水龙头，热水就出来了。"

"而且富有教育意义。"夏普夫人说。

"教育意义？"

"你可以听到隔壁房说的每一个词。"

---

① 《圣经》中的人物，因欺骗圣灵而死，意指撒弥天大谎的人。

"噢，好啦，母亲！不是每个词啦！"

"是每隔三个词。"夏普夫人纠正道。

他们就这样兴致盎然地开车到了高尔夫球场，罗伯特决定之后他们在俱乐部喝茶的时候，向她求婚。或者会不会那儿有太多人就审判的结果插进来说些好话？也许在回家的路上？

他已经决定最好的安排就是让林婶住在老房子里——那地方太属于她了，她不住在那儿，直到死亡来临，是难以想象的——得在米尔福德别处找到一个小地方，让玛丽恩和他安身。如今，这并不容易，但如果发生最坏的情况，他们可以在布莱尔／赫伍德／伯尼特律师事务所顶层营造一个小窝。这意味着要移走两百年左右的档案记录，不过这些记录很快就要达到可以进博物馆的级别了，不管怎样都应该被移走。

对，回家的路上他会问她。

想到将要发生的事，他发觉自己球打得心不在焉，已经做好了的决定动摇了。于是在绿地第九个洞那里，他突然停止摆动对着球的轻击球杆，说："我想要你嫁给我，玛丽恩。"

"是吗，罗伯特？"她从袋子里拿出自己的轻击球杆，袋子掉落在绿地边缘。

"你会的，对吧？"

"不，罗伯特亲爱的，我不会。"

"可是玛丽恩！为什么！我的意思是，为什么不。"

"噢——正像孩子们说的，'因为所以。'"

"这是为什么呢？"

"有半打的理由，每个理由都独自成立。一个理由是，如果一个男人四十岁之前还没结婚，那么婚姻并不是他生命里追求的一样东西，而只是突然降临在他身上的某件事，就像流感，风湿病，还有出于所得税的需求。我不想只是那突然降临在你身上的东西。"

"可那是——"

"然后，我认为我对布莱尔／赫伍德／伯尼特律师事务所毫无用处，即便——"

"我又没叫你嫁给布莱尔／赫伍德／伯尼特律师事务所。"

"即便有了我没打贝蒂·凯茵的证明，也不能使我免于成为'凯茵案的那个女人'；对一位资深人士的伴侣来说，这个妻子的身份很别扭。这对你没有好处，罗伯特，相信我。"

"玛丽恩，看在老天的分上！停止——"

"再然后，你有林婶，我有母亲。我们不能简单地把她们放在一起，像把口香糖粘在一块儿似的。我不仅爱我的母亲，我喜欢她。我敬佩她，很享受和她生活在一起。而你，另一方面，习惯于被林婶宠溺——噢，是的，你是的！——会失去所有那些物质享受，比你所知的还要多，还有那我不知如何给你的娇生惯养——就算知道，也不会给你。"她加了一句，对他闪过一丝微笑。

"玛丽恩，正是因为你不会娇惯我，我才想娶你。因为你有成熟的头脑和一个——"

"一个星期共进一次晚餐，成熟的头脑是非常美妙的，但和林婶待在一起半辈子之后，你会发现，用它和轻松氛围里的油酥点心交换，很划不来。"

"有样东西，你甚至都没有提到。"罗伯特说。

"是什么？"

"你到底在乎不在乎我？"

"在乎。非常在乎。超过我曾在乎过的任何人，我想。部分出于这个原因，我不能嫁给你。其他原因和我有关。"

"和你？"

"你看，我不是一个适于结婚的女人。我不喜欢把别人的钩针编织品，别人的要求，别人的伤风感冒装在脑袋里。母亲和我完全适合对方，因为我们对彼此没有要求。如果我们中的一人伤风感冒了，她会不声不响地退回自己的屋里，给感觉难受的自己服药，直到重新适合在人类社会露面。但是没有一个丈夫会这样。他会期望同情——即便是他自己感到发热脱去衣服，未曾明智地等凉下来再脱，因而患上了感冒——期望同情和关注以及小心喂养。不，罗伯特，有千百万的女人一心盼着照顾男人的伤风感冒，为什么挑我？"

"因为你是千百万女人中唯独的那个，我爱你。"

她看起来有点愧疚。"听起来我有点轻率，对吗？但我说的话是很理智很有道理的。"

"可是，玛丽恩，这是孤独的人生——"

"在我的经验里，一个'完整的'人生，通常仅仅是充满了其他人的要求。"

"——而且你不可能永远都有母亲。"

"我对母亲太了解了，我毫不怀疑她会轻而易举地比我活得长久。你最好击球入洞吧：我看到惠特克老上校四人组在地平线那边了。"

他机械地把球推入洞。"但你将来要做什么？"他问。

"如果我不嫁给你的话？"

他咬紧牙关。她是对的：或许与她嘲弄的思维习惯共同生活，并不舒服。

"既然你们已经失去了弗朗才斯，你和你母亲想怎么办？"

她没有马上回答，似乎很难开口，不停地摆弄她的袋子，一直背对着他。

"我们打算去加拿大。"她说。

"离开！"

她还是背对着他。"是的。"

他大惊失色。"但是玛丽恩，你不能。为什么去加拿大？"

"我有个堂兄，是麦吉尔大学教授，是我母亲唯一的姐姐的儿子。之前他写信来问母亲，我们能不能去帮他看管房子，但那时候我们已经继承了弗朗才斯，在英格兰生活得很快乐，于是我们拒绝了。不过这个提议仍然是敞开有效的。我们——我们两个现在很高兴离开了。"

"明白了。"

"别这么低落沮丧的样子。你不知道你正幸免了什么，我亲爱的。"

他们在公事公办的沉闷气氛中完成了最后一轮。

在西姆小姐家把玛丽恩放下车，开回罪孽街的时候，罗伯特自嘲地想，夏普们带给他的所有新体验中，现在又加上了一点，一个被拒绝的求婚者。这是最后的，或许是最令人惊讶的，一点。

三天后，把抢救出来的家具卖给了一个当地商人，把车卖给了非常看不上这车的史坦利，她们坐火车离开了米尔福德。坐的是从米尔福德运行到诺顿枢纽站那种奇怪的玩具似的火车。罗伯特和她们一起来到枢纽站，送她们登上快车。

"我总是对轻装旅行充满向往，"玛丽恩说，针对她们不足的行李，"但轻装到带着一个过夜的小箱子前往加拿大这种程度，却是我未曾设想过的。"

然而罗伯特没有闲聊的兴致。他浑身充满了凄凉悲怆，自读书时假期结束回校，小小的心灵盛满了哀伤以来，这种情绪他早已感到陌生。沿线的花树一片迷漫，艳黄的毛茛映亮了田野，但对罗伯特来说，世界是一派灰烬和迷蒙细雨。

他看着去往伦敦的火车载着她们离去，回到家里，疑惑没有希望每天至少看到一次玛丽恩那张瘦削棕色的脸，他如何能在米尔福德支撑下去。

然而总体来说，他很好地支撑了下来。有个下午他又去打了高尔夫，虽然在未来的日子里，对他而言，一个球将总是一块"古塔波胶"，但他的竞技状态还没有严重受损。他重新对工作焕发兴趣，使赫舍尔苔因先生满心欢喜。他对纳维尔提议，他俩把阁楼上的档案记录分拣编目，或许能出一本书。三个星期后，玛丽恩从伦敦来的告别信寄达时，米尔福德轻柔的生活折痕已经渐渐地把他包围起来了。

我非常亲爱的罗伯特（玛丽恩手写）：

　　这是一张匆匆写就的告别字条，只是让你知道，我们两个都想念你。后天早上，我们将乘前往蒙特利尔的飞机离开。分别的时刻即将来临，我们发觉我俩记住的，都是些美好可爱的事情，其余的都消退了，变得较为无关紧要。这或许只是提前到来的乡愁吧。我不知道。我只知道忆起你，总是只有快乐。还有史坦利，还有比尔——还有英格兰。

　　致以我俩共同的爱，以及感激。

玛丽恩·夏普

他把信放在镶黄铜的红木桌上。放在下午那缕阳光里。

明天这个时候，玛丽恩再也不在英格兰了。

这是一种荒凉的想法，但除了对此保持理性，无计可施。真的，能做什么呢？

然后，三件事接连发生了。

赫舍尔苔因先生进来说，洛马克斯夫人又想改遗嘱，他能不能马上去农场。

林婶打来电话，让他在回家的路上顺便取鱼。

然后是达芙小姐把茶送进来。

好一阵子，他盯着碟子里的两块消化饼干。然后，轻轻地，毅然决然地，他把盘子推开，伸手拿起电话。

第二十四章

　　夏雨持续不断地敲打着机场。大风时不时地抬起，对终点站大楼来一阵长长的横扫。通向蒙特利尔飞机的廊道是敞开的，旅客们低头迎风，缓慢依次地走进去。罗伯特，走在队伍的末尾，可以看到夏普夫人扁平的黑缎帽子，还有短短几绺白发被风吹散开来。

　　等他登上飞机时，她们已经就座了，夏普夫人正在包里翻找东西。当他走在座位之间的通道时，玛丽恩抬头看见了他，欢喜和惊讶点亮了她的脸。

　　"罗伯特！"她说，"你来送我们吗？"

　　"不，"罗伯特说，"我随这趟飞机旅行。"

　　"旅行？"她睁大眼睛说，"你是真的吗？"

　　"这是公共交通工具，你知道。"

　　"我知道，但是——你要去加拿大？"

　　"是的。"

　　"为了什么？"

"去看我在萨斯喀彻温省的姐姐，"罗伯特平静地说，"一个比在麦吉尔的堂兄要好得多的借口。"

她轻柔又极为舒展地笑起来。

"噢，罗伯特，我亲爱的，"她说，"你想象不出你自鸣得意的样子，有多叛逆！"